KEITAI
SHOUSETSU
BUNKO
SINCE 2009

トモダチ崩壊教室

なぁな

スターツ出版株式会社

カバーイラスト/梅ねこ

学校は弱肉強食の世界
スクールカーストを制する者だけが
幸せな学校生活を保障される

惨めな思いはもうしたくない
昔のあたしには戻らない
必ずのし上がってやる

スクールカーストの頂点に立つ
そのためには
どんな犠牲だっていとわない

contents

第一章

序章	9
友達	16
変化	32
確信	55
不和(ふわ)	63
攻撃	74
決意	89
反逆	101
不信	108

第二章

計画	123
発覚	146
破滅	158

第三章

地位	199
排除	226
<ruby>画策<rt>かくさく</rt></ruby>	237
<ruby>撃沈<rt>げきちん</rt></ruby>	262

第四章

頂点	289
<ruby>制裁<rt>せいさい</rt></ruby>	307
<ruby>汚点<rt>おてん</rt></ruby>	312
<ruby>終焉<rt>しゅうえん</rt></ruby>	329

あとがき　　　　352

第一章

クラス内勢力図

女王 砂川エリカ

1軍 派手系
佐藤悠里
木内あかり
山田萌

1軍 不良系
鮎田樹里
柳いずみ

2軍　スポーツ系など

3軍
普通系

葉山咲良
神崎のの
岡村マキ
その他…

4軍
オタク・
ガリ勉系

鮫島早苗
その他…

5軍
イジメられっ子

塚原瑠璃子
その他…

序章

　昇降口に貼りだされた大きな紙を食い入るように見つめて、必死に自分の名前を探す。
　心臓が不快な音を立てて鳴り続ける。
　神様、どうかお願いします。
　そう心の中で必死に祈る。
「同じクラスに……なれなかったね」
　けれど、その願いは通じなかった。
　隣から聞こえた絶望に似たその声に、頭の中がまっ白になる。

【2-1　葉山咲良】【2-2　山崎美琴】

　親友の美琴は唇を噛みしめて、泣くのを必死に堪えているように見えた。
　高校に入学してからできた、何でも言いあえる大切な親友と、進級をきっかけにバラバラのクラスになってしまった。
「一緒のクラスになりたかったな……。でも、隣のクラスだしいつでも会えるよ」
　引きつる頬を必死に持ち上げて美琴に微笑む。
「そうだね……。同じ学校にいるんだもんね」
　目が合うと美琴もつられて微笑む。

けれど、言葉にしなくてもおたがいにわかっていた。
　同じ学校にいようと、クラス単位で動くことは多い。
　同じクラスでないということは致命的だ。
「咲良の教室、遊びに行くから！　だから、咲良もあたしの教室に来てね」
「もちろん！　クラスは別々だったけど、隣のクラスで良かったよ」
「うん！　あっ、もしかしたら体育の授業は一緒じゃない？　今年から選択授業もあったよね？　あれも一緒にしようよ！」
「そうだね！」
「大丈夫だよ！　なんとかなるよ」
「うん」
　あたしたちは手を取りあって励ましあう。
　美琴の目には、あたししか映っていない。
　けれど、あたしの視線は美琴を通り越し、背後に掲示されたクラス分けの紙に向けられていた。
　美琴と同じクラスになれなかった現実を早く受け入れて、次の行動に移らなくてはいけない。
　何事も最初が肝心だ。
「これからもずっと親友でいようね！」
「うん、もちろん」
　美琴の声にうなずきながらも、あたしの視線はある一点に釘付けになっていた。
　【2－1　砂川エリカ】

その名前に、急に不安が押し寄せてきた。
笑い声、話し方、態度。
そのすべてがあたしの世界一嫌いなあの女に似ている。
中学時代、あたしのことを徹底的にイジメ抜いたあの女に……。

＊＊＊

『アンタがかかわると、ろくなことになんない!! この死神!』
すべてはそのひと言から始まった。
中1の頃、クラスで数匹の金魚を飼うことになった。
当番を決め、毎日餌やりをする。
金魚の成長をクラス中が見守り、金魚に名前をつけてかわいがっていた。
もちろんあたしも例外ではなく金魚をかわいがっていたし、一生懸命お世話をしていたつもりだった。
異変が起きたのは、あたしが餌やりをした次の日だった。
1匹の金魚がなぜか水面に浮いて死んでいたのだ。
『昨日の当番って、葉山さんだよね!?』
『お前、ちゃんと餌やったのかよ』
『昨日はなんともなかったの!?』
クラス中に一斉に責め立てられたものの、金魚の餌をきちんとあげたことや昨日何もなかったことを必死に説明すると、少しずつ張り詰めた空気がやわらいだ。

どうして金魚が死んでしまったのかは、いまだにわからない。

それが2回連続した。

それはもう、偶然ではなく必然だった。

誰かがあたしをハメようとしていると気付いた時には、すでに遅かった。

クラスでも目立つ存在で影響力のあった新藤ルカが、あたしを睨みつけて言った。

『死神』と。

その日から、あたしのあだ名は死神になった。

ルカの言葉がイジメを誘発するのに、そう時間はかからなかった。

昨日まで普通に話していた子はあっという間にあたしから離れ、声をかけても無視されるようになった。

当時一番仲良くしていた子も、あたしをかばってはくれず、あたしをイジメるメンバーの仲間入りを果たした。

持ち物がなくなり、机が汚れ、上履きがゴミ箱に捨てられる。

『キモイ』『臭い』『暗い』『ダサい』『ブサイク』

毎日そんな言葉を浴びせられ、友達はおろか話す人すらいなかった。

教室にいる時は息を殺すように静かに過ごし、ルカやその取りまきの視界に入ることを恐れた。

前髪を伸ばして顔を隠し、できるだけ目立たないようにと猫背になり、空気のように過ごした。

スマホにも、友達の番号なんて1つも登録されていない。

イジメられる前に番号を交換した子の連絡先も、悔しくなって消した。

けれど、あたしの番号を知っている人も数少ないながらいた。

その子が漏らしたのか、何度もかかってくるイタズラ電話。

『もう学校くるんじゃねーよ！　目障りだから！』

『キャハハハハ！』

嫌がらせが続いたこともあり、誰がそんな電話をかけてくるのかと、電話を取ると通話が自動録音されるアプリをスマホに入れた。けれど、それは結局何の役にも立たなかった。

それがあたしの中学時代だ。

良い思い出なんて、1つもない。

卒業式の日も誰とも写真を撮ることなく、卒業式後のカラオケにも誘われることはなかった。

むなしかった。わずかに残されていた自尊心もボロボロに傷つけられ打ちのめされた。

***

けれど、中学を卒業した今、大っ嫌いなルカやその取りまきにイジメられることはない。

高校入学を機に、あたしは中学時代の自分を捨て、生ま

れ変わることにした。

　同じ中学の生徒が絶対に受けない、自宅から離れた女子校を受験したのも正解だった。

　見事合格したあたしは、高校で新たな生活をスタートさせた。

　もうあたしをイジメる人はいない。空気のように生活しなくていい。

　高校ではたくさんの思い出を作りたい。

　だから、あたしはあえて女子校を選んだ。

　同性の友達を作り、一緒に出かけたり、恋バナをしたり。

　高校生活を思いっきり楽しむ。中学の時にできなかった分を、高校で取り返すんだ。

　そのためには、絶対にしくじってはいけない。

　中学時代、ずっとひとりでいたあたしはたくさんのことを学んだ。

　学校には、スクールカーストというものがかならず存在する。

　学校内での身分制度。その制度こそ、学校生活のすべてだ。スクールカーストを制する者が、幸せで楽しい学校生活を保障される。

「じゃあ、またあとでね」
「うん！　頑張ろうね！」

　美琴と別れて、新しい教室の前に立つ。

　1度深呼吸して扉に手をかける。

ここは天国か。それとも地獄か。それは誰にもわからない。

ただ、この教室の中で天国を味わうか地獄を味わうかは自分次第。

あたしはもう中学時代のあたしじゃない。

大丈夫、絶対に大丈夫。

自分にそう言い聞かせながら扉を開け、あたしは新しい第一歩を踏みだした。

友達

　教室にはすでに、ほとんどの生徒がそろっていた。

　黒板に貼りだされている座席表を頼りに、自分の席を探し、腰を下ろす。

　強い緊張感が波のように押し寄せる。

　机に落としかけた視線。いつの間にかあたしは中学の頃と同じようにうつむいていた。

　ハッとして慌てて視線を持ち上げる。

　まずはクラスメイトを把握（はあく）しなくてはいけない。

　あまり相手をジロジロ見るのは、悪い印象を与えかねない。

　あたしは、慎重（しんちょう）にあたりに視線を走らせた。

　仲良しグループの中に割って入って、なれなれしく話しかけるのは得策（とくさく）ではない。

　ひとまず、ひとりでいる子や話し相手を探しているようなそぶりをしている子を探す。

　けれど、予想に反して、あたし以外の子はすでに複数のグループに分かれて楽しそうに話し込んでいる。

　一体、いつの間に仲良くなったの……？

　１年の時、美琴と仲良くなったことで違うクラスにまで友達を作ろうとはしなかった。

　それが今になって仇（あだ）となったのだ。

　ジリジリと背中に感じる焦（あせ）り。頬が引きつる。

このままじゃ、ひとりでじっと席に座っている、友達のいない暗い子だと周りに認識されてしまう。

それでは中学時代の二の舞いだ。

ギュッと拳を握りしめ、再び教室の中を見わたそうとした時、おもわず声が漏れた。

「あっ……」

教室の中にひときわ目立つ4人組が入ってくると、あきらかに周りの雰囲気が変わった。

「山ちゃんって超ウケるんだけど〜!!」

手をたたいてひときわ大きな声で笑うのは佐藤悠里。

浅黒い肌。茶色い髪をこれでもかというくらいきつく巻いて、厚い化粧を施している。

ヒョウ柄のネイルは尖り、一歩まちがえれば凶器にすらなりそうだ。

「ちょっと、悠里ってば笑いすぎだよ。唾が飛んできた〜」
「あっ、マジ〜？ ごめんごめん〜」
「しょうがないなぁ」

口調もおだやかでほんわかとした雰囲気を醸しだす、色白の木内あかり。

中学の頃からテニスの才能を評価され、1年で全国大会に出場した経験を持つ。

父親が女子高生に大人気のアパレルメーカーに勤めていると、風の噂で聞いたことがある。

悠里に『山ちゃん』と呼ばれていたのは、山田萌。

ソフトボール部のピッチャー。

萌という名前には似合わない170センチほどの身長。筋肉質で太い足は練習のたまものだろう。

歌を歌ったり顔芸をしたりダンスをしたり、とにかく人を笑わすことが大好きな、クラスにひとりはいるお調子者だ。

そして、もうひとり。

「なんかこの教室暑いんだけど」

彼女のそのひと言で、教室内が最悪の雰囲気になる。

窓際でおしゃべりをしていた子たちが、慌てて窓を開ける。

スーッと入ってきた風が、彼女のサラサラなロングヘアを揺らす。

砂川エリカ。

このクラスのボスになるであろう女。

入学式の時から注目の的だったエリカ。

小さな顔の中にあるばっちりとした二重の瞳、長いまつ毛、薄い唇、形の良い鼻。

中学の時から雑誌の読者モデルを務め、高校に入学すると近隣の男子校の生徒が噂を聞きつけて、エリカのことをひと目見るために校門に集まって、大騒ぎになった。

勉強もスポーツも容姿もすべて完璧。ただ、1つ彼女には欠落していたものがあった。

「ホント、暑いんだけど。アンタがそばにいるからかな」

エリカは最高に性格が悪かった。思ったことはすぐ口に出す。

それがたとえ相手を傷つけるとしても。
「えっ……？」
　エリカの言葉に教室中がシーンと静まりかえる。
　『アンタ』呼ばわりされた山ちゃんの頬が引きつった。
「えっ、うち～？　なんでよー！」
「だってアンタ太ってるじゃない。デブがいると教室の気温が上がるの」
「いやいや～!!　うちはたしかに太ってるけど、それぐらいで気温なんて上がんないって～」
　笑っておちゃらけたように言う山ちゃんの言葉なんて、エリカが聞いているはずもない。
「あ～、前のクラスの方が良かった。このクラス何人かデブがいるし。あっつーい」
　エリカの言葉に悠里とあかりが顔を見合わせて苦笑いを浮かべている。
　エリカの『何人かデブがいる』という言葉にドキッとする。
　自分はいたって普通体形だと思っているけれど、細身のエリカにとってはあたしもデブという風に見られているかもしれない。
　スクールカーストの1軍の頂点にいるエリカ。
　そして、1軍の悠里とあかり。
　山ちゃんは、去年あたしと同じクラスだった。
　それなのにもうあの3人と親しくなり、4人組になっている。

あたしはまだこの教室に入ってから誰とも言葉を交わしていないというのに。

焦りが募る。

クラスのスクールカーストには、文章化されたようなこれといった決まりはない。

けれど、スクールカーストはあきらかに存在して、それは1軍から5軍までである。

1軍は、エリカたちのような派手なグループ。

そして不良系の子。おしゃれでノリがよく教室内での絶対的な発言力を持つ。

2軍は、スポーツ系の部活動に入っている子やコミュ力の高い子、そして異性関係が充実してる子たち。

3軍は、マイナー部に所属している子や、良い意味で普通の子が多い。

もっとも一般的で人数が多いのは、この3軍だ。

4軍は、オタク系やガリ勉タイプ。運動ができないのも特徴的。

5軍はイジメられっ子。中学時代のあたし。それから、あえて誰ともかかわろうとしない子も5軍だ。

このスクールカーストのどの位置にいられるかが、学校生活を送る上でもっとも大切になる。

このままではあたしは、スクールカーストの最底辺だ。

マズい。誰か。誰かと話さないと――。

ぐっと奥歯を噛みしめた時、ポンッと肩をたたかれた。

振り返ると、後ろの席に座っていた女の子がニコッと

笑った。
　茶色いボブヘアが特徴的な、見覚えのある顔。
　この子、元何組だったっけ……。頭をフル回転させる。
「葉山さん、だよね？」
　唐突にあたしの名前を呼ぶ彼女に、おもわず目を見開く。
「え？」
「あっ、ごめん！　あたし、神崎のの。去年、隣のクラスだったんだけど……」
「うん、知ってるよ！　廊下ですれ違ったことあったよね？」
　隣のクラスということは、きっと何度かはすれ違ったことがあるはず。
　まだ彼女のことがよく思い出せない。
　ただ、見た目は悪くない。笑顔が可愛い純粋そうな子。
　ノリも良さそうだし、メイクもしているし、制服も適度に着崩している。
　愛嬌もあり、交友関係もそこそこ広そうだ。
　友達になるには申し分ないレベル。
「あったね〜。あたしね、前から葉山さんと友達になりたいって思ってたんだ！　だから、一緒のクラスで、しかも前の席だってことに気付いて、おもわず声かけちゃった！」
　前から友達になりたかったって……あたしと？
「え〜、あたしも神崎さんと友達になりたかったの！」
　あたしの言葉を聞いた彼女の目が、キラキラと嬉しそうに輝く。

「本当？　嬉しい～‼　あたしのことはののって呼んでね。あたしは何て——」
「——咲良って呼んで！」
　昨日の夜、頭の中でこういう会話になった時のシミュレーションをしておいてよかった。
「了解～‼　あっ、ていうか連絡先交換しようよ～‼」
「いいよ～」
　たがいの連絡先を交換しあい、ホッと心の中で息を吐く。
　電話帳に並んだ【神崎のの】という名前。
　よかった……。ひとまずののという友達ができた。
　でも、だからといってまだ安心はできない。
「ねぇ、ののってこの教室に仲良い子いる？」
　あたしはすぐに核心に迫った。それが、今一番大事なことだった。
　あたしと同じように仲の良い子と一緒のクラスになれなかった場合、新しい友達を作らなくてはならない。
　部活動に入っていればそれ繋がりでグループになれる場合もあるけれど、あたしは帰宅部だ。
　その繋がりでの友達は期待できない。ののはどうなんだろう。
「あっ……、うん。中学の時からの——」
「——のの‼」
　ののが何かを言いかけた時、誰かがそれを遮るように名前を呼んだ。
「もー、ののってば一緒に教室行こうって昨日約束してた

のになんで先に行っちゃうのよ。しかも、同じクラスだったのにさ」
「マキ、ごめん〜!! でも、昇降口でずっと待ってたのに来なかったでしょ〜? 遅刻したよね〜?」
「……バレた?」
「も〜! 自分が悪いのに、すぐに人のせいにするんだから〜」
「あはは。ごめんごめん!」
　楽しそうにしゃべるふたりを、黙って見守ることしかできないあたし。
　やっぱりののには友達がいた。
　さっきまでのウキウキした気持ちは、空気の抜けた風船のようにしぼんだ。
「あっ、ていうか今しゃべってたよね? あたし割り込んじゃった?」
　そう言うと、彼女はあたしに視線を向けた。
　ポニーテールにしている顔立ちのはっきりした女の子。
　性格のきつそうなキツネ目だ。
「葉山咲良ちゃんっていうの。ほら、隣のクラスの。マキも知ってるでしょ?」
　あたしが答えるよりも先に、ののがあたしを紹介する。
「あー、うん。知ってる。同じクラスだったんだ。あたしは岡村マキ。ののとは中学からの仲なの。よろしく」
「うん、よろしくね」
　そう答えるのが精いっぱいだった。

ののにはマキという友達がいた。しかも、中学からの仲。
　あたしの入る余地なんて、これっぽっちも残されていないような気がした。
「ねぇ、のの。そういえば昨日さぁ──」
　ののとマキがあたしにはわからない会話で盛り上がり始める。
　もう……会話に入れてもらえないか。
　頃合いを見計らって、ゆっくりと前へ向き直った。
　背中にぶつかるふたりの楽しそうな笑い声に胃の奥がギュッと痛み、耳をふさいでしまいたくなる。
　けれど、今はそんなことをしている場合ではない。
　一刻も早く友達を作らなくてはならない。
　再び周りに視線を走らせる。
　友達になれそうな子……ううん、それだけじゃダメだ。
　スクールカーストで上位に位置できる子と友達になりたい。
　そうすればイジメられることもない。
　中学時代を思い出すだけで、呼吸が苦しくなる。
　もう、あんな思いだけは絶対にしたくない。
　その思いだけが、あたしを突き動かしていた。

「じゃあ、このあと体育館に移動してください」
　そう新しい担任が言うと、朝のＨＲ(ホームルーム)が終わり、休み時間になった。
　これから全校生徒が体育館へ向かい、始業式に参加する。

あたしが教室で言葉を交わしたのは、ののとマキだけ。

しかも軽い自己紹介をしただけだ。

体育館へ一緒に行こうと誘ってくれる人はいない。

教室からひとりで体育館へ向かうのだけは避けたい。

友達がいないというのを、クラスメイトに知られてはいけない。

１度トイレへ向かってから、みんなが体育館へ移動したのを見計らって体育館へ向かう……？

それとも、隣のクラスの美琴を誘おうか。

頭の中でグルグルと考えが浮かんでは消えていく。

その間にもひとり、またひとりと教室から出て行ってしまう。

手のひらにかいた大量の汗。意味もなくスマホを取り出し画面をタップする。

どうする。どうしたらいい。どうすれば——。

視線が定まらず、顔が引きつり動悸がする。

「さーくーら！」

すると、頭上であたしの名前を呼ぶ声がした。

振り返り声の主を探すと、あたしと目が合ったののはにっこり笑った。

「早く体育館行かないと遅れるよ」

「あっ、そうだね。もう行かないとね」

あたかも今気付いたかのように装ってスマホをポケットにしまい込み、慌てて立ち上がる。

「ねぇ、あと３分しかないよ」

一緒にいたマキがそう言うと、
「嘘〜!! ヤバいね。咲良、ダッシュするよ〜!!」
 ののがあたしの手をつかんだ。
「え?」
 言葉を漏らすよりも先に、ののが走りだす。
 先頭を走るマキが、あたしとののを振り返る。
「ちょっと、ののと咲良! もっと早く走ってよ」
 息を切らせるあたしとののとは反対に、マキはケロッとした顔で走り続ける。
『咲良』とマキに名前を呼ばれて、顔がほころびそうになる。
「マキ、早すぎ!! ちょっと待ってよ〜!」
 あたしがそう叫ぶと、マキが「無理無理! あと1分しかない!」と返す。
 体育館までの道のりは、あっという間だった。
 中に入ると、すでにほとんどの生徒はクラスごとに整列していた。
「間に合ったね〜!!」
 額の汗をぬぐいながら、にっこり笑うのの。
「そもそも咲良がいつまでたってものんきにスマホいじってるから、こんなことになったんじゃん」
「え……?」
 マキの言葉。それって、あたしと一緒に体育館に行こうと待っててくれたってこと?
「なんか走ったら喉渇いたし。帰りジュース買ってから教

室戻ろうよ」
「そうだね〜。あっ、咲良お財布持ってきてる？」
「持ってきてるけど……」
　あたしのこと……入れてくれるの？
「じゃあ、一緒に買いに行こうね〜」
「う……うん！」
　ののの言葉に笑顔でうなずく。
　ののとマキがあたしを受け入れてくれたのは予想外だった。
　そもそも、女のグループで奇数はよくない。
　3人、5人、7人。
　ペアを組む時など、奇数ではひとりが必然的に余る。
　誰だってそのひとりになるのは嫌だという意識が働く。
　だから、2人組ののとマキは、絶対にあたしをグループに入れてくれないと思っていた。
「——新学期という節目に、勉強や運動、それから……」
　壇上で長々と話している校長の話を、右から左に受け流す。
　今は、校長の話をのんびり聞いていられるような状況ではない。
　ののとマキはあたしをグループに入れてくれた。
　でも、それで安心はできない。
　もしもほかにあたしを受けいれてくれそうなグループがあるのなら、どちらに入るか選びたい。
　できることなら、スクールカーストの上位にいけそうな

グループの方がいい。
「校長ヤバすぎぃーー！ この前よりハゲが加速してない〜？ 超ウケんだけど〜！」
　クックッと喉(のど)を鳴らしながら笑いを堪えている声に振り返る。
「バカ！ 悠里が笑ってるとあたしまで笑いそうになるでしょ」
　口に手を当てて笑っている悠里の背中をパシッとたたくエリカ。
　その時、ふとあたしの前にいた生徒が苛立(いらだ)ったように振り返った。
　彼女は「うるせー」と呟(つぶや)き舌打(したう)ちをすると、再び前に向き直った。
　あまりに突然のことに身動きひとつとれないあたし。
　この子、鮎田樹里(あゆたじゅり)だ。
　入学式に金髪で制服を着崩して現れた彼女のことは、鮮烈(せんれつ)な記憶として残っている。今は髪を茶色に染めていたから後ろ姿ではわからなかったけれど、ほのかにタバコの香り(ただよ)が漂ってくる。
　HRにはいなかったということは、遅刻してきて始業式だけ参加したのかもしれない。
　列からわずかに顔を出して、前の方にいる生徒を確認する。
　その中に、見覚えのある後ろ姿があった。
　柳(やなぎ)いずみだ。

鼻にピアスをし、黒い髪を頭のサイドだけ編み込んでいる背の高い子。

校長の話を聞くことなく、耳に大きなヘッドホンをつけてわずかに体を揺らしている。

噂によると駅前で夜中、集団でダンスの練習をしているらしい。

ヤンキー系の樹里、そしてHIPHOPやレゲエの大好きないずみ。

ふたりは中学時代からの知りあいらしく、常に行動を共にしている。

樹里もいずみも確実にクラスで目立つし、1軍なのはまちがいない。

1年の時、樹里たちは3組のトップで、エリカたちは5組のトップだった。

このクラスは1軍が2グループに分かれているということになる。

しかも、鮎田樹里はあきらかにエリカたちグループを毛嫌いしているようだ。

波乱が起こりそうな予感。

でも、その波乱を好機に変えることができたとしたら……？

1年生で美琴という親友ができたものの、クラスでのあたしたちふたりの地位はあきらかに低かった。

書道部の美琴と、帰宅部のあたし。

書道部は部員が全学年合わせて5人しかおらず、1年は

美琴だけだった。
　帰宅部のあたしはもちろん、部活に所属している美琴ですら部活で友達はできない。
　美琴はいつだってマイペースだった。
　あたし以外の子と仲良くしようとはせず、自分から積極的に話しかけることもない。
　教室での美琴の発言権は、ほぼないに等しかった。
『ねぇ、咲良ちゃん。山崎さんと一緒にいて楽しい？』
　クラスメイトからそうたずねられたこともある。
『うん。楽しいよ』
　そう答えた自分の声が上ずっているのに、あたしは気付かないふりをした。
『美琴』と名前で呼ばれることはなく、クラスメイトはみんな『山崎さん』と名字で呼んだ。
　美琴以外とも仲良くしたいし、友達を作りたいと思っていたあたしはクラスメイトに積極的に話しかけ、仲良くなった一部のクラスメイトには『咲良ちゃん』と呼ばれ、放課後一緒に遊ぶこともあった。
　美琴のことは好きだ。おとなしくてマジメな美琴と一緒にいるのは時に退屈することはあったものの、美琴の優しさにはいつだって助けられてきた。
　でも、少しは友達を作る努力をしてほしかった。
　うまく立ちまわってほしかった。美琴と一緒にいたことで、あたしはこの１年間ずっと４軍だった。
　美琴を見捨てれば３軍にまで上がることができたかもし

れない。
　現に、3軍の女子グループから『咲良ちゃん、うちらのグループ入んなよ』と誘われたこともあった。
　でも、高校で初めてできた親友である美琴を見捨てることなんてできなかった。
　だから、ずっと4軍に甘んじていたけれど、今は状況が違う。
　美琴とは違うクラスだ。
　逆に美琴と違うクラスになれて良かったのかもしれない。
　中学時代や1年生での失敗を取り返してみせる。
　あたしはそう心に強く誓った。

変化

 そのあと、結局クラス内ですぐに溶け込めそうなグループは見つからず、あたしはののとマキと3人組になることを選んだ。
 ののもマキも見た目はそこそこ良いし、性格だって明るい。
 あたしはスクールカーストの3軍に位置していた。
 1軍とは気軽にはしゃべれないけれど、2軍とはそれなりにしゃべれる仲であり、4軍5軍からは一目置かれる存在。もっともラクな地位だ。
 放課後一緒にケーキバイキングに行ったり、カラオケに行ったり、買い物に行ったり。
 3人で過ごす日々は楽しく、笑顔で溢れ、あたしは幸せを噛みしめていた。

 けれど、違和感を感じたのは2年に進級してから1か月を過ぎたゴールデンウィーク後のことだった。
 5限のHRで、5月の下旬に控えた体育祭の競技決めを行った時のこと。
「じゃあ、自分の出たい競技を決めてください。これから挙手してもらって決めていきます」
 クラス委員の言葉に、黒板に書かれているたくさんの種目に目を走らせる。

あたしは、もともと運動は得意な方ではない。
　中学の時はバドミントン部に入っていたけれど、イジメの影響でほとんど参加していない。
　今は帰宅部だし、運動が好きというわけでもない。
　だとすると、リレーや個人種目は避けたい。
　３人４脚。
　その中で、ふとその種目が目に飛び込んできた。
　３人で横に並び、足をひもでしばってゴールまで走る競技。
　それなら３人で出場することができる。
「のの、何に出る？　３人で出られるし、３人４脚がよくない？」
　振り返って後ろの席ののに声をかけると、ののはいじっていたスマホを慌ててポケットの中にしまった。
　動揺するのの。顔がわずかに強張っている。
「あっ、うん？　何だっけ？」
「だから、３人で出られるのって３人４脚しかないでしょ？　だからそれに出ようよって言ったの」
「あー……、だね。でもさ、３人４脚ってクラスで２組しか出られないよ？　確実に出られる競技を選ばないと、余ったリレーとかになっちゃいそうじゃないっ？」
「それはそうだけど、３人で同時に手を挙げれば大丈夫だよ。ねっ、そうしよう？」
「うーん……そうだねぇ。だけどなぁ……エリカちゃんたちは３人４脚やるでしょ？」

エリカグループは、エリカと悠里とあかりと山ちゃんの4人だ。
　でもソフトボール部の山ちゃんは足が速く、去年もリレーのアンカーだった。
　そう考えれば、たしかにエリカグループは3人4脚を選ぶ可能性が高い。
「あたし絶対にリレーに出たくないよぉ」
　渋るのの。
「あたしだってそうだよ。だから、3人で一緒のを選ぼう？」
「うーん……」
　あたしがそう言うと、ののは曖昧にうなずいた。
　煮えきらない態度ののののに、ほんの少しイラッとしながらもスマホを取り出して、マキにメッセージを送る。
【今、ののと話してたんだけど、3人4脚に3人で出ようね】
　これでよし。スマホをポケットにしまったと同時に、
「じゃあ、挙手を採ります。借り物競走に出たい人いますか～？」
　パラパラと手が挙がる。
　心に余裕のあるあたしは、それをのんびり眺めていた。
「次、2人3脚出たい人～手を挙げてください！」
　次々に競技が決まっていく。
　そういえば、マキから返事がない。
　ようやくそのことに気付いて、スマホを確認する。
　けれど、既読のマークがない。
　マキはまだ見ていないのかもしれない。

ということは、3人4脚に手を挙げないかもしれない。
　そうなったら、マキだけがリレーの選手になってしまう可能性もある。
　それじゃかわいそうだ。なんとかマキに伝えなくちゃ。
　スマホを握りしめて、もう一度メッセージを送ろうと手元のスマホに視線を落とす。
　けれど、あたしのそんな焦りとは裏腹に、状況が一転する。
「じゃあ、神崎さんと岡村さんも決定で。そこがふたりでペアでいいよね」
　神崎と岡村……？
　その名前にハッとして顔を持ち上げる。
　一番前に座っていたマキが、2人3脚に手を挙げている。
　どうして？　なんで？　どういうこと？
　頭の中が混乱して今の状況がうまくのみ込めない。
　慌てて振り返り、後ろに座るののにすがるような目を向ける。
　手を挙げていたののはあたしの視線から逃れるように、わずかに顔を横に向けた。
「えっ？　ちょ、のの……どういうこと？　なんでマキとふたりで2人3脚やるの？」
「だって……3人4脚はエリカちゃんたちがやると思うし、2組しか出られないから。2人3脚の方は4組出られるでしょ？」
「そういうことを聞いてるんじゃないし！　さっき約束し

たでしょ？　3人4脚に出るって‼」
「あたしは約束してないよ……？　咲良がひとりで勝手に3人4脚やろうって言ってたんでしょ……？」
「な、何それ……」
「あたしはリレーの選手が嫌だっただけなの。だから、2人3脚を選んだだけだよ。あっ、ほら……これから3人4脚決めるって。早く手を挙げた方がいいよ」

　頭に急激に血が上る。

　本当はののに文句を言ってやりたかったけれど、今はそんなことをしている場合じゃない。

　ののとマキに裏切られたことはともかく、自分の出る競技を決めなくてはいけない。

　もうあといくつも残っていない。

　リレーの選手だけは避けたい。

　その時、手元のスマホが視線の隅に入った。

　マキに送ったメッセージに既読マークがついている。

　このタイミングで見るって……確信犯？

　あとから気付いたって、言い訳でもしようとしてるの？

　マキの意図がわからずモヤモヤする。

「じゃあ、3人4脚に出たい人～」

　その言葉に慌てて手を挙げる。

「はーい、うちらやるやる～‼　あたしとエリカとあかりの3人ね～‼」

　ひときわ大きな声で叫び手を挙げる悠里。

　悠里はあたりを見渡すと、ニッと笑った。

「うちらは決定で、あっ、いい感じにあと３人決まったじゃん！　秋穂たち３人ね〜!!」

　秋穂たちは２軍に位置するグループのメンバーだった。

　手を挙げていたのは、エリカグループと２軍の秋穂グループと３軍のあたしだけ。

　悠里はあたしが手を挙げていることにすら気付いていなかったようだ。

　２組があっけなく決まってしまった。あたしの入る余地など、これっぽっちもない。

　慌てて手を引っ込めようとした時、委員長と目が合ってしまった。

「えっ、ちょっと待って。葉山さんも手を挙げてるよ」

　委員長はあたしの存在に気付き、声を上げる。

　その瞬間、クラス中の視線が一斉にあたしに向けられた。

「あっ、あたしはべつにやらなくても……」

　エリカと秋穂のグループの２組に決めてもらってよかった。

　ここで強情に手を挙げ続けたとしても、いいことなんてない。

　それなのに、委員長はあたしの気持ちに気付かずこう続けた。

「葉山さんもやりたいなら、じゃんけんで決めよう。そうしないと不公平だから」

　嘘でしょ。そんなのやめてよ。

　あたしが心の中で叫んだのが早いか遅いかはわからな

い。
「ハァ〜。マジで空気読めよ！」
　エリカの不機嫌そうな言葉に、教室中が不穏な空気に包み込まれた。
　この空気を、あたしはよく知っている。
　中学時代、どこのグループに入れてもらえずにさげすまれた時の空気。
『誰か葉山さんを入れてあげて？　お願いよ』
　困ったようにクラスメイトに頼む先生。
　あちこちから上がる『絶対やだ〜。あんな奴入れたくねぇし』という声。
『つーか、葉山がいなければすべて解決じゃん』
　あの時、心を引きちぎられるような思いがした。
　よみがえった記憶に、胸が押しつぶされそうになる。
「えー、なんでじゃんけんなの〜？」
「葉山さんだけ余ってるもんね」
「エリカちゃんたちかわいそう」
　周りから聞こえてくる非難の声。
　今すぐ『あたし違う競技に出るから！』って大きな声で言いたいのに、喉の奥に言葉が引っかかって出てこない。
　中学時代を思い出して、心臓がわしづかみにされたように痛む。
　暑くもないのに汗をかいて、顔がまっ赤になる。
　脈が速くなり呼吸が乱れる。
「お〜い、葉山ちゃーん。黙ってないで何か言ってくんなぁ

〜い？」

　悠里の陽気な声。

　ぐわんぐわんっと悠里の声が脳内で揺れ動く。

　それとほぼ同時に、バンッと机をたたく音がした。

　驚いてその音に体を震わせる。

　机をたたいたのは、隣の席の塚原瑠璃子だった。

「──さっき葉山さん『べつにやらなくてもいい』って言ってたわよ。ね？」

　瑠璃子はあたしにそう語りかける。

「う、うん……」

　瑠璃子の助け船に必死の思いでうなずくと、ずっと黙っていたエリカがゆっくりと振り返りあたしを睨んだ。

「さっき言ってたって、いつ言ってたんだよ。あたし、さっさと終わらせて帰りたいんだけど。葉山、アンタ声小さすぎ。ていうか、アンタの存在に今気付いたんだけど。空気すぎだから」

　まくしたてるように言ったエリカの言葉に、自分の顔から血の気が引いていくのを感じる。

　静まりかえった教室内。周りの目が痛い。

　同情とさげすみの入りまじった視線が、全身に突き刺さる。

「ちょっと、エリカってば。言いすぎだよ」

　顔をしかめたあかりが、エリカを制止する。

　けれど、もう遅かった。

　影響力のあるエリカがあたしのことをけなした。

それは、ある意味この教室での"葉山咲良"の死を意味していた。

あたしの存在は軽んじられ、イジメの対象になりうる。

机に視線を落としてギュッと痛いぐらいに拳を握りしめた時だった。

「葉山さんの声が小さいんじゃなくて、あなたたちが騒いだから聞こえなかったんでしょ。私にはちゃんと聞こえてたわ」

瑠璃子はそう言うと、何事もなかったかのように文庫本を開き、平然と読書を再開した。

シーンと静まりかえる教室内。瑠璃子がかばってくれたことは嬉しかったけれど、怒ったエリカに殴られでもしないかとひやひやする。

けれど、なぜかエリカはクスクスと楽しそうに笑った。
「アンタ、おもしろいね」

そう言うと、急に機嫌の直ったエリカは「葉山、ごめん。さっきの冗談」そう言ってあたしに笑いかけた。
「あっ、うん」

苦笑いを返すことしかできなかったけれど、瑠璃子のおかげで助かった。

ちらりと瑠璃子を盗み見る。

瑠璃子はあたしの視線に気付くこともなく、平然と読書を続ける。

たぶん、この教室の中で一番美人で、一番頭が良くて、一番スタイルが良くて、一番無口な人。

友達も作らず常にひとりで行動し、休み時間や昼休みは自分の席で読書をしている。
　彼女のことをロボットと呼んでいる人がいた。
　喜怒哀楽を顔に出すことがないから、心がないという人もいる。
　何を考えているのかまったくわからなかったけれど、彼女に心がないなんて嘘だ。
　現にあたしを助けてくれた。彼女はきっと、あたしたちよりずっと大人だ。
「次、大玉転がしに出たい人〜」
　仕切り直して次の競技決めに進むクラス委員の声に、ぽつりぽつりと手が挙がる。
「じゃあ公平にじゃんけんで決めましょう」
　委員長の言葉に、あたしを含めた数人が不安そうな表情を浮かべながら教室の前方に集まる。
　絶対に負けたくない……。
　あたしは祈るような気持ちで右手を持ち上げた。
　結局、そのあとじゃんけんでなんとか勝ち進み、リレーを回避できた。
　それでも、ののとマキに裏切られたという事実は変わらない。

　放課後になり、あたしは真っ先に後ろの席ののにのに声をかけた。
「ねぇ、のの。さっきの種目決めのことだけど——」

「──しょうがなかったんだって」
　切りだそうとした矢先、やってきたマキがあたしの言葉を遮った。
「3人4脚はエリカちゃんたちと秋穂ちゃんたちがやるってわかりきってたじゃん。うちら3人が手を挙げたら揉める原因になるしさ」
「揉める原因になるのはわかるけど……だからって2人3脚に手を挙げることないよね？」
「あれはたまたま。偶然に決まってるでしょ？　あたしの出たい種目と、ののの出たい種目が同じだったっていうだけ」
「そんな……」
　あっけらかんと開き直るマキに、開いた口がふさがらない。
　その時、ピンときた。
『のの、何に出る？　3人で出られるし、3人4脚がよくない？』
　ののに声をかけると、ののはいじっていたスマホを慌ててしまった。
　もしかしたら、事前にののとマキは2人3脚に出ることを決めていたのかもしれない。
　そうだ。そうとしか考えられない。
「あたしは3人で一緒の競技に出たかったの。ののとマキだってリレーに出たくなかったでしょ？　だから……」
　あたしは最初から3人で出られる競技を選ぼうと思って

いた。
　ののと手を組んでマキを外そうとか、その逆も考えたりはしなかった。
　ののもマキも、リレーの選手にはなりたくないはずだ。
　だからこそ３人で一緒に出ようと考えていたのに……。
　あたしはふたりのことを思っていたのに……。
　それなのに。
「ていうかさ、咲良は大玉転がしに出られることになったんだしもうよくない？　なんかそうやってグチグチ文句言われるの嫌なんだけど。ねぇ、のの？」
　嫌悪感丸出しのマキが、ののに同意を求める。
「あっ……うん。咲良も大玉転がしに出られるし、良かったね」
　ののはあたしの顔色をうかがいながら、マキに合わせてうなずいた。
　グチグチ文句を言われるのが嫌？
　ねぇ、それってあたしが悪いの？
　３人で一緒の競技に出ようと思ってたのは、悪いことだったの？
　ふたりで示しあわせてあたしを外そうとした、ののとマキが正しかったっていうこと？
「じゃあ、この話はもうおしまいにしよ。ねぇ、帰りどっか寄ってく？　久しぶりにカラオケ行かない？」
　──勝手に終わらせんな。
　ギュッと拳を握りしめて怒りを耐えるあたしを知ってか

知らずか、マキがそんな提案をする。
「あっ、いいね。久しぶりにカラオケ。ねぇ、もちろん咲良も行くよね？」
　ののが無邪気な笑みを浮かべる。
　カラオケ……？
　何言ってんの。答えは最初から決まっている。
「——行かない」
　それは、あたしの精いっぱいのふたりへの抵抗だった。
　あたしはまだ納得がいっていない。なのに、この話はもうおしまいにしようと言われて、簡単に気持ちを切り替えて楽しくカラオケになんて行く気になるわけがない。
　ふたりはわかっているんだろうか。
　あたしが怒っていることを。
　どうして怒っているのかを……。
「あっそ。ノリ悪っ！　のの、ふたりで行こっ！」
「あっ……じゃあ、咲良また今度行こうね」
　吐き捨てるように言うマキと、おどおどしているのの。
　何も言わないあたしにしびれを切らして、ふたりが教室から出ていく。
　結局、ひと言も「ごめん」という謝罪の言葉はふたりの口から出てこなかった。
　机の横にかけておいたバッグを取り、怒りに任せて机の中の教科書を詰め込む。
　どうしてあたしがノリが悪いとか言われなくちゃいけないの？

そもそも悪いのはののとマキじゃない。

胸に広がるモヤモヤ。

「ムカつく」

おもわずポロリとこぼれ落ちた言葉。

誰かに聞かれたかもしれないとハッとして周りを見渡した時、隣の席の瑠璃子と目が合った。

さっきの聞こえちゃったかも。でも、あたしの心配をよそに瑠璃子はとくに変わった様子もなくスッと目を逸らすと再び手元の文庫本に視線を落とした。

「あの……塚原さん」

おそるおそる呼びかけると、瑠璃子は文庫本をパタンッと閉じてあたしに視線を向けた。

「何?」

「助けてくれてありがとう」と言いたかったのに、あたしの口から出た言葉はまったく関係のない言葉だった。

「そ、その文庫本のカバー、なんか味があっていいね!」

「あぁ、これ?」

瑠璃子はカバーを手のひらで優しく撫でる。

「これ、亡くなったおじいさんが私にくれた最初で最後のプレゼントなの。私にとっては命と同じぐらい大切なもの」

「へぇ……そうなんだ」

愛おしそうな目でカバーを見つめる瑠璃子。

あたしは意を決してお礼を言うことにした。

「あ、それと……さっきはありがとう」

「さっき?」

「ほら、体育祭の競技決めの時……あたしのことかばってくれたでしょ？」
「あぁ……。でもべつにあなたをかばったわけじゃないわ。ただあの状況がどうしても許せなかっただけ」
「あの状況？」

　今度は逆にあたしが聞き返す。
「競技決めは公平に行われないといけないでしょ？　それなのに、砂川さんたちの言い分は横暴(おうぼう)すぎるわ。全員が全員、やりたい競技に出られるわけがない。我慢する人だって出てくる。でも、公平なやり方で決めれば文句は出ない。砂川さんたちのように自分たちの利益ばかり考える人がいるせいで不利益をこうむる人が出てくる……あなたのように。それは不公平でしょ」

　瑠璃子の言いたいことはよくわかる。

　でもその固い言い方がおもしろくて、おもわず笑みが漏れる。
「私、何かおかしいこと言ったかしら？」
「ううん、ごめん！　たしかに塚原さんの言うとおりだね」

　瑠璃子は不思議そうに笑うあたしを見つめている。
「瑠璃子、でいいわ」

　すると、真顔で唐突に言う瑠璃子。
「あたしのことも咲良でいいよ」

　本当に、瑠璃子の考えていることはさっぱりわからない。

　ケラケラとひとしきり笑ったあと、あたしは瑠璃子に「ありがとう」と2度目のお礼を言った。

「あー、笑った！　さっきまでイライラしてたのになんか吹っきれた。瑠璃子のおかげだね」
「神崎さんと岡村さんのこと？」
「そう。あたしはね、3人で一緒の競技に出ようって思ってた。でも、ふたりは違うんだ。あたしに隠れて裏でこっそりふたりだけで決めてたの。なんかそういうのショックだよね……」
「ええ。でも、あなたは偉かったわ。もっと怒ってもよかったはずなのに、我慢したでしょ」
「偉くなんて……ないよ。あたしがただ弱虫なだけ。ふたりに嫌われて、自分の居場所がこの教室になくなるのが嫌なだけだし。結局自分のためなの」

　また中学時代のようなつらい目にはあいたくない。

　教室内で誰かと話すことも目を合わすこともなく過ごす1日。

　学校にいるのは1日の中で数時間だけなのに、とてつもなく長い時間に感じられた。

　あの頃に絶対に戻りたくはない。だから、あたしはいくらののとマキに怒りを感じたとしても自分の感情を100パーセントぶつけたりできない。

　あたしは弱虫だ。

「弱虫なんかじゃないわ。自分のこと下げすぎよ。あなたには良いところがたくさんあるじゃない。神崎さんと岡村さんと無理に付き合わなくたって、隣のクラスに仲の良い友達もいるでしょう？」

「瑠璃子……どうしてそれを……」
「１年生の時、廊下に放り投げられた私の教科書を拾ってくれたのはあなただけだった。その隣で『大丈夫？』と声をかけてくれたのが、あなたの友達の山崎さん」
「あ……何となく覚えてる」

　たしかに１年の時、美琴と一緒にトイレへ向かっていたら、教室の扉から教科書が飛んできてあたしの足元に転がった。
　その瞬間、教室からどっと楽しそうな笑い声がした。
　何が起こっているのか瞬時に理解できたものの、誰がターゲットになっているのかはわからなかった。
　そのあとすぐに現れたのは、瑠璃子だった。
　あまりにも平然とした様子で教室から出てきた瑠璃子。
　かかわりはなかったけれど、その美しい容姿のせいで入学式から有名になっていたこともあり、存在は知っていた。
　瑠璃子から視線を外して、足元に転がっている教科書に視線を移す。
　教科書には『塚原瑠璃子』と名前が書かれている。
　え……？　これ塚原さんの教科書……？
　瑠璃子があたしの目の前まで来て腰をかがめて教科書に手を伸ばしたと同時に、あたしは弾かれたように足元の教科書を拾い上げていた。
『死神の持ち物に触ると死ぬぞー!!』
　あたしが何かを落としても、拾ってくれる人なんて誰も

いなかった。

　足元に消しゴムを落としたら、『きたねーな！』と蹴り飛ばされた。

　遠くへいってしまった消しゴムを拾いに向かうと、さらに違う人が消しゴムを蹴り飛ばす。

　延々と続くその悪意のある行為に、胸が張りさけてしまいそうなほど痛んだ。

　誰かがそっと手を差しのべてくれることを願ったりもした。

　自分だけでは、到底立ち向かえそうにはなかったから。

　けれど、そんな人は現れなかった。あの時の絶望は計りしれない。

　きっと、平然を装っている瑠璃子だって、あの頃のあたしと同じ気持ちに違いない。

『はい』

　教科書を差しだすと、瑠璃子は驚いたように切れ長の目を大きく見開いた。

『……ありがとう』

　あたしから教科書を受け取ると、瑠璃子がほんの少しだけ微笑んだ気がした。

『大丈夫？』

『えぇ』

　美琴の言葉に小さくうなずくと、瑠璃子は再び何事もなかったかのように教室に戻って行った。瑠璃子はあの時のことを言っているに違いない。

「あなたは忘れているかもしれないけど、私はずっと覚えていたわ。嬉しかったから」

　表情ひとつ変えずに『嬉しかった』と言う瑠璃子。

　たしかに何を考えているのかよくわからないし、唐突なことを言ったりもするけど、瑠璃子はやっぱりロボットなんかじゃない。ちゃんと感情を持ちあわせている。

「私はこの学校に友達はいないけど、あなたとは仲良くなってもいいかもしれないと思ったの」

「ちょっと、急に上から目線になったね」

　おもわず吹きだす。

「瑠璃子はさ、美人だしもっと積極的にクラスの子と絡んでいけばいいんじゃない？　そうすればすぐに友達できるよ」

「そう？」

「うん！　あのさ……聞きづらいんだけどさ……瑠璃子ってずっと友達いなかったの？」

　頭も良く運動神経抜群で、美人でスタイルも良い。

　少し人とは変わったところもあるけど、瑠璃子は1軍にいてもおかしくないぐらいのスペックだ。

　それなのに、今の教室での瑠璃子の立場は5軍。あきらかに地位が低い。

　いや、むしろ最底辺。

「ずっとではないわ。中学から通ってた塾で、しゃべったりする友達はいるの」

「そっか」

「私は交友関係を無理に広げたいわけじゃない。友達だって、仲の良い子が数人いれば満足よ。だから、あなたと神崎さんと岡村さんのような関係は絶対に嫌。いつ裏切られるかビクビクしながら生活するのは、精神衛生上よくないわ。それに、私だったら簡単に相手を裏切れる人を友達なんて呼びたくない」

瑠璃子がそう言った瞬間、

「咲良」

教室の扉の方から、あたしを呼ぶ声がした。

立っていたのは美琴だった。

なぜか顔色が悪く、困ったように笑う美琴。

1年間一緒にいて気付いた美琴の癖。

「ごめん、瑠璃子。話途中だったのに……」
「いいのよ。行ってあげて」

何か悪いことがあったに違いないと気付いたあたしは、弾かれたように立ち上がり、机の上のバッグをつかんだ。

瑠璃子に別れを告げ、教室の扉まで走る。

「美琴、大丈夫？」
「咲良……っ」

あたしがそうたずねると、美琴は案の定今にも泣きだしそうな不安な表情を浮かべた。

「あたしね、クラスで浮いてるんだ」

帰り道、美琴はそう言って視線を足元に下げた。

「浮いてるってどういうこと？」

「友達がひとりもできないの。教室移動も休み時間も昼休みもずっとひとりぼっち」
「美琴……」
　たしかに、美琴は自分から積極的に友達を作ろうとするタイプではない。
　交友関係もせまく深く。だから、1年の時はあたしとずっと一緒にいて、ほかに友達を作ろうとはしなかった。
「クラス替えしてから1か月以上たつのに、ぜんぜんクラスになじめないの。この間なんて『名前何だっけ？』って言われて……。あたしってそんなに存在感薄いのかな」
　美琴の声が震える。
「そんなことないよ。これから友達が——」
「——できるわけないよ。もうグループができあがっちゃってるんだもん」
　悲痛な美琴の表情に、切迫した状況がうかがえた。
「咲良は……うまくいってるよね？　いつも神崎さんと岡村さんと一緒にいて楽しそうだし」
　自分は新しいクラスで友達ができずに悩んでいるのに、親友のあたしは友達を作り楽しそうにしている。
　焦り、羨み、苛立ち、切なさ、怒り、憤り。
　美琴のなかで、きっと様々な感情がごちゃごちゃに絡まっているんだろう。
　あたしだって、美琴の立場だったら同じ感情を抱くに違いない。
　でも、美琴が思っているほどあたしは楽しく過ごせてな

どいない。
　美琴を安心させる出来事が今日起こったばっかりだ。
「そんなことないよ。じつは今日ね……」
　あたしは競技決めでの一件を美琴に話した。
「何それ、そんなのひどいよ!!」
　話し終えると、美琴は目をまっ赤にして声を荒らげた。
　さっきまでの青い顔とは対照的に、今度は赤い顔で怒っている。
「正直ショックだった……。まさかそんなに簡単に裏切られるなんて思ってなかったし……」
「本当最低だよ。咲良と仲の良いフリしてそんなことができるなんて信じられない」
「あたしのこと、いらなくなったら切り捨てようと思ってんのかも」
「そうだね、きっと！　あんまり深入りしない方がいいかもしれないよ。咲良が傷つくのが目に見えているし。でも、安心してね。あたしは絶対に咲良の味方だから！　だから、これからもずっと親友だよ？」
「ありがとう、美琴。これからもずっとふたりだけの親友でいようね」
「うん！」
　さっきまでの暗い表情とは打ってかわって、にこやかで楽しそうな美琴。
『あんまり深入りしない方がいいかもしれないよ』
　美琴が言いたかったことは、それなのかもしれない。

美琴にとって、ののとマキは歓迎(かんげい)すべき人間じゃない。
　あたしが自分よりあのふたりと仲良くなってしまうのが、本当は嫌なんだろう。
「……ん？　咲良、どうしたの？　ぼーっとしてるけど」
「あっ、ううん。何でもない」
　美琴があたしを励ましてくれている気持ちは、痛いほど理解できる。
　あたしだって、美琴が仲間外れにされれば、きっと今美琴がしてくれたように自分のことのように怒るだろう。
　でも、それは本当に相手を思っての行動……？
　自分の利益の有無をほんの少しだけ心の中で計算していない？
「ねぇ、お腹空いちゃった。クレープでも食べて帰らない？」
「あっ、いいねっ。あたしもどこかへ行きたいって思ってたの」
　あたしの提案に美琴が大きくうなずいて、じゃれつくようにあたしの腕に自分の腕を絡ませる。
「咲良、大好き」
　ギュッとあたしの腕をつかむ美琴。
「あたしも大好きだよ」
「ふふっ」
　まだ、この時は気付いていなかった。
　歯車はもう狂いはじめていた。
　あたしたちの目には見えないところで、確実に。

確信

　4限の体育の時間、100メートル走のタイムを計ることになり、2人組でペアになり柔軟体操をやるようにと指示が出た。
　余ってしまった場合、3人でやってもいいと体育の先生は言っていた。
　それにもかかわらず、恐れていたことが現実となった。
「うちら、ふたりで組むから。咲良は体育祭の同じ競技の子とペアになって」
　マキの言葉に大きく目を見開く。
　ののは困ったようにあたしから顔を背けた。
「べつに同じ競技の子とやらなくちゃダメなんて言われてないでしょ？」
「じゃ、そういうことで。のの、行こっ」
「えっ……ちょ……」
　あたしが返事をする前に、マキとののは離れた場所に移動して、2人組になって柔軟体操を始めてしまった。
　まるでついてくるなと言わんばかりのふたりの態度に、憤りが募る。
　どうして……？
　さっきまで3人で仲良くしていたのに。
　どうして急に態度を変えるの？

でも、今はそんなことを考えている場合じゃない。

あたりを見わたして余っていそうな子を探すと、ひとりの女子生徒と目が合った。

辻(つじ)さん……か。

どちらかというと太っている方で、口数も少ない地味な子。

彼女はスクールカーストの最底辺である５軍、しかもその中でももっとも下部に位置している。

あの子とペアになったら、あたしまで同類に思われてしまう。

山ちゃんのような１軍のお笑い系の子が辻さんのような子とペアになれば、周りがはやしたて場が盛り上がるだろう。

『山ちゃん、超ウケるんだけど！』

そうやって周りからいじられることで山ちゃんも救われ、５軍の子とでも仲良くしてあげる優しい人として株(かぶ)も上がるのだ。

でも、あたしにはいじってくれるような友達がいない。

それこそ、辻さんとペアになれば、なんとか保っている３軍の地位から降ろされてしまう可能性もある。

そもそも、このまま３軍に居続けられるのかすら、あやしくなってきた。

ののとマキといることで、あたしは３軍にいられたのだ。

ふたりを失ったあたしには４軍、はたまた５軍に落ちるしか道はない。

背筋がスーッと冷たくなり、脈が速くなる。
　このままじゃ、また中学時代に逆戻りだ。
「ねぇ、ひとり？　だったら一緒に組まない？」
　すると、唐突に誰かが声をかけてきた。
「……瑠璃子」
「あたしと一緒だと嫌かしら？」
「ううん、ぜんぜん。あたしもひとりだったから」
　言葉とは裏腹に、あたしの頬は小刻みに震えていた。
　柔軟体操が終わったあとも、ののとマキはあたしとは距離を取ったところでおしゃべりに夢中になっていた。
　100メートル走のタイムを計り終え、校庭の隅で汗を拭いていると、瑠璃子が隣にやってきた。
「あのふたりのことがそんなに気になる？」
「……ううん、べつに」
「そう？　そのわりにはずっとふたりのことを目で追ってたけど」
　痛いところを突かれて、おもわず黙り込む。
「ごめんなさい。べつにあなたを責めるつもりはないのよ。でも、あのふたりと無理して一緒にいることがあなたのためになるとは思えないの」
　瑠璃子の言うことは正論だ。
　でも、正論がかならずしも今の状況で正しいとは思えない。
　ふたりと無理をしてでも一緒にいなくてはならない時だってある。

それにあたしは瑠璃子のようにはなれる自信がない。
　誰に何と言われようが顔色ひとつ変えず、うるさい教室の中でひとりっきりで本を読んでいられるほど、精神的に強くない。
　教室の中にひとりでいることも、トイレや教室移動に一緒に行く友達がいないのも、さっきのようにペアになれと言われて余ってしまうのも絶対に嫌。
　周りの子がひとりでいる自分を見てどう思うのかが、気になって仕方ない。
　容姿の良い瑠璃子だったら、ひとりでいても誰ともつるまない"一匹狼（いっぴきおおかみ）"と周りから認識してもらえるかもしれない。
　でも、あたしはきっとそうは認識されない。
　性格の暗い、教室内でも浮いた異質な存在。だから排除（はいじょ）されてひとりでいるとみなされる。
　そんな子にわざわざ近付いていって仲良くしようとするもの好きなんて、ほとんどいないだろう。
「だからって……ひとりでいたくないよ。ひとりでいる友達のいない寂（さみ）しい子って思われたくない。あたしは……瑠璃子みたいに強くないの！」
　おもわず感情的になってハッとする。
　それって、瑠璃子を友達のいない寂しい子って言っていることになる。
「あっ、瑠璃子。ごめ――」
　謝ろうとした時、瑠璃子はあたしの言葉にかぶせるよう

に言った。
「——私だって強くなんてないわ。今は友達がいないからひとりでいるけど、友達ができれば一緒にいるわ。だけど、周りの目を気にして我慢ばっかりするなんて、バカらしくない？」
「でも、みんなそうやって我慢して友達付き合いしてるの」
「我慢も時には必要よ。でも、言いたいことも言えずにいる関係が良い友達関係だとは思えないの。友達に上も下もない。格付けしあう必要なんてないの。神崎さんと岡村さんの顔色ばかりうかがって一緒に過ごすのは、あなただってつらいはずよ」

瑠璃子の言うとおりだ。

友達には上も下もない。

でも、現にあたしたち３人組には目には見えない上下関係が存在する。

決定権や発言力を持つマキ。それに刃向かうことのできないのの。

そして、ふたりに都合の良い時だけ仲間に加えてもらえるあたし。

ふたりと一緒にいる中で、ようやく気付けたことがある。

ふたりは、あたしを歓迎してグループに入れてくれたわけではない。

マキかののどちらかが休みの時、ひとりになってしまうのを避けるために、あたしという存在を保険として残してあるんだ。

２人組だとどちらかが休むと、ひとりになってしまう。
　その日だけどこかのグループに入れてもらうこともしづらく、１日の大半をひとりで過ごさなければいけなくなってしまう。
「あなたにとって友達って何？　利用しあうもの？　自分にメリットがあるから一緒にいるもの？」
「それは……」
「本当の友達なら、困った時に助けたいって思うでしょ？　話を聞いてあげたり、隣に寄り添ってあげたり……。友達が心を痛めているのを見たら、無条件で何かをしてあげたいと思うものよ。だからといってその見返りを求めたり、求められたりしないはず。そうでしょ？」
　瑠璃子の言葉に胸が熱くなる。
　……そういう友達が欲しかった。欲しくて欲しくてたまらなかった。
　だけど、現実は残酷(ざんこく)だ。
　あたしは、友達だと思い心を許していたののとマキにあっさりと裏切られ、切り捨てられようとしている。
「あなたはもっと自分に自信を持った方がいいわ」
　自分に自信なんてない。自分のことも好きじゃない。
　瑠璃子にはすべて見透かされているような気がする。
　あたしは、おもわず弱音を漏らした。
「そんなこと言われたって……じゃあ、あたしはどうしたらいいの……？」
　瑠璃子ならその答えをくれる気がした。

あたしを正しい方向へ導いてくれるような気さえした。
　すがるように瑠璃子を見つめると、瑠璃子は柔らかい笑みを浮かべた。
「それはあなたが一番よくわかってるはずよ」
「……わからないよ。わからないから聞いてるの！　あたしは……瑠璃子が羨ましい。羨ましくてたまらない！」
　絶対にブレることのないその強い心が欲しい。
「——塚原さん、次ね‼」
「はい」
　そこまで言ったところで、体育の先生にうながされて瑠璃子が歩きだす。
　数歩歩いた瑠璃子は急に立ち止まり、ゆっくりと振り返った。
「それと言い忘れた。あなたは私を羨ましいと言ったけど、私は逆に親友のいるあなたがとても羨ましいわ。親友のこと、大切にしなさいよ」
　そう言うと、颯爽と走り去っていく瑠璃子。
「また上から目線で言うんだから」
　ポツリと呟きながらも、瑠璃子との会話で心の中のモヤモヤがほんの少しだけ晴れた気がする。
　ぼんやりと瑠璃子の姿を目で追う。
　合図と同時に、5人が一斉に走りだす。
　瑠璃子の速さは頭1つ抜けている。とにかく速い。
　まだ余裕を残してゴールラインを越えた瑠璃子に周りから感嘆の声が上がる。

「塚原さんって足速いよね〜」
「ねっ。勉強も運動も容姿もすべてパーフェクトだしね。すごすぎ」
　そばにいた女子が、瑠璃子に熱い視線を送る。
　友達もおらず教室では常にひとりで行動しているし、スクールカーストの階級では確実に最底辺の５軍に位置する。
　ロボットみたい、と一部の女子に悪口を言われる反面、尊敬のまなざしを向ける子もいる。
　瑠璃子自身、とくに何を言われようがあまり気にせず、友達がいないことを焦っている様子はない。
　毎日学校へ来て文庫本を読み、平穏に１日を終える。
　放課後は誰かとどこかへ行くこともない。
　あたしはこんなにも必死になって、ののとマキとの仲を保とうとしているのに。
　あたしと瑠璃子の違いは……一体何だろう。
「あははは〜!!　ののってばウケる!!」
　遠くから聞こえるマキのバカ笑い。
　苛立つ気持ちを抑えて、あたしはまっすぐ前を見すえた。
『あなたはもっと自分に自信を持った方がいいわ』
　瑠璃子の言葉が、ストンっと胸の奥に温かく落ちていった。

不和

　１学期の中間テスト最終日。

　数学、英語と続き、最後の国語。

　あと１教科が終われば、ようやくテスト勉強から解放される。

「はい、じゃあ前から順番に問題をまわしていってください」

　列ごとに問題用紙がまわってくる。問題を１部取り、後ろの席ののに渡そうとした時、

「……っ！」

　ののは慌てて開いていた左の手のひらをぎゅっと握りしめた。

　そこまで暑くないのに額には大粒の汗。顔色も悪い。

「のの、具合でも悪いの？」

「う、ううん……。大丈夫だから」

　ののは、そう言って強張った頰を必死に持ち上げて笑った。

　国語は予想が的中したこともあり、そこそこの結果を残せそうだ。

　帰りのHRが終わり、先生が教室から出て行った。

「咲良、さようなら」

「言い方固いって〜。うん。また明日ね」

隣の席の瑠璃子も帰り支度を終え、律儀なあいさつをしてから教室から出て行った。
　ホッと息を吐いた時、あたしの頭上近くで「ねぇ」と誰かを呼ぶ声がした。
　振り返ると、その言葉はあたしに向けられたものではなかった。
「アンタさ、カンニングしただろ？」
　ののの横で腕を組み仁王立ちしていたのは、エリカだった。
　その後ろには悠里とあかりと山ちゃんの姿もある。
「えっ……？　エリカちゃん、急にどうしちゃったの？　あたしカンニングなんて――」
「しらばっくれんじゃないわよ。アンタがカンニングしてたって後ろの席の子が言ってんだよ。そうよね？」
　エリカはののの後ろに座る鮫島に視線を向けた。
「うん！　私、見たの！　神崎さんがカンニングペーパーを握りしめてたの。数学の時は机から少しだけノートをはみださせてた！」
　4軍の鮫島早苗。枝のように細い手足。常に分厚いレンズの眼鏡をかけている。
　アイドルの追っかけを趣味とし、同じようなアイドル好きの仲間と常に行動を共にしている。
「なっ……！　そんなことしてないよ!!」
　ののが顔をブンブンと横に振る。
「じゃあ、何？　鮫島が嘘ついてんの？」

睨みをきかせたエリカに、鮫島の顔がみるみるうちに曇っていく。
　もしもののの言うとおり、カンニングをしていたというのがまったくのでたらめだったら、今度は自分の立場が危うくなると察したんだろう。
「嘘なんてついてない!! 証拠もあるの!! 神崎さん、カンニングペーパーをバッグの内ポケットに入れてた！」
「それ、まちがいないのね？」
「うん！」
　鮫島の答えに、エリカは口の端をクイッと上に持ち上げた。
「エリカちゃん……？　何する気……？」
　ののの顔から血の気が引いていく。
　唇が小刻みに震え、顔が強張る。
　どうしたらいいのかと視線を左右にさまよわせたあと、ハッと思いついた。
　中学時代からのののの親友であるマキもこの状況に気付き、どうにかしてののを助けようとしているはずだ。
　マキとうまく協力すれば、ののを助けられるかもしれない。
　慌ててマキに視線を向ける。
「え……」
　けれど、あたしと目が合ったマキは小さく首を横に振ると、あたしから目を逸らして背中を向けてしまった。
　今の……どういうこと？　どうして首を横に振ったの？

どうして背中を向けてしまうの？

混乱する頭の中に、エリカの残酷な声が響いた。

「アンタ、やってないって言ってたもんね？ だったら見られても問題ないね？」

エリカはそう言うと、ののバッグをつかみ、チャックを開けた。

「エリカちゃんやめて!!」

ののの悲鳴にも似た悲痛な声にも臆することなく、エリカはバッグを逆さにしてブンブンッと振る。

ペンケースやノートや化粧ポーチが床に散らばる。

「お願い!! やめて!!」

ののがバッグを取り返そうとする。

「はいはい〜。神崎ちゃんは黙って座ってて〜!!」

けれど、そばにいた悠里に押さえつけられてしまった。

「そういえば、内ポケットだったけ」

エリカは内ポケットに手を突っ込む。

「やめてぇぇぇっぇぇぇぇぇぇぇーーーー!!」

今まで聞いたことがないほど大きな声で叫ぶのの。

髪を振り乱して顔を歪めて叫ぶその姿を見て、エリカが悪魔のような笑みを浮かべた。

「残念でした〜。これで言いのがれできなくなっちゃったわね」

エリカの手には、小さな紙切れがあった。

エリカがそれをクラスメイトに見えるよう掲げると、そこにはいくつかの難しい漢字が書かれているのがわかっ

た。
　その漢字は、今回の中間テストに出題される範囲のものだった。
　その時、ふと思い出した。国語の問題用紙を後ろへまわした時、ののの様子がおかしかったことを。
「ちょっと、あれ何やってるの……？」
「カンニングって言ってない？」
「神崎さんがカンニングしたの？　ヤバくない？」
　教室に残っていたクラスメイトたちも、騒ぎに気付きはじめた。
「アンタさ、こんなことしてもいいと思ってんの？　必死なのはみんな一緒でしょ？」
「ご、ごめんなさい……。つい出来心で……本当にごめんなさい‼」
　エリカの言葉に、ののがボロボロと涙を流しながら机に額をくっつけて謝る。
「何その謝り方。もっとちゃんと謝りなさいよ」
「え……？」
　おそるおそる顔を持ち上げたのの。
「言わないとわかんないわけ？　バカすぎ。あっ、ごめーん。バカだからすぐバレる方法でカンニングするのね」
　クックッと喉を鳴らすエリカ。
　エリカが何を望んでいるのか悟ったののは、弾かれたように立ち上がってエリカの前に腰を下ろした。正座をして両手をつき、おでこを床にくっつける。

「本当にごめんなさい……。お願い、許して……。もう絶対にこんなことしないから。だから……先生には言わないで」
「謝ったぐらいで許されるなんて思ってないよね？ しかも先生に言わないで？ そんなの調子よすぎじゃない？」
「じゃあ……どうしたらいい？ あたしは何をすれば──」
「舐めろよ」
「え……？」
　エリカは、自分の上履きの底をののの顔の前まで持ち上げた。
「舐めたら考えてあげる」
「そんな……！」
「あっ、さっきトイレ行ったから。これ舐めたら、アンタがトイレの床舐めたのと同じこと」
「ひどいよ……そんなことできるわけない……」
　ののが半泣きになりながら顔を歪める。
「ふーん。だったら、アンタがしたこと全部チクッてやる。うちの学校カンニングには厳しいし、一発退学かもね。2年でほかの学校に行くのは相当難しいんじゃない？ それでもいいならご自由に」
「うわぁ〜エリカきっつー。でも、神崎ちゃんカンニングしちゃったんだもんね〜。罰は必要だよ〜」
　悠里はワクワクした表情を浮かべて煽る。
「ねぇ、エリカ。やりすぎだよ」
「そうだよ〜！ うちもやりすぎだって思う！」

その隣でエリカを制止しようとするあかりと山ちゃん。

でも、エリカにその声は届かない。

「ほら、早く」

エリカが追いうちをかけるようにののの顔の前に上履きを近付ける。

あたしは、身動きひとつとれずにエリカとののの動向を見守ることしかできなかった。

ののがカンニングしたのはまちがいない。

バッグからカンニングペーパーだって出てきたんだ。

それに、あたしが問題用紙を後ろへ送った時、ののはあきらかに挙動不審だった。

ののをかばってあげたい気持ちはあるものの、証拠がある以上どうにもならない。

「早くしろって言ってんだろ!!」

しびれを切らしたエリカがそう叫んだ時、ののはボロボロと涙をこぼしながら舌を出した。

顔を歪めながら舌をエリカの上履きに近付けていくのの。

周りが息をのむ。けれど、ののの舌がエリカの上履きに到達する前にエリカはスッと足を引っ込めた。

「エリカちゃ……」

ののが安堵の表情を浮かべながらエリカを見上げた時、

「おせぇーんだよ!!」

エリカは苛立ったように吐き捨てて、ののの顔面に上履きをグリグリと勢いよく押しつけた。

「嫌っ!!」
　ののが嫌がっても、エリカは執拗にののの顔に上履きを押しつける。
　しばらくすると飽きたのか、「あー、ムダな体力使っちゃったわ」と呟き、エリカはののへの攻撃をやめた。
「エリカちゃん……許してくれる……？」
　ののが懇願する目をエリカに向ける。
　でも、エリカは冷めた表情を浮かべた。
「アンタ、バカ？　許すわけないでしょ」
「そんな……！」
　すると、エリカは教室中をぐるりと見わたして言った。
「明日から神崎ののハブるから。神崎をかばった奴のことも、絶対に許さない」
　エリカはそう言うと、悠里とあかりと山ちゃんを引きつれて、何事もなかったかのように教室を後にした。
　あたしを含めて教室に残された生徒たちの間に、何とも言えない重い空気が広がる。
「とりあえず、もう帰ろう……」
「だね」
　教室からひとり、またひとりとクラスメイトが出ていく。
　結局、教室内に残されたのはあたしとののとマキの3人だけだった。
「ううぅ……ふっ……うぅ……」
　床に座り込んで泣いているののそばにやってきたマキは、困ったようにののの顔を覗き込んだ。

「……のの、どういうことなの？　カンニングしたって本当？」
　ののは小さくうなずいた。
「本当に……本当に出来心だったの……。1年の最後のテストの成績が悪くて……お父さんに怒られて今回のテストで点数が悪かったら、スマホ没収するって言われて……。でも、スマホとられたらみんなと連絡取れないし、絶対に嫌だと思って……だから……」
「だからってカンニングしたらダメでしょ!?　しかも、バレバレな方法でするなんて……！」
　マキの口調から、ののへの嫌悪感が感じられる。
　ののにもそれが伝わったのか、ののはマキではなく黙っていたあたしに視線を向けた。
「迷惑をかけちゃってごめんね。でも、あたしたち3人は親友だよね？　ずっと一緒だよね？」
　ののの言葉に、あたしは心の中で首をかしげた。
　あたしたち3人が親友……？　いつからそんなことになったの？
「……ハァ。当たり前でしょ。あたしたちはずっと友達だから。ねっ、咲良？」
「あっ……うん。大丈夫だよ、のの。あたしたちはどんなことがあっても友達だし」
　もっとののことを罵ると思っていたのに。
　マキの言葉に拍子抜けしながらも、マキに合わせる。
　マキは一体、どう考えているんだろう。

先程の口調から察すると、マキはののに対して呆れや軽蔑を抱いているようだった。
「マキ……咲良……本当にありがとう！」
　ホッとしたような笑顔を浮かべるのの。
　髪は乱れ、マスカラが黒くにじんで、頬には黒い涙のラインが残っている。
　無残な姿のののに同情する一方、自分の心の中にほんの少しだけ黒いシミができたのを感じた。
　ののは、ズルい。
　こういう時だけ友達とか親友という言葉を使うなんて。
　競技決めの時も２人組を作れって言われた時も、あたしのことハブったじゃない。
　あの時あたしがどんな気持ちだったのか、ののは知ってるの……？　それなのに、自分が困った時だけ助けてってすがりつくなんて。
　それに、もとはといえばカンニングなんてしたののが悪いんだ。
　半ば強制的に土下座をさせたり、上履きを舐めさせようとしたエリカも悪い。
　でも、それはののがカンニングをしたせい。
　カンニングなんて卑怯な行為をしなければ、エリカだってあんな暴挙に出ることもなかった。
　中間テストや期末テストで高得点を出せば、今後の進学にも有利になる可能性が高い。だからみんな必死になって勉強をするのだ。

誰だってラクして良い点数を取りたいに決まってる。それはあたしだって例外ではない。
　それを親がスマホを没収すると言ったから、という自己中心的な理由でカンニングし、それがあっさりバレ、クラスメイトを敵にまわしたのは、すべてののが悪い。
　しかも『あたしたち３人は親友だよね？　ずっと一緒だよね？』という言葉であたしやマキまで巻き込もうとするなんて信じられない。
　それに、マキも何を考えているのかわからない。
　ののがエリカに攻撃されているのを知っていながら、騒ぎから目を逸らして、ののを助けようとはしなかった。
　むしろ、火の粉が自分に降りかからないようにしていたように思える。
　ののとマキは中学時代からの親友だったんだよね……？
　それなのに、どうして？
「とりあえず、そんなところに座ってないで早く立ちなって」
「そうだよ。はい、ののあたしの手につかまって？」
　マキと一緒に手を貸してののを立ち上がらせる。
「――ありがとう！」
　さっきまでむせび泣いていたののが、笑顔を浮かべる。
　あたしとマキはこれから先もこうやって手を貸してくれると確信したんだろう。
　でも、そののの笑顔は翌日、もろくも崩れ去ることになる。

攻撃

　教室に入ってすぐに感じた違和感。
　あたしの後ろの席がない。
　正確には、ののの椅子と机がないのだ。
　ポッカリと開いた空間があまりに不気味で、おもわず教室の扉の前で立ち尽くす。
「葉山ちゃん、おっはよ～‼」
　すると、ななめ前から陽気な声がした。
「あ……おはよう」
　ブンブンと笑顔で手を振ってくる悠里に、固い笑みを返す。
　普段は挨拶なんてしてきたことがないのに、どういう風の吹きまわし？
「神崎ちゃんって、まだこない？」
「のの……？　いつもあたしの５分後くらいにくるよ」
「じゃあ、あと５分の辛抱か！　どんな顔するかな～」
　そういうこと……か。
　いつも遅刻ギリギリのエリカと悠里が、ニヤニヤしながら教室の隅に追いやられたののの机と椅子に視線を走らせる。
　あかりと山ちゃんは部活の朝練があるのか、まだ教室にはいない。
　あの二人は、エリカと悠里へのストッパー的な役割を果

たしている。
　エリカや悠里がひどい行為に及ぼうとすると、それとなくたしなめてくれていた。
　だからこそ、なんとかクラスの平穏が保たれていられたのだ。
　そのふたりがいないとなれば、誰もエリカと悠里を止められる人はいない。
　嫌なことが起こりそうな前触れに、背中が寒くなる。
　どうしよう。ののの机をあのままにしておくわけにはいかない。
　ののが見たら、きっとショックを受けるだろう。
『明日から神崎ののハブるから。神崎をかばった奴のことも絶対に許さない』
　けれど、昨日のエリカの言葉を思い出す。
　エリカは口だけではない。もしもあたしがののをかばえば、きっと同じような目にあう。
　罵られる？　土下座させられる？　上履きを舐めさせられる？　それとも……もっとひどいことをされる？
「──咲良、おはよう」
　その時、ポンポンッと背中をたたかれた。
　振り返るとそこにいたのはのだった。
「ののっ、あのさ──」
　そう言いかけた時、ののが自分の席の異変に気付いた。
「嘘……どうして……？　あたしの席がない」
　みるみるうちに顔色が悪くなっていくののを見て、エリ

カと悠里が目を見合わせて小声で何かをささやきあいながらクスクス笑う。
「こんなことするなんてひどい……」
「……そういえばマキは？　一緒じゃないの？」
　ののとマキは、同じ中学出身だ。
　だから、ふたりはいつも待ち合わせして一緒に登校している。
「寝坊しちゃったから先に行ってって、電話がかかってきたの」
「そう……」
　今日に限って寝坊？
　昨日あんなことが起こったばかりだ。
　親友なら、ののを気遣って一緒に登校してあげようと考えるはずだ。
「咲良、お願い。席を戻すの手伝ってくれる？」
「……うん」
　重たい気持ちをかかえたままののの後を追い、隅に追いやられた机と椅子に歩み寄る。
　背中に、エリカたちの痛いほどの視線を感じる。
　あたしがもしののに手を貸して机と椅子を戻すのを手伝えば、どうなるか。考えなくともすぐにわかる。
　手のひらにじっとりと汗をかく。
　心の中で葛藤が生まれはじめる。
　ののを取りエリカたちにののと一緒にイジメられるか、エリカたちを取りののを切り捨てるか。

究極の2択を迫られている。

その時、ふとある想像が頭の中に浮かんだ。

マキは……わかっていた？ こういう状況になることを。

だから遅刻すると嘘をついて、ののと登校することを避けたのかもしれない。

一緒に登校すれば火の粉が自分にも及ぶ。

自分はあえてそれを避けてあたしひとりに押しつけようとしている……？

まさか。そんな……。でも、ありえない話ではない。

マキならばやりかねない。

今まであたしを率先してハブっていたのはマキだ。

ののは、それに従っていただけ。

昨日、首を横に振ってあたしから目を逸らしたマキ。

その行動がすべてなのかもしれない。

マキは、ののを助けようなんてこれっぽっちも思っていない。

「咲良、お願い。椅子持ってきて？」

ののが机の端を両手でつかみ持ち上げる。

どうしよう。どうしよう。どうしよう。

背中がビリビリとしびれるような感覚。全身が危険を知らせている。

このままののの言うとおりに動けば、中学時代に逆戻りになる。

そんなの嫌だ。絶対に嫌だ。

のののの椅子に手をかける直前、おそるおそる振り返る。
「――っ！」
 その時、腕を組み、目を吊り上げて鬼のような形相を浮かべるエリカと目が合ってしまった。
『手を貸したらどうなるかわかってるわよね？』と目だけで訴えかけられる。
 手が小刻みに震えて、口の中がカラカラになる。
 あたしがもしこの椅子をののの席に戻せば、もう終わりだ。
 なんとか必死に守ってきた３軍の地位から降格し、４軍に……いや５軍に真っ逆さま。
 エリカたちグループにイジメられ、中学と同じ思いをしなくてはいけなくなる。
 どうして……。どうしてあたしがこんな目にあわなくちゃいけないの？
 そもそも悪いのはののだ。
 あたしはカンニングもしていないし、何も悪いことなんてしていない。
「咲良ってば、早く持ってきてよ！」
 数歩行ったところでののが振り返り、非難したような視線を向ける。
 なんでアンタが上から目線で命令してくるわけ？
 机をひとりで持てたってことは、椅子だってひとりで持てるじゃない。
 一度に机と椅子を運ぶのが無理なら、机を置いたあと椅

子を持って行けばいいじゃない。
　どうしてわざわざあたしを巻き込もうとするの？
　もしもあたしがののと同じ立場だとしたら、ののは助けてくれる……？
　エリカに目をつけられるとわかっていながら、あたしをかばってくれる？
　心の中に生まれた迷い。
　その迷いを吹きとばしたのは、突如現れた瑠璃子だった。
「──どいて」
　あたしと椅子の間に割り込むように腕を伸ばした瑠璃子は、スッと椅子をつかんで軽々と持ち上げた。
「あっ……塚原さん……ありがとう……」
　椅子を運んでもらえるというのに、どこか複雑そうな表情を浮かべるのの。
　瑠璃子は美人で目立つしスタイルも良い。すべてが完璧だ。
　でも、彼女は5軍。
　5軍に助けられたということは、自分の3軍の地位が揺らぐと、ののは怯えているのだ。
　瑠璃子はののの席に椅子を届けると、当たり前のように自分の席についた。
「塚原、アンタどういうつもり？」
　その一連の流れを見ていたエリカが、瑠璃子を睨んだ。
「どういうつもりっていうのは？」
「あたし、昨日神崎ののをハブるって言ったよね？　それ

に、神崎に協力した奴も同じ目にあわせるって言ったはずだけど?」
「私はそんな話聞いてないから」
「は? すぐバレる嘘ついてんじゃねぇよ」
　まっすぐエリカを見て、平然とそう答える瑠璃子。
　瑠璃子はエリカをまったく恐れていない。
　それどころか、さらにこう付け加えた。
「嘘じゃないわ。それに、私は誰かを仲間外れにしたりなんてしない。自分がされて嫌なことを相手にするのは、最低最悪な行為よ」
「何それ。あたしが最低最悪なことしてるとでも言いたいわけ?」
　エリカの眉間にしわが寄る。
「どうしてあなたがそんなに怒っているのかも、神崎さんを仲間外れにしたいのかも、私にはわからないわ。でも、あなたはまちがってる」
「ハァ!? ヒーロー面してんじゃねぇよ!!」
　エリカが声を荒らげた。
「べつにヒーロー面なんてしてないわ。神崎さんに言いたいことがあるなら、面と向かって言えばいいじゃない。どうして関係のないほかの人まで巻き込もうとするの? ねぇ、どうして?」
「お前、マジでナメてんの?」
　エリカが目を血走らせて、瑠璃子を睨みつける。
　一触即発の危機に、教室中が静まりかえる。

瑠璃子の言葉は、たしかに正論だった。
　けれど、今その正論を振りかざしたところでエリカの怒りの炎にさらに燃料を注いでしまったにすぎない。
　瑠璃子、ダメ。それ以上何も言わないで。
　その時、ふと瑠璃子に言われたセリフが頭に浮かんだ。
『私はこの学校に友達はいないけど、あなたとは仲良くなってもいいかもしれないと思ったの』
　教室で初めて言葉を交わした日、瑠璃子はそう言ってくれた。
　瑠璃子だって、好きでエリカに言い返しているわけではない。
　このまま黙っていれば、今度は瑠璃子がエリカの標的になってしまうだろう。
『本当の友達なら、困った時に助けたいって思うでしょ？話を聞いてあげたり、隣に寄り添ってあげたり……。友達が心を痛めているのを見たら無条件で何かをしてあげたいと思うものよ。だからといってその見返りを求めたり、求められたりしないはず。そうでしょ？』
　瑠璃子は、そう言ってあたしを慰めてくれた。
　話を聞き、隣に寄り添ってくれた。
　あの言葉が本心なら……瑠璃子はきっとあたしのことを本当の友達だと認めてくれたということだ。
　グッと拳を握りしめる。
　本当は、怖くて怖くて仕方がなかった。
　でも、あたしはスーッと息を吸い込んだ。

大丈夫。言える。あたしは中学時代のあたしじゃない。
　勇気を振りしぼり、あたしはエリカにまっすぐ視線を向けた。
「エリカちゃん！　るり……塚原さんは昨日HRが終わってからすぐに帰ったから、エリカちゃんが言った言葉を本当に聞いてないよ」
　『瑠璃子』とは呼ばず、あえて『塚原さん』と名字で呼ぶ。
　墓穴を掘って、瑠璃子との仲をエリカたちに勘繰られたらめんどくさい。
「あ〜たしかに葉山ちゃんの言うとおり、昨日塚原ちゃんいなかったかも〜？」
　悠里の言葉にエリカの眉がピクリと反応する。
「ふーん。じゃあ、あたしに逆らったわけではないのね」
　エリカは満足そうに呟いた。
　よかった……。これでひとまず状況は落ち着いた。
　１度は瑠璃子に助けられているし、今度はあたしが瑠璃子に助け船を出せたはず。
　そもそも、瑠璃子が責められる筋合いはない。
　悪いのは、ののなんだから。
　ホッと息を吐いた時、エリカがあたしに視線を向けた。
「ていうか、葉山、アンタ顔色ヤバい。唇までまっ青じゃない？」
「えっ……？」
　極度の緊張で手が震える。
「なんかアンタって、死神みたい」

死神……？

　エリカの言葉に、カッと目を見開く。

「あー、わかるかも〜!! 目の下クマできてるしねっ〜。なんか葉山ちゃん陰あるんだよな〜。ねぇねぇねぇ、中学の時、葉山ちゃんってイジメられてなかった？」

「えっ……？　そんなことないけど」

　悠里の言葉に、蚊の鳴くような声でしか答えることができない。

　話は思いもよらぬ方向に向かっている。

　方向を正そうとしても、正し方がわからないほどに頭の中が混乱していた。

「絶対嘘だ〜！　ごまかしてるっぽいけど典型的なイジメられっ子オーラ出てるよね〜!!」

「正義漢ぶって塚原のことかばってたつもりみたいだけど、声震えてたしね。アンタって、そういうキャラじゃないでしょ？　無理しない方がいいんじゃない？」

「わっかる〜！　イジメたくなるキャラの子っているんだよね〜！」

「ね。それがまさに葉山！」

　エリカと悠里が盛り上がっている。

　目だけを動かして、ほかのクラスメイトの様子をうかがう。

　みんな、あたしを同情と軽蔑と哀れみを含んだ瞳で見つめている。

　全身の筋肉が固くなったように、身動きひとつとれない。

頭の中に膜が張ったかのように、白く濁っている気がする。
　視界がぼんやりとにじみ、口元がピクピクと痙攣しているのが自分でもわかる。
　早く否定しないと。
『もー、やだー！　イジメられてなんていないから〜!!』
って、平然を装って笑いとばさなきゃ。
　そうしないと、あたしにはまた死神のイメージが植えつけられてしまう。
　とにかく一刻も早く、イメージを変えなくては。
　典型的なイジメられっ子のオーラを取っぱらい、明るいイメージに変えなくては。
「や、やだなぁ。そんなことないのに……」
「——あっ、ていうかさー、昨日の新ドラマ見た〜？　超よかったの〜！」
　教室の隅に立ち尽くしながら必死に絞りだした声は、悠里の放ったその言葉にかき消された。
「見てないけど、おもしろかったの？」
「超おもしろかったんだって!!　ていうか、胸キュンだからー！　エリカも絶対見た方がいいって！　マジあれ見ないとか人生損してるし！」
　エリカたちはあたしに興味をなくして、別の話題で盛り上がっている。
　——すべて終わった。
　もう挽回できるチャンスはない。

胃の奥から今朝食べたピザトーストがせり上がってくるのがわかった。
　口の中にすっぱい胃液の味が広がる。
「──咲良」
「──！」
　瑠璃子が心配そうな表情であたしに近付いてきた。
「咲良、お願い待って‼」
　あたしは瑠璃子から目を逸らして口元を押さえると、トイレに向かって走りだした。
　トイレに入り、一番近くの個室に入ると、トイレのふたを勢いよく持ち上げて喉元まで出かかっていた吐しゃ物を便器に向かって一気に吐きだす。
「……っうっ……うう……」
　喉がヒリヒリと痛み、胃を押し上げられているような気持ちの悪さに涙が溢れる。
「ハァハァ……ハァハァ……」
　肩で息をしながら目に浮かぶ涙を指で拭う。
　どうして……。どうしてこんなことに……。
　数回おう吐すると、胃の内容物はすべてなくなり吐き気が止まった。
　トイレのレバーを持ち上げて水を流すと、静かに便器に腰掛けて大きく息を吸い込む。
　気持ちを落ち着かせようとしても、できるはずがなかった。
　恐れていた最悪の事態が起こってしまった。

しかも、その事態を招いたのはほかでもない自分自身。
　下手な正義感を出すことが恐ろしいことだとわかっていたのに、瑠璃子を助けたりなんてしたから。
『本当の友達なら、困った時に助けたいって思うでしょ？ 話を聞いてあげたり、隣に寄り添ってあげたり……。友達が心を痛めているのを見たら無条件で何かをしてあげたいと思うものよ。だからといってその見返りを求めたり、求められたりしないはず。そうでしょ？』
『私はこの学校に友達はいないけど、あなたとは仲良くなってもいいかもしれないと思ったの』
　——あんな言葉に惑わされたばかりに、こんなことになってしまった。
　あたしは、なんて大バカなんだろう。
　これまで必死になって築き上げてきた３軍という地位を、自分自身で揺るがせてしまうなんて。
　きゅっと唇を噛みしめる。
　教室にいた時、もうすべてが終わったと思った。
　中学に逆戻りだと、絶望に打ちひしがれた。
　——だけど、まだ終わりではない。
　いや、むしろこれが始まりになるかもしれない。
　中学時代のあたしは純粋すぎた。
　イジメられても抵抗することなく、相手の思うがままだった。
　でも今は違う。あたしはあの頃のあたしとは違う。
　教室の中は弱肉強食の世界だ。

食うか、食われるか。弱肉強食の世界では相手に少しでも隙を与えたら、たちまちその隙をねらわれる。
　今のあたしは、確実に弱者だ。
　でも、弱肉強食の世界にだって、一発逆転はありうる。
「のし上がってやる……」
　そう呟いた途端、活力がみなぎってきた。
　３軍に甘んじているだけではいけない。
　２軍、いや１軍に行くためには手段を選んでなどいられない。
　ののとマキとこれから先も３人組でいられる保障なんて、何ひとつない。
　だったら、教室内でうまく生きのびるすべを考え出さなくては。
　もう、瑠璃子の言葉を信じるのはやめよう。
　瑠璃子とあたしは根本的に違うのだ。
　瑠璃子の言葉を信じてそれを実践しても、あたしにはうまくいきっこない。
　危なかった。もう少し気付くのが遅ければ、瑠璃子に心を惑わされ、５軍の底辺に引きずり込まれてしまうところだった。
　あたしは負けない。絶対にのし上がってやる。
　心の中に宿った炎が、全身を支配していく。
　もう二度と、『死神』なんて呼ばせない。
　トイレの個室にひとりでこうやってこもるのは、今日で最後だ。

あたしは勢いよく立ち上がり、扉を開けた。
　さっきまで視界には白いモヤがかかっていたのに、今は違う。
　すべてのものがクリアに見える。
　もう迷いなどない。あたしは今日を境に変わるんだ。
　──新しい葉山咲良になってやる。
　鏡の前に立ち口元についた汚れを水で洗い流すと、あたしは教室を目指して歩きだした。

決意

「ねぇ、鮫島。ちょっとこっち来て」
　休み時間、エリカに呼ばれた鮫島がエリカのもとに歩み寄る。
「エリカちゃん、何……？」
「アンタ、このアイドルが好きなんだっけ？」
　エリカはファッション雑誌のページを鮫島に見せる。
　その瞬間、鮫島は身を乗りだして雑誌に釘付けになった。
「あっ、アキラだ!!　特集組まれてる！　そう!!　大好き!!　うわぁ〜カッコいい!!」
　目をハートにして興奮している鮫島に、心の中でドン引きしていると、エリカがニコッと笑ってその雑誌を鮫島に差しだした。
「もう読んだから、アンタにあげる」
「えっ……？　いいの？」
「いらないならあげないけど？」
「い、いる!!　今月お小遣いが足りなくて、アキラが載ってるこの雑誌は買えなかったの!!　本当にもらっていいの？」
「うん。昨日、あたしに楽しい情報をくれたお礼」
「あっ……どうもありがとう」
　のののカンニングをエリカにチクったことで得た報酬(ほうしゅう)。
　鮫島は少しだけとまどったように見えたものの、すぐに

その雑誌を受け取った。
「今度また買った雑誌にアンタの好きなアイドルが載ってたらあげるわ」
「ほ、本当!? 嬉しい!! ありがとう!!」
　鮫島はもらった雑誌を胸に抱きかかえながら、スキップまじりに自分の席に戻っていった。
「悠里、トイレ行こ」
「いいよ〜」
　エリカと悠里が、そろって教室から出て行く。
　その一部始終を見つめていたのは、あたしだけではなかった。
　振り返りののを見ると、ののは自分の横を通りすぎていく鮫島を恨めしそうに睨んでいた。
　鮫島は４軍だ。
　でも、ののの一件以来、エリカたちグループに優遇されている。
　３軍ののと、４軍の鮫島。その立場はあきらかに逆転しつつある。
　鮫島にだってできることが、あたしにできないわけがない。
　高校入学を機に、髪を伸ばして茶色く染めた。
　ネイルもメイクも最新の雑誌を毎回チェックして、トレンドを取り入れている。
　毎日２時間の有酸素運動と筋トレで、中学時代より10キロ痩せてスリムな体形をキープしている。

あんなアイドルオタクに負けるわけがない。
ののは鮫島に負けたことが悔しいのか、机に伏せて顔を覆ってしまった。
もうすぐ2限が始まるというのに、マキはまだ教室に姿を現さない。
「あはは～!!　それって超ヤバくない～?」
すると、教室の入り口付近で悠里の笑い声がした。
ふと廊下を見て、ドクンッと心臓が震えた。
エリカたちグループが、誰かと楽しそうに話している。
その後ろ姿に見覚えがあった。
マキだ。マキはエリカにコソコソと何かを耳打ちしている。
エリカがマキに意地悪な笑みを浮かべる。マキも目を見合わせて微笑む。
何。一体、何なの。
全身に鳥肌が立つ。
マキは、あたしが思っている以上に、したたかな女なのかもしれない。
中学時代からの親友ののを見捨てて、エリカたちに取り入ろうとしているの……?
机に伏せているののは、廊下の状況に気付いていない。
事は一刻を争うかもしれない。
マキがののを裏切るとしたら、あたしを裏切る可能性も大いにありうる。
やられる前にやらなければ、大変なことになるかもしれ

ない。
「のの、咲良、おはよう」
　しばらくすると、マキは何食わぬ顔で教室に入りあたしたちの席にやってきた。
「マキ……あたし──」
　ののはマキの登場に目をまっ赤にして、言葉を詰まらせる。
　それを見ていたマキは、ののではなくあたしにたずねた。
「のの、何かあったの？」
「今朝学校に来たら、ののの机が教室の隅に追いやられてたの」
「ひどい……！　それ以外にされたことは？」
「今のところはそれぐらい」
「そうだったんだ。のの、大丈夫？」
　マキはののを心配そうに見つめる。
　ねぇ、マキ。心配そうな態度や言葉はマキの本心？
　それとも……。
「ねぇ、マキ。どうして今日遅刻したの？」
　あたしは、あえてこう問いかけた。
「え？　なんでって、寝坊しちゃったの」
「寝坊にしては遅くない？」
「そう？　どうせ寝坊しちゃったし、2限から出ようと思っただけ。咲良は何が言いたいの？」
　問いただされて、ほんの少しだけ苛立っているように見えるマキ。

あたしは、それに気付かぬふりをして続けた。
「昨日あんなことがあったのに、ののと一緒に登校してあげないなんてひどくない？　いつも遅刻なんてしないのに、どうして今日に限って遅刻したのか気になっちゃって」
「ハァ？」
　マキは露骨に嫌悪感をあらわにした。
「何それ。あたしが悪いっていうの？」
「べつに悪いなんて言ってないけど。ちょっと気になっただけって言ったでしょ？」
「咲良、今日感じ悪すぎだから。気分悪い！」
　図星だったのか、言い訳をすることなく、吐き捨てるように言って会話を終わらせようとするマキ。
　あたしは引き下がらなかった。
「さっきもさ、エリカちゃんたちと楽しそうに話してたよね？　なんで？」
「えっ……？」
　あたしの言葉に、黙って話を聞いていたののが驚いたようにマキに視線を向けた。
「マキ、そうなの……？」
「ののってば勘違いしないでよ。べつに楽しそうになんて話してないから。話しかけられたから無視することもできないし、しゃべってただけだし」
「でも咲良が——」
　ののの言葉を遮るように、マキがあたしを睨みつける。
「ねぇ、咲良ってば本当に何のつもり？　どうしてあたし

とののの関係を壊そうとするわけ？」
「壊そうとなんてしてないから」
「じゃあ、どうしてののを不安にさせるようなことを言ったりするわけ？　こういうの、もうやめてよね！」

　マキはまくしたてるようにそう言うと、そそくさと自分の席に戻っていった。
「ねぇ、咲良。マキ……本当にエリカちゃんたちと楽しそうに話してたの……？」

　不安げな表情を隠すことなく、そうたずねるのの。
「んー……、なんかあたしの勘違いだったのかも」
「そっか……。それならいいんだけど……」

　きっと勘違いなんかじゃない。

　マキは、確実にあたしたちの知らないところで行動を起こそうとしている。

　あたしはその日１日、マキの行動を徹底的に監視した。

「ねぇ、今日３人で帰らない？」

　放課後、マキがあたしたちの席までやってくると、ののはそう提案した。

　けれど、マキはすぐに首を横に振った。
「ごめん。あたし、今日はちょっと用があるんだよね」
「そうなの？」

　残念そうなの。
「うん。親と一緒に予備校の見学に行こうと思ってて。だから、今日はふたりで一緒に帰って？」

「しょうがないね。のの、ふたりで帰ろう?」
　あたしがそう言うと、ののは渋々うなずいた。

「マキ……、あたしのこと嫌いになっちゃったのかな」
　昇降口で靴を履き替えている時、ののはポツリとそう漏らした。
「どうして?」
「今までずっと一緒に帰ってたから……。あたしが委員会の時だって、終わるまで待っててくれたのに」
「ののの思いすごしだって」
「たぶん、思いすごしじゃないと思う。マキってそういう人間なんだよ」
　ののの顔が真顔になる。
　ののは突然、何かが吹っきれたかのように話しはじめた。
「そういう人間って?」
「マキにとっての友達は、自分にメリットがあるかどうかなの。咲良だって、いろいろマキにやられてたでしょ?」
「いろいろ?」
「体育祭の競技決めの時だって、マキがあたしに命令してきたの。咲良を外して2人3脚に出ようって。体育の時2人組になれって言われた時もそう」
　マキが主導してあたしをハブっていたことは知っていたけれど、直接言われると心が傷つく。
「あたしはね、マキに何度も言ったんだよ? 咲良がかわいそうだって。でも、マキってばぜんぜんあたしの話なん

て聞いてくれなかったの。本当最低だよね」

ののってば……何言ってんの？

ののの言葉に、おもわず苦笑いを浮かべる。

自分も被害者だと言わんばかりののの。

マキに言われたとしても、それを拒否すればよかったじゃない。

ふたりでいる時、あたしのことになんて目もくれずにマキと楽しそうにしてたじゃない。

それを、今さら何？

マキに裏切られる可能性が出てきたから、今度はあたしに取り入ろうってこと？

あたしなら裏切らないだろうと思っているからこそ、こんな話をしているんだろう。

マキの悪事を暴露し、マキに命令されたから仕方なくあたしをハブっていたという言い訳を並べたてて、自分は何も悪くないと主張したいんだ。

したたかなのは、何もマキだけではない。ののだって天然を装っていたものの、計算高くてしたたかな女だった。

都合が良いにもほどがある。最低なのはマキだけじゃない。アンタだって同じだ。

「ひどいよね。あたし、ハブられた時すごいつらかった。学校に行くのも嫌になるぐらい」

友達だと思ってたののとマキに裏切られて、本当にショックだった。

「わかる〜‼ あんなひどいことするなんて信じられない

よね。マキって中学の時からああいう感じなの。自己中だし、人の言うこととかぜんぜん聞かないし」
　ののがあたしの言葉に同意する。
　は？　バカじゃないの。他人事みたいに言ってるけど、アンタだってマキと一緒になってあたしをハブったくせに。
『あの時はごめんね』
　そう謝罪してくれれば、心の中のモヤモヤが少しは晴れたかもしれない。
　でも、ののはそうしなかった。
　自分は悪くないという顔をして、マキを陥れるような話ばかりして、あたしをうまく操ろうとしているらしい。
　でも、そうはいかない。
「ていうか、ののだってあたしのことハブったじゃん」
　チラッと隣を歩くののに視線を向ける。
「えっ……、そ、それは違うよ!!　あたしはやりたくなかったんだよ!?　でも、マキが——」
「自分は何も悪くなかったっていうの？」
「そうだよ！　あたしは何もやってないもん!!　マキに命令されただけ！」
「ふーん。命令されたら、ののって何でもやるんだ？」
「ちょっと咲良……なんか変だよ？」
　困ったような表情を浮かべるののを、あたしは冷めた目で睨んだ。
　ののにとってあたしは教室内で唯一味方になってくれそ

うな貴重な存在だ。
　だからこそ強気に出た。
　このあたりで上下関係をはっきりさせておいた方がいい。
「だったらもう、あたしの目の前に現れないで。これ、命令だから」
　誰かに対して命令口調を使ったのは、これが初めてだった。
　命令されたことはあっても、命令なんてしたことがない。
　でも、言葉は意外とスムーズに出てきた。
　あたしがそう言うと、ののはその場に立ち止まって目を見開き驚いた顔をした。
「ちょっ、咲良ってば冗談きついよ……！！」
「冗談なんかじゃないし」
「えっ、なんで？　あたし、なにか悪いことした？　したなら謝るから。ごめんね。ねぇ、咲良ってば」
　ののは焦ってあたしのご機嫌取りをしようとする。
「へぇ……自分があたしに何したかも覚えてないんだ？　ののってバカなんだね？」
「え？」
　ののの表情に、一瞬だけ怒りがにじみでた。
「エリカちゃんの言うとおりだね。バカだからすぐにバレるような方法でカンニングするんだよね」
　あたしはふんっと顔を逸らして、ののを置いて歩きだす。
「咲良……、咲良ってば！」

追いかけてきたののが、あたしの腕にすがりつく。
「咲良……ねぇ、お願いだからこっち向いて？　ねっ？」
　ののはバカだ。ここまで言われているのに、まだあたしが自分の味方でいてくれると信じているんだから。
　心の中に、スーッと気持ちの良い風が吹いた。
　今まで感じたことのない快感が、全身を包み込む。
　友達になってから心の中ではずっとあたしを見くだしてたくせに、今度はあたしに媚びを売っているののが滑稽だ。
「何焦ってるの？　冗談に決まってるでしょ？」
　くすっと笑うと、ののの曇っていた表情がパァッと明るくなった。
「な、なんだぁ……もう！　咲良ってばひどいよ……！」
　抗議するその声が、わずかに震えている。
　残念だったね、のの。もうあたしには逆らえない。
　これからはあたしが上でののが下。
　その事実は二度と覆らない。
「じゃあ、また明日ね」
　どこかへ寄り道して帰ろうと言うののの誘いを、あたしは即座に断った。
「うん……。またね」
　何かを言いたそうなしぐさを見せながら手を振るのの。
　あたしはののに背を向けると、振り返ることなく歩きだした。
　しばらく行くと、あたしは後ろを振り返った。
　ののの姿はもう見えないし、追いかけてくる様子もない。

あたしはクルリと方向を変え、駅とは反対の方向へ歩きだす。
　マキの言葉がずっと引っかかっていた。
『親と一緒に予備校の見学に行こうと思ってて。だから、今日はふたりで一緒に帰って？』
　そう言っていたけれど、そもそもマキは親と不仲だ。とくに母親のことを毛嫌いしていて、買い物はおろか、一緒に外出することもほとんどないと言っていた。
　そんなマキが予備校の見学に親と一緒に行くということ自体に、違和感を覚える。
「絶対嘘だ」
　ポツリと呟く。
　今朝、エリカに何かをささやいていたマキの姿が脳裏によみがえる。
　息が乱れるのもおかまいなしに、あたしはもと来た道を引き返した。
　マキは何かを企んでいる。
　そんな確信にも似た思いが、あたしを突き動かしていた。

反逆

　シーンと静まりかえった誰もいない廊下を、息を殺して歩く。
　上履きの音にすら注意を払って教室を目指していると、人の話し声がかすかに聞こえた。
「岡村ちゃんってば、マジ鬼じゃない〜？」
　２−１から聞こえてくるその声はまちがいなく悠里のものだった。
　教室の扉の前まで行き、気付かれないようにゆっくりと中を覗き込む。
　やっぱり……。
　そこにいたのはエリカと悠里とマキの３人だった。
　部活に入っている山ちゃんとあかりの姿は見えない。
　教室の一番後ろのロッカー付近に立ってしゃべっている３人。
　マキの手には誰かの体操着が握られている。
　その瞬間、疑惑が確信に変わった。
「この前まで神崎ちゃんと仲良しだったじゃん〜？　いいの〜？」
「いいの。あたし、前からののこと嫌いだったし」
　マキはそう言うと、体操着を床に放り投げて踏みつけた。
　その体操着が誰のものであるか、簡単に想像がつく。
「へぇ、意外。アンタ、あの子のどこが嫌いなの？」

疑うような目でマキを見るエリカ。マキは慌てる様子もなく答えた。
「正直に言うとね、中学の時からウザかったんだ。ののって、天然を装ってるけど本当は腹黒いし。それにね、ののって時々エリカちゃんの悪口を言ってたんだよね」
「は？　アイツ、何て言ってたのよ」
　急に声色の変わったエリカ。
　マキはたたみかけるように話しはじめた。
「すごい言いづらいんだけど、エリカちゃんのこと読者モデルのくせにイキがってるとか……本当ひどいよね。あたしはそんなことないってすぐに反論したんだけど、ののは鼻で笑ってて。そんなこと言うののが、あたし許せなかったの」
「嘘……それマジか〜？　ねぇ、エリカ！　神崎ちゃんひどくない〜？」
　怒りに震えるエリカと、この状況を楽しんでいるように見える悠里。
「神崎のの……。あたしのことを悪く言ったこと、絶対に後悔させてやる」
　エリカは怒りに声を震わせると、ののロッカーの中身を引っぱりだし床に落とした。
　そして、辞書や体育館シューズの袋を怒りに任せて上履きでグリグリと踏みつけた。
「エリカちゃん、それだけじゃ甘すぎるよ」
　マキはそう言うと、辞書と体育館シューズを拾い上げゴ

ミ箱に放り投げた。
「こんなの、もういらないでしょ？」
「岡村、アンタやるわね」
「だって、エリカちゃんのことを悪く言うなんて絶対に許せないから」
　エリカは満足そうに微笑んだ。
「あっ、ねぇ、エリカ！　今日って撮影の日じゃないの？ そろそろ行かないとマズくない〜？」
　すると、悠里が時計を見てハッとしたように言った。
「うん。そろそろ帰る。ねぇ岡村、今度撮影現場に遊びに来てもいいよ」
「えっ？　あたしが行ってもいいの？」
「いいよ。特別ね」
「ありがとう!!　エリカちゃん大好き!!」
　マキは、目を輝かせてエリカに笑いかける。
　エリカも、マキの喜びっぷりにまんざらでもない様子だ。
「ねぇ、岡村ちゃんも途中までうちらと一緒に帰る〜？」
「ううん、今日はちょっと予定があるから。また今度一緒に帰ろうね！」
「了解〜！　じゃ、またね〜!!」
　エリカと悠里が教室から出てくる前に、あたしはそっと隣のクラスに身を隠した。
　やっぱりマキはののを裏切っていた。
　ううん、裏切っていたという言葉だけでは済まされない。
　マキは、ののへのイジメを率先して煽っていた。

少なくとも、あたしが知る限りののは、エリカたちの悪口を言ったりはしていない。

　それどころか、読者モデルであるエリカを『美人でスタイル良いし羨ましい』と尊敬していたはずだ。

　『読者モデルのくせにイキがってる』というマキの言葉がののの口から出たとは到底思えない。

　マキは一体何を考えてるの……？

　中学時代からの親友を陥れようとするなんて、どうかしている。

　エリカと悠里が教室から出て行ったのを確認すると、あたしは隣の教室から出て再び２－１の教室を覗き込んだ。

　そこには、まだマキがいた。

　マキは１度あたりを気にすると、ののの机の中を漁りはじめた。

　今度は一体何をしようとしているの……？

　心臓がドクンドクンッと不快な音を立てて震える。

　これ以上見てはいけないと思っているのに、マキから目が離せない。

「あっ……」

　その時、ある考えが頭に浮かんだ。

　この現場を、何かの時のために証拠として残しておいた方がいい。

　あたしは再び隣のクラスに入ると、スマホの動画モードをオンにした。

　ピロンッという録画開始の合図を確認すると、そのまま

足音を立てないように２－１の教室に近付き、カメラを構える。
　カメラの存在に気付いていないマキは、ののの机の中に入れたままになっていた教科書を手に取ると、四方八方に投げた。
「いい気味。いつも誰に対してもいい子ぶりっこしていい顔しようとしやがって」
　マキの目は怒りに震えている。
　おもわず自分の口元から漏れそうになる声を、ぐっと堪える。
　マキはポケットからペンのようなものを取り出すと、ののの机に何かを書いた。
　書き終えると、マキはののの机を力いっぱい蹴飛ばした。
　机はひっくりかえり、教室内にガシャンッという音が響く。
　マキのあまりの豹変(ひょうへん)に、スマホを持つ手が震える。
　マキはののの机を離れてまっすぐ歩きだす。
　ヤバい。そろそろ教室を離れた方がいいかもしれない。
　スマホをわずかに下げた時、マキは意外な行動に出た。
　あたしは再びマキにスマホを向けた。
「どうしてあたしがアンタにペコペコしないといけないのよ！　ただの読者モデルのくせにイキがって、バカじゃないの！」
　マキは憎々しげにそう言うと、エリカの机を蹴り、唾を吐きかけた。

「死ね、くそエリカ！」

マキはそう言うと、自分の席に向かい机の上に置いてあったバッグをつかんだ。

あたしはまわれ右して隣の教室に入り、録画停止ボタンを押した。

ペタペタと廊下を歩く足音が遠ざかっていく。

おそるおそる教室から顔を出して廊下を見ると、スキップ交じりに歩いていくマキの背中が見えた。

「ハァ……ハァ……」

隣の教室の扉にもたれかかり、ズルズルとその場に腰を下ろす。

マキがあんなことをするなんて、信じられなかった。

それと、1つはっきりしたことがある。

エリカを『読者モデルのくせにイキがっている』と思っているのは、ののではなくマキだ。

それをののの言葉と嘘をついてのの陥れ、エリカに取り入ろうとしている。

今朝遅刻してきたのも、すべてマキの計算のうち。

マキは自分がのし上がるためには手段を選ばない。

それが今日、はっきりした。

あたしは、震える手で動画の再生ボタンを押した。

スマホの映像は鮮明だった。

ののがマキの机の中を漁って教科書を投げているところも、エリカの席を蹴飛ばして唾を吐きかけたところも、『死ね！　くそエリカ！』という暴言もはっきりと記録されて

いた。
　誰がどう見ても、動画に映っている人物がマキだとわかるだろう。
「ふふっ……。ふふふっ……」
　笑い声が漏れる。
　とんでもない映像を撮ることに成功した。
　まさかあたしに見られていたとも知らずに、スキップ交じりに廊下を歩いていくマキの姿を思い出すと、滑稽で仕方がない。
　スクールカーストの上部に行くために、マキは手段を選ばない。
　でもね、マキ。あたしもマキと同じ。
　あたしもスクールカーストの３軍でいるだけじゃダメなの。
　もっともっともっともっと、上に行きたい。
　あたしは勢いよく立ち上がって教室を出た。
　２－１の中を覗き込むと、ののの教科書が床に散乱しているのが見えた。
　明日、ののは一体どんな顔をするんだろう。
「ご愁傷様」
　あたしはマキと同じようにスキップ交じりに廊下を歩いた。

不信

　机に書かれた『死ね』という文字を見たののは、言葉を失っていた。

　それが親友だと思っているマキが書いたものだと知ったら、ののはどうなるんだろう。

　ののへのイジメは、瞬く間にクラス中に広がった。

　そもそものきっかけは、ののカンニングだ。

　誰だって人より良い点数をとりたいと思うし、成績を伸ばしたいと考える。

　今回、ののは最悪の方法を選んでしまった。

　返ってきたテストの点数も、周りの子と比べて飛びぬけて良かった。

『カンニングしたからあんなに高得点とれたんでしょ!?』
『カンニングなんてズルすぎじゃない!?』

　ののカンニングを知っているクラスメイトたちからは、ののを非難する声が上がった。

　必死になってテスト勉強をした人にとって、ののは敵でしかない。

　あたしだって、ののをズルいと思う。

　仮にののがすべての教科をカンニングしていなかったとしても、ひがみや妬みの対象になるのに時間はかからなかった。

　エリカが中心となり、ののを肉体的にも精神的にも追い

つめていく。

 ののの持ち物をゴミ箱に捨てたり廊下に放り投げることは、日常茶飯事。

 『無視ゲーム』と称して、ののに声をかけられても1日中無視し続け、そこにののがいないものとして扱うこともした。

 最初こそわずかな抵抗を見せたものの、ののは日に日に元気をなくしていった。

 それを見た同じ3軍やそれ以下の4軍の生徒が、ののを引きずりおろしにかかる。

 教室内で立場の弱い者は、自分よりも弱い存在を作ることで上のポジションに位置取りできる。

 これがイジメの原理。

 この日、4限の授業が終わると、ののがポンポンッとあたしの背中をたたいた。

 目の下にはクマができ、頬がこけている。

 顔色も悪く、今にも倒れそうだ。

「ねぇ、咲良……。次の5限の体育の体操、3人組になろうね？」

 ののはすがるような目をあたしに向けた。

「え？」

「いいよね？　あたしたち、友達でしょ？」

「うーん……」

 なんて答えようか迷っていると、「咲良」とあたしを呼

ぶ声がした。
　振り返ると、そこにはマキがいた。
「先生に咲良のこと呼んできてって頼まれたの」
「そうなの？　何の用だろ」
　先生に呼び出される用なんて思いあたらない。
　マキに促されて立ち上がろうとすると、ののがあたしの腕をガシッとつかんだ。
「あたしも一緒に行ってもいい？　ねっ、いいよねっ？　教室にひとりでいたくないの。だからお願い！」
　切羽詰まった様子ののの。あたしが困っているとマキが代わりに答えた。
「のの、待っててよ。あたし、咲良だけを連れてくるようにって言われてるんだから」
「でも——」
「——のの、しつこすぎ。いい加減にしてくれない？　咲良、行こっ」
　マキは突き放したようにそう言うと、あたしの腕をつかんで歩きだす。
　振り返ると、ののが今にも泣きだしそうな顔であたしを見つめていた。
　その姿が、中学時代の自分と重なった。
　助けたいと思う気持ちも、まだわずかながらに残っていた。
　けれど、自分がののの立場にならなくてよかったという気持ちの方が大きい。

のの、ごめんね。のし上がるためには多少の犠牲はつきものだから。
　あたしは再び前を向いてマキに続いた。
「ののことは、同情しない方がいいよ。悪いのはののなんだから」
　教室から出てしばらく歩くとマキはスッとあたしの腕から手を離した。
「どうせ5限の体育の体操、一緒に組もうって頼まれたんでしょ？」
　マキは見透かしたようにそう言った。
「うん。3人組になりたいって言ってた」
「ののって自己中すぎない？　自分が悪いことしたのにぜんぜん反省してないしさ。咲良もあんまり甘い顔しない方がいいよ？」
「だね」
「5限はあたしと咲良のふたりでペア組もうね。ののことは入れちゃダメだから。うちらふたりには、もののと一緒にいるメリットはないし。そうしようね？」
「……うん」
　あたしがうなずくと、マキは大きく伸びをした。
「ねぇ、このまま学食行っちゃわない？　のの抜きで」
　マキはそう言うと、じっとあたしの目を見つめた。
　マキがどうして『のの抜き』ということを強調したのか手に取るようにわかる。
　マキはあたしを試しているんだ。

あたしがマキにとって利用できそうかどうか、見極めようとしている。
　先生に呼ばれたと言っていたのも嘘。きっとマキはこうやってののを言いくるめて、あたしをハブっていたんだ。
　マジ、ウザい。
　でも、今はまだマキの魂胆(こんたん)に気付かないふりをしていてあげる。
「だねっ。ふたりで行っちゃおっ」
　あたしは、ニコッと笑ってそう答えた。
　食堂は1階の渡り廊下の奥にある。
　マキと共に渡り廊下にさしかかろうとした時、前から見覚えのある子が歩いてきた。
　背中を丸めてうつむき加減の黒髪の女の子。
　全身から陰鬱(いんうつ)とした暗い空気が漂っていて、おもわず目を背けたくなる。
　でも、彼女はあたしに気付くなりパアッと明るい表情になった。
「——咲良!!」
　はにかみながら胸元で小刻みに手を振る美琴。
「美琴……」
「ねぇ、咲良。あのさっ……!!」
　あたしがリアクションを起こす前に、美琴があたしのもとへ駆け寄り、声をかけてきた。
　目の前にいる美琴は、まるで大好きな飼い主にしっぽを振る犬だ。

「え……。咲良の友達？」
　隣でポツリと呟いたマキの表情をうかがった瞬間、全身がカッと熱くなった。
　マキは美琴のことを上から下まで舐めるように見つめて、頬を引きつらせる。
「えっと……1年の時同じクラスだったの。あっ、ごめん！ マキ、先に食堂行って場所取っておいてもらえる？　すぐ行くね！」
「わかった。でも、早く来てよね」
「了解！」
　マキが歩いていくと、おもわず安堵のため息が漏れた。
「ごめんね。もしかして邪魔しちゃったかな？」
「ううん、べつに大丈夫だけど……」
　邪魔したに決まってるでしょ。わざわざ駆け寄ってきて声をかけてこないでほしかった。
　すれちがう時、手を振りあうぐらいでちょうどよかったのに。
　困ったように笑う空気の読めない美琴に、わずかな苛立ちを感じる。
「これからお昼？」
「そう。美琴も？」
「うん。あっ、そういえば……神崎さんは？　最近3人で一緒にいるところを見ないけど……」
「え？」
「少し前までは一緒にいたでしょ？　それなのに、最近は

岡村さんとふたりでいるところをよく見るから。あれから咲良が仲間外れにされてないかって、あたし心配してたんだけど……。3人の中で何かあったの？」

最近3人でいるところを見ない……？　それって、いつもあたしのことを見てるってこと？

あたしが誰と一緒に行動して、何をしているか美琴は観察しているのかもしれない。

ののの話もしたくなかった。

それ以上に、常にあたしを監視しているようなことを言う美琴としゃべりたくなかった。

「べつに何もないよ」

「そうなの？　それならいいんだけど……。もし何かあったら話聞くから、いつでも言ってね」

「あー……うん。ありがとう。あたし、そろそろ学食行くから。美琴も早くお昼食べた方がいいよ？」

一刻も早くマキのもとへ向かうために適当に相づちを打つと、美琴が困ったように言った。

「うん……でもね、一緒に食べてくれる相手がクラスにいないの。だから毎日お母さんに作ってもらったお弁当を持って、裏庭とか体育館裏でひとりで食べてるんだ」

「へぇ。そう……なんだ……？」

一緒に食べてくれる相手がいない……？　ちゃんと探そうとした？　仲間に入れてもらえるように努力した？

喉元まで出かかっている言葉を、ぐっと飲みこむ。

すると、美琴が意を決したようにこう言った。

「あっ、あのさ……あたしも一緒に行ってもいい?」
「……え?」

美琴の言葉に耳を疑う。

一緒って一体何を?

「あの子……えっと、岡村さんと一緒に学食でお昼食べるんだよね? あたし、今から急いで教室までお弁当取りに行くから、一緒に食べてもいい?」

良いアイデアを思いついたとばかりに目を輝かせる美琴に、心の中の熱が急激に失われていくのを感じた。

バカじゃないの? そんなの無理に決まってる。

「それはちょっと……。マキと美琴はほぼ初対面でしょ? マキが気を遣うって」

「でも、それは咲良が間に入ってくれれば大丈夫だと思うの。ねぇ、お願い。今日だけだから。こんなこと頼めるのって、親友の咲良だけなの!」

パチンッと両手を合わせて、わずかに頭を下げた美琴。

あたしより背が小さいせいで、美琴の前髪の分け目が至近距離で視界に飛び込んできた。

おでこにペタッとくっついている脂ぎった黒い前髪。

分け目の間から見える白い粉。

「お願い……。咲良、いい?」

整えていないゲジゲジな眉毛をハの字にしている美琴。

あたしは1年間、こんな子と一緒に学校生活を送っていたのか。

美琴にガッカリする以上に、そんな美琴としか親友にな

れなかった自分自身にガッカリした。
　マキが美琴を見て頬を引きつらせるのも無理はない。
「ごめん。今日は無理だよ」
「そっか……」
　あからさまにガッカリする美琴。
「じゃあ、マキ待ってるから行くね！」
　そう言って歩きだそうとすると、
「——あたしたちって親友だよね？」
　美琴がそう呟いた。
「どうして？」
「だって、さっき岡村さんにあたしのこと１年の時同じクラスだったって紹介したでしょ？　親友って言ってもらえなくて、なんかショックだったの」
　めんどくさ。そんな小さなことを今言うなんて。一緒にお昼を食べられないと言ったあたしへの皮肉？
　それとも嫌味？
　美琴ってこんなことを言う子だった……？
「なんか美琴……変わったね」
　あたしがそう言うと、美琴はまっすぐあたしを見つめた。
「変わったのはあたしじゃなくて咲良だと思う」
　——そうだね。たしかにあたしは変わった。ううん、変わろうと努力してる。
　変化を恐れて今の状態に甘んじている美琴とは違う。
「もう行くから。じゃあね」
「あっ……、咲良！」

あたしは一方的に会話を切り上げると、呼び止める美琴を無視してマキの待つ食堂へ駆けだした。

「ねぇ、さっきのあの子さ——」
　から揚げ定食に舌鼓を打っていると、マキが唐突に切りだした。
「美琴のこと？」
「そう。あの子と咲良って仲良いの？」
「どうして？」
「だってさ、あの子うちの教室にちょこちょこ来てるでしょ？　こないだもあの子に教科書貸してなかった？」
「貸してたけど……」
　見られてたのか、と心の中で舌打ちをする。
　美琴と仲が良いということをクラスメイトに知られないように、できるだけ教室の外で物の受け渡しなどはしていたつもりだったのに。
「こんなこと言うのもあれだけど……あの子、イジメられてるよ。あたし隣のクラスに友達がいるから教えてもらったの」
「へぇ……。そうだったんだ？」
　口の中に入れたから揚げを何度噛んでも、急に味がしなくなった。
　美琴がイジメられているかもしれないと感じはじめたのは、最近だった。
　クラスになじめていないだけで、たまに言葉を交わす相

手ぐらいいるだろうとタカをくくっていた。

でも、美琴の状況は最悪だった。

身なりを不潔(ふけつ)だと罵られ、『キモイ』と陰口を言われているのを何度か目撃したから。

それに、ここ最近では美琴があたしの教室にやってくる頻度(ひんど)が増えた。

休み時間も昼休みも、時間を見つけてはあれこれと理由をつけてやってくる。

教室の中に居場所がなく、隣のクラスのあたしのもとへやってきているというのは明白だった。

正直、最近では美琴の存在が疎(うと)ましくなってきていた。

いつも教室の扉付近にひっそりと立ち、あたしの存在を探し、目が合うと手を振って手招きしてくる。

『咲良！』

とあたしを大声で呼ぶことはできずに、ただ黙ってあたしが気付くのを今か今かと待っているその姿が、嫌で仕方がなかった。

だから最近では、教室の扉付近に視線を向けなくなった。

美琴が扉付近にいることに気付いていながら、あえて美琴と目を合わせない。

しばらくすると、美琴は諦(あきら)めて教室に戻っていく。

あたしは美琴の姿が見えなくなると、ホッと胸を撫でおろした。

「あの子とあんまり仲良くしない方がいいんじゃない？」

「やだな、マキ。べつに仲良くないから。ただ、1年の時

に同じクラスだったっていうだけだし」
「でもさ、1年の時に咲良とあの子が仲良しだったって言ってる子もいるんだよ？」

　嫌悪感丸出しの目をしているマキ。あたしはブンブンッと首を振って否定した。
「べつに仲良しじゃないって〜！　勘違いだし！　あの子はあたしのこと、親友って勘違いしてるみたいだけどね」

　あはははっと笑いながら答えると、マキもつられて笑った。
「だよね。なんか咲良とあの子ってあんまり合ってない気がするし。さっき間近で見たけど、『あぁ、これはイジメられるよなぁ〜』って思っちゃった。全身から負のオーラ出てたし。清潔感もまるでないし。髪の毛見た？　ちゃんとお風呂入ってるのかわかんないし」

　美琴の話をこれ以上したくなかった。

　今まで親友だと思っていたけれど、今日からはもう美琴はあたしの親友ではない。

　美琴と親友だということは、あたしまで美琴と同類だということ。

　スクールカーストには、友人のレベルも大いに関係してくる。

　美琴と親友でいることは、あたしにとってデメリットでしかない。
「ね〜。っていうか、お昼食べながら汚い話するのやめようよ〜。お昼がマズくなっちゃうし」

「たしかにね」
　話を一方的に終わらせると、あたしは再びから揚げを口に運んだ。
　美琴を切り捨てると決意した瞬間、再び香ばしいから揚げの味が口いっぱいに広がった。

第二章

クラス内勢力図

女王 砂川エリカ

1軍 派手系
佐藤悠里
木内あかり
山田萌

対立

1軍 不良系
鮎田樹里
柳いずみ

2軍 スポーツ系など

3軍 普通系
葉山咲良
岡村マキ
その他…

4軍 オタク・ガリ勉系
鮫島早苗
その他…

5軍 イジメられっ子
神崎のの
塚原瑠璃子
その他…

(3軍から転落)

計画

ののは、それからすぐ学校に来なくなった。

教室に入ろうとすると過呼吸になるらしく、しばらくは保健室登校をすると先生が話していた。

「誰か、神崎さんのことで知ってることがある人はいる？」

その理由をみんな知っていた。でも、担任の言葉に答える人は誰もいなかった。

ののは、1回の過ちでスクールカーストのピラミッドの中にいることすらできなくなってしまった。

でも、そのおかげであたしはマキと2人組になり、それなりの学校生活を送っている。

けれども、教室内の空気は悪かった。

1軍の中で序列争いが本格化しはじめていたからだ。

HRのあと、担任が出ていくとヤンキー系の鮎田樹里がわざとらしいほど大きな声で言った。

「つーか、神崎ってイジメられて学校来なくなったんじゃないの〜？」

その言葉に、エリカがバッと振り返って樹里を睨む。

「マジで超えげつない。てか、イジメとかガキっぽいことよくするよね」

樹里に加勢するように、いずみが呆れたように笑う。

ここ最近、遅刻や欠席を繰り返してほとんど学校に来ていなかった樹里といずみですら、ののがされていたことに

気付いていたようだ。
「アンタたち、何が言いたいわけ?」
　エリカが樹里のもとへ歩み寄る。
　それに続くように、エリカたちグループの悠里、山ちゃん、あかりも立ち上がり、対立するいずみも樹里の席までやってきた。
　エリカグループは4人、樹里たちはふたり。
　人数的に有利なのはエリカグループだ。
　教室中が騒然とする中、腕を組んだエリカが樹里を睨みつけた。
「あたしが何をしたって言いたいのよ」
「エリカたちが神崎をイジメてたんじゃん。ひとりに対して寄ってたかって……アンタらバカ?」
「ハァ!?」
「ストレスたまってるんだか何だか知らないけど、人に当たるのどうかと思うけど?」
「うるさいんだよ!!」
　エリカが樹里の机をバンッとたたいた。
　その瞬間、樹里が勢いよく立ち上がりエリカの肩を押した。
　細いエリカはその反動でよろける。
「うっせーのは自分だろ?　お前ら、調子乗ってんじゃねぇぞ?」
　低く押し殺した声。ヤンキー口調丸出しのその言葉に、教室中がシーンと静まりかえる。

「ちょっ、エリカ!? 大丈夫〜? 手を出すとかありえなくない〜? 暴力とかマジ反対〜!!」
「だったら、ガキっぽいことしなけりゃいいでしょ?」
「うちらガキじゃないし〜!?」
「そういう言い方がガキだって言ってんの」
　悠里の言葉に、いずみが呆れたように呟く。
「アンタたち……絶対に許さないからね!!」
　顔をまっ赤にして叫ぶエリカに、樹里はふんっと鼻を鳴らす。
「いつでも相手になってやるからこいよ。まぁ、やめておいた方がいいと思うけど? あっ、そうだ。いずみ、なんか飲み物買ってこない?」
「うん、行く行く」
　樹里といずみは、エリカには目もくれずお財布を手に取り教室から出ていく。
「何なのよ!! マジアイツらムカつくんだけど!!」
　歯をギリギリと鳴らして怒りをあらわにするエリカに、悠里もあかりも山ちゃんもかける言葉がないのか、黙っている。
　エリカは絶対的な1軍のリーダーだ。でも、人望はまったくない。
　一緒にいる悠里やあかり、それから山ちゃんもエリカの扱いにはとまどっているようにすら感じる。
　4人に確固たる絆がないならば、こちらとしてもやりやすい。

今はなんとか保たれているグループも、ほんのちょっとしたきっかけで崩れはじめるかもしれない。
　心の中でくすっと笑った時、ポンポンッと肩をたたかれた。
「ちょっといい？」
　振り返ると、そこにいたのは真剣な表情を浮かべたマキだった。

「何？　話って」
　昼休みになり、「大事な話がある」と言うマキと一緒に屋上に向かう。
　ふわりと体に感じる柔らかい風。あたしは大きく伸びをすると、マキに問いかけた。
「今後のあたしたちのことで、ちょっと話があったの」
「今後のあたしたちのこと？　どういう意味？」
「わかりやすく言うと、エリカちゃんたちにつくか、樹里ちゃんたちにつくかってこと」
　ペタッとアスファルトに腰を下ろしたマキの横に座る。
「たぶん、今日みたいなことがこれから頻繁に起きると思うの。だから今のうちに身の振り方考えておいた方がいいと思って」
　マキは、まっすぐ前を見すえてはっきりこう言った。
「ねぇ、咲良はどっちについた方がいいと思う？」
「それは……」
　おもわず口ごもる。

隣にいるマキの顔をうかがっても、何を考えているのかいまいちよくわからない。
　エリカたちか、樹里たちか……。
　樹里たちは見た目がイカつくて、悪いことをたくさんしているように見える。
『エリカたちが神崎をイジメてたんじゃん。ひとりに対して寄ってたかって……アンタらバカ？』
　でも、イジメへの嫌悪感をあらわにしたし、まともなことを言っていたのは樹里たちだ。
　樹里たちが１軍のトップになってくれれば、イジメのないクラスになるかもしれない。
　だけど……そんなに簡単にいくとは思えない。
「マキはどっちのグループについた方がいいと思う？」
　逆にマキに質問を返すと、マキは悩みながらもこう言った。
「今のところ、樹里ちゃんたちグループかな。あの子たちはエリカちゃんみたいに威張ったりしないしさ」
「そうだね……」
　意外だった。マキはてっきりエリカたちグループを選ぶと思っていたのに。
　裏ではののを陥れて、エリカの機嫌をとっていたのに、今度はどういう風の吹きまわし？
　何か考えでもあるわけ？
　あたしは、はっきりとどちらのグループの味方になるか答えなかった。

「ねぇ、咲良。咲良とあたしのふたりなら、もっと上まで行けると思わない？」
「スクールカーストの……上部ってこと？」
「そう。今はたぶん、うちらふたりはまん中ぐらい……3軍の上の方でしょ？　あたしはもっと上に行きたいの。そうすれば、ののみたいなことにもならなくて済むしさ」
　1回の過ちでスクールカーストを滑り落ちていったのの。
　もしも、もしも、ののが3軍ではなく1軍だったら……保健室登校になることはなかったのかもしれない。
「うん。あたしも3軍より上になりたい」
　ううん、なりたいじゃなくてなってやる。
　あたしは絶対にのし上がってやる。ののと同じ轍は踏まない。
「だよね！　だから、一緒に協力しよう！　うちら親友だもんね！」
　嬉しそうに笑いかけるマキに微笑みかける。
　親友……ねぇ。ずいぶん安っぽい言葉。
　少なくとも、親友だったののを簡単に裏切ったマキから出た言葉は信用性に欠ける。
　でもひとまず、マキの言うとおり協力はしよう。
　ひとりよりふたりの方が良いこともある。
「うん！　うちら、親友だよ」
　そう答えると、マキは満足そうにうなずいた。

ののが保健室登校になってから二週間たつと、教室内には２つの派閥ができあがった。
　エリカグループと樹里グループ。
　取りまきの人数はほぼ同じ。
　女王様のように傍若無人な態度のエリカに嫌気がさした子たちは樹里グループに流れた。
　樹里たちは見た目こそ派手だけれど、エリカのように誰かをおとしめたりすることはしない。
　スクールカーストの絶対的頂点にいたエリカは、樹里たちの台頭に内心ヤキモキしているように見えた。
「ねぇ、エリカちゃんってダイエットしてるの??　どうしたらそんなに細くなれるの〜？」
　朝のHRが終わるなり、エリカの取りまきたちがエリカのもとへ歩み寄り、ご機嫌取りを始めた。
「べつに何もしてないけど。あたし、いくら食べても太れない体質なの」
「え〜、羨ましすぎる〜!!　いいなぁ〜」
　エリカになんとか取り入ろうとする子たち。
　あたしとマキは、まだどちらにつこうか決めかねていた。
　今のところ樹里グループが優勢だ。
　だけど、今はまだ時期ではない。
　あたしは全身にアンテナを張り巡らせて、クラス内の情報をかき集めていた。
「咲良」
　すると、突然名前を呼ばれた。

顔を上げると、隣に座る瑠璃子が廊下を指さした。
「お友達、来てるわよ」
「あぁ……」
　美琴か。瞬時にそう察したあたしは、瑠璃子から目を逸らした。
「行かないの？」
「え……？」
「最近、いつも咲良のことを見てるわよ？　今も困った顔してるわ。行って話を聞いてあげた方がいいんじゃないの？」
「べつに大丈夫だから」
「ケンカでもしたの？　あんなに仲が良かったのに」
「べつにケンカしたわけじゃないから」
「だったら、どうして行ってあげないの？　困った時に助けてあげるのが友達じゃないの？」
　いつもだったら美琴の存在に気付いていても無視するのに。

　あぁ、めんどくさ。
　1度周りを見わたす。
　日直のマキは、次の授業のプリントを取りに職員室に行った。
　ほかのクラスメイトたちも、エリカや樹里の机を囲んで何やら楽しそうにおしゃべりをしている。
　あたしが美琴のところへ行っても、誰も気が付かないだろう。

「わかった。行ってくる」
　これ以上瑠璃子にしつこく言われるのも嫌だったあたしは、渋々立ち上がった。
　瑠璃子は、何か言いたそうにあたしのことをじっと見つめる。
「……何？」
「何でもないわ」
　ほんの少し苛立ちを覚えてそうたずねると、瑠璃子は小さく首を横に振った。
　廊下に出ると、美琴は予想どおりパアッと表情を輝かせた。
「咲良！　よかったぁ。気付いてくれないかと思った」
「——ちょっとついてきて」
　あたしはすれちがいざまにそう言うと、美琴と目を合わせることなくその横を通りすぎた。
「う、うん！」
　あたしの後を追いかけてくる美琴の上履きの足音にすら、神経を逆撫でされているような気がした。
　屋上の扉をおそるおそる開けて、ホッと息を吐く。
　よかった……。誰もいない。
「屋上に来るのって、あたし初めてだよ！」
　美琴がキョロキョロとあたりを見わたして声を上げた。
「へぇ……」
「ふふっ、こんなに簡単に屋上に上がれちゃうなんてビックリしちゃったよ。先生ってば、鍵かけなくてもいいのか

な〜?」

　はしゃぐ美琴に頬が引きつる。
「あのさ」
「これからはここでお弁当を食べるのもいいかも。気持ちいいし！　ねぇ、咲良。よかったら今日一緒にお弁当食べない？」
「美琴」
「あっ、でも咲良はお弁当持ってきてないよね？　だったら、あたしのあげる！　お母さんってばすごい量作るんだもん！　ひとりで食べきるのやっとなの」
　あたしの言葉を遮るようにしゃべり続ける美琴。
「ねぇ」
「大丈夫！　咲良はぜんぜん遠慮しなくていいんだからね！」
　ニコッと笑いかけた美琴に、苛立ちが最高潮まで達する。
「——いい加減にして!!」
　あたしが叫ぶと、美琴が目を見開いた。
「咲良……？」
「あのさ、毎回毎回休み時間とか昼休みとかのたびに教室に来られるの迷惑なの」
　今まで喉元まできていたけれどどうにかして飲み込んでいた美琴への不満は、1度口にすると止まらなくなった。
「廊下であたしを呼ぶわけでもなくじっと教室の中覗き込んでさ。ちょっと不気味だよ!?　うちのクラスの子たちも美琴のこと噂してるから！」

「え……」
　美琴の顔からさっきまでの笑顔が消える。
「あたしにだってあたしの生活があるの。いくら友達だからって、美琴の面倒をずっと見てられないって!!」
「あたしはべつに……咲良に面倒を見てもらおうなんて思ってな──」
「ううん、思ってるでしょ!?　少しはあたしの気持ちも考えてよ!?　クラスに友達ができないって言うけど、美琴は友達を作る努力をしてる？　自分からしゃべりかけたり、輪の中に入ろうって頑張ってる？」
「それは……。でも、できる限りのことはしてるよ？　だけど、みんなあたしを無視し……」
「あー、もう嫌!!　さっきから全部言い訳じゃん!!　とりあえず、クラスの中に誰かひとりでも友達作りなって。いるでしょ？　5軍系の子。クラスの中であきらかに浮いていていつもひとりでいる子。それか、4軍あたりの地味な奇数のグループに入れてもらうとか」
　早口でまくしたてるように言うあたしを、美琴は呆然と見つめている。
「あっ、そうだ。美琴のクラスにいるじゃん。すっごい太ってて１年中汗かいてるあの子。いつもだいたいひとりでいるし、あの子なら友達になってくれるんじゃない？」
　美琴が今すべきことは、一刻も早く友達を作ることだ。
　教室の中にひとりでいるだけで、クラス内での評価はがた落ちになる。

小中高、いつだって友達の多さがものを言う。
　　交友関係は深くせまくではダメ。広くなくてはならない。
　　そして、誰とでも楽しく会話できるコミュ力が求められる。
　　それができず教室内でひとりでいるところを見られれば、友達がいない子とみなされ、イジメのかっこうのターゲットになる。
　　すでにイジメのターゲットにされているらしい美琴は、今以上状況が悪くならないようにしなければならない。
　　その第一歩は、教室内で友達という仲間を作ること。
　　隣のクラスのあたしをいくら頼ったって、自分が変わらなければどうしようもない。
　　美琴はそれを自覚しなくてはならない。
「やっぱり……咲良は変わったよ……」
　　美琴はそう言うと、顔を歪めた。
　　目にはうっすらと涙を浮かべている。
　　何よ。一体、何なの。
　　その姿すらうっとうしく感じる。
「うん。変わったかもね。あたしは努力して変わろうとしてる。自分から積極的に友達作りもした。でも、美琴はそれをしなかった。あたしと美琴の決定的な違いはそれ」
「あたしはたしかに……誰に対しても親しげに声をかけたりはできないけど、1度仲良くなった子とはずっと仲良しでいたいと思ってるよ」
「だからって休み時間のたびに教室に来られたら困るって。

クラスの友達と一緒に過ごす時間が減っちゃうしさ」
「咲良、前に言ってたよね？　仲間外れにされてるって。そんなことをする子たちを、本当の友達だって思える？　それに……最近、いつも岡村さんとふたりで一緒にいるよね？　神崎さんが保健室登校してるっていう話をしてる子もいたし……。その直前に神崎さんがイジメられてるって噂も耳にしたの。咲良は、あのふたりと仲良くしてたから……変なことに巻き込まれてないかってずっと思ってて。あたし、それが心配で心配で——」
「——心配？　何それ。思ってもないこと言うのやめてよ！」

　自分でも信じられないくらい冷たい声が出た。
「結局さ、美琴はすぐにクラスに友達ができて楽しそうにしてるあたしに嫉妬してるだけでしょ？」
「違う‼　そんなんじゃない‼　ただ……1年の時……神崎さんと岡村さんが仲良くしていた子が学校を辞めたらしいの」
「ふーん、で？」
「1年の時の委員会で……近くにいた子たちがしゃべってたのが聞こえたの。その子が学校を辞めたのって、あのふたりのせいだって。ふたりに仲間外れにされて、心が壊れちゃったって。だから、咲良があのふたりに仲間外れにされてるって聞いて、あたし心配で——」
「ふーん。だから、マキと一緒に学食でお昼食べたいとか言うわけ？　休み時間のたびにあたしの教室に来るわけ？

全部全部、あたしが心配だから？　そんなわけないでしょ」
「もちろん咲良が心配だったから。だけど、全部って言われたら違うかもしれない……。あたしにとっての親友は咲良だけだから、咲良に話を聞いてもらいたいっていう気持ちがあった。クラスではひとりだけど、咲良っていう親友がいると思えば頑張れた。咲良はあたしの心の支えなの」
「ハァ？　そういうの重すぎだから」
『咲良のことが心配だったからに決まってるでしょ!?』

　そう言って嘘でも自分の気持ちを隠しとおせばいいのに、バカ正直に答えてしまう美琴。

　救いようがない。この融通のきかなさが、友達をうまく作れないところに繋がっているというのに。
「だけど、あたしは本当に咲良を心配して──」
「もういい。これ以上、美琴と話してても何の解決にもならないし」
「咲良……」
「ホント、もういいから。あたし教室戻るね」
「──咲良ってば!!」

　あたしの腕を美琴がつかんで制止する。

　あたしはつかまれている腕を見てハァとため息をついた。

　しつこいにもほどがある。
「あたしに友達ができないのは、咲良の言うとおりあたし自身の問題だよ。もう咲良に迷惑はかけない。教室にも行かないから」

美琴はすがるような目を向ける。
「だけど、このまま咲良を放っておくことはできないよ。咲良は道を踏み外そうとしてる。自分でも気付いてるでしょ？」
「何言ってんの？」
「咲良、岡村さんと一緒になって神崎さんを仲間外れにした？　だから岡村さんは保健室登校になっちゃったんじゃない？　そんなことして胸が痛まない？　咲良はそんなことするような子じゃなかったはずだよ？　お願いだから目を覚まして」
「……何も知らないくせに、知ったようなこと言わないでよ!!」
「咲良……」
　今にも泣きだしてしまいそうな弱々しい表情の美琴を見おろして、あたしはこう忠告した。
「ハァ……。忠告、ありがとう。お返しにあたしも1つ忠告してあげる。美琴はもう少し、容姿に気を遣った方がいいんじゃない？　クラスで浮く原因を作ってるのは自分かもよ？」
　ふんっと鼻で笑うと、あたしは美琴の手を振りはらい、ひとりで屋上を後にした。
　追いかけてくるかと予想していたけれど、美琴は追いかけてはこなかった。
「咲良……ひどいよ……」
　その代わりに背中にぶつかったのは、美琴のかすれた小

さな声だけだった。

「咲良ー、どこ行ってたのよ」
　教室に戻ると、マキが一目散にあたしのもとへやってきた。
「あぁ、ごめん。ちょっとトイレに行ってた」
　美琴と一緒にいたということを知られたくなかったあたしは、サラッと嘘をつく。
「ふーん。ひとりで？」
　マキがうかがうような目を向ける。
　あたしがマキの知らないところで、裏切ったり、あざむいたりしていないか心配しているんだろう。
　でもね、マキ。自分がやっているからこそ、心配になるって知ってる？
「ひとりだよ。だってマキってば職員室に行っていなかったんだもん。すごい寂しかったんだから」
　唇を尖らせてイジけた様子を見せる。
　マキは自分の取り越し苦労だと思ったのか、満足げに微笑んだ。
「そうだったよね〜。ごめんごめん。あっ、ねぇ、今日の放課後カラオケいかない？」
「カラオケ……うん。いいよ」
　あたしが答えたと同時に、始業を告げるチャイムが鳴りはじめた。
「じゃ、またあとで」

「はいよー」
　ヒラヒラと手を振って自分の席に戻っていくマキの背中をじっと見つめながら小さく息を吐く。
　またカラオケ？　どんだけ好きなのよ。たいしてうまくもないくせに。
　機械の採点をつけて、自分が高得点を取れる歌ばかり歌って優越感にひたっているマキ。
　マキの歌う曲は、ネットで検索するとで高得点が出やすい曲として出てくるものばかり。
　毎度毎度同じ歌を聞かされるこっちの身にもなってほしい。
　ハァ、めんどくさっ。心の中で悪態(あくたい)をつく。
「ねぇ」
　すると、隣の席の瑠璃子が声をかけてきた。
「何？」
「どうして嘘ついたの？」
「嘘ってなに」
「さっき、山崎さんと一緒に教室から出て行ったでしょ？」
　瑠璃子はあたしをまっすぐ見すえる。
　瑠璃子に見つめられると、心の中を見透かされているような気がしてくる。
　さっきのマキとの会話を聞かれていたようだ。
　痛いところを突かれてしまった。
　こういう日に限って、担当の先生はまだ来ない。
「……盗み聞きするなんて悪趣味だから」

不機嫌を装ってそう言うと、瑠璃子から目を逸らす。
「盗み聞きするつもりはなかったの。ごめんなさい。でも、気になったのよ。なんか最近、あなたと山崎さんが——」
「——美琴の話はしないで」
　瑠璃子の言葉を遮る。
「瑠璃子には関係ないでしょ？　いちいち口出ししてこないで」
　キッと瑠璃子を睨んでそう言うと、瑠璃子は眉間にしわを寄せた。
「咲良……やっぱりあなた変わったわね」
　瑠璃子がそう呟く声に反応することなく、あたしは正面に向き直った。

　教室内では、日を追うごとに２つのグループの派閥争いがエスカレートしていった。
　エリカ側と樹里側につく子たちがたがいの悪口を言いあい、毎日殺伐とした空気が広がっている。
　そんなある日、あたしとマキはエリカに呼ばれた。
「アンタたち、当然あたしたちにつくよね？」
　椅子にふんぞり返ったように座って足と腕を組むエリカ。
　その前に黙って立っているあたしとマキ。
　まるで先生に叱られている生徒のよう。
　自分の席まで呼ぶなんて、まるで女王様だ。
　隣にいるマキに視線を向けると、マキは頬を引きつらせ

ていた。
　マキも同じことを思っているに違いない。
　呆れながらもエリカの言葉に耳を傾ける。
「アイツらについたら、許さないから。わかってる？」
　圧倒的な１軍のトップであり、クラスの女王様的存在だったはずのエリカ。
　１年でもクラスを仕切り、誰ひとりとしてエリカには逆らえなかったと聞いている。
　エリカに逆らえない大きな理由のひとつは、エリカの手のはやさだった。
　エリカは暴力を肯定するところがあった。
　頭を叩いたり、ビンタするのは当たり前。エリカに逆らえば、すぐに手のひらが飛んでくる。
　エリカはターゲットを決めると、クラス全員が見ている前で見せしめにその子に暴力をふるった。
　そうすることで、二度と自分には逆らえないようにクラスメイトの脳裏にすり込ませる。
　エリカがやっている行為は、暴力という恐怖でクラス中を操る洗脳だった。
　でも、このクラスには１軍の樹里といずみがいた。
　今や、樹里たちの取りまきの方が多いといっても過言ではない。
　少しずつ少しずつ、エリカたちの勢力は弱まり、樹里たちが台頭してきている。
　エリカは相当焦っているに違いない。

だから、わざわざどっちつかずなあたしとマキを呼んで自分の方につけと命令しているんだ。
「大丈夫だよ。あたしも咲良もエリカちゃんの味方だから」
　あたしが何と答えようか迷っていると、マキが答えた。
「本当？　もし裏切ったらただじゃおかないから」
「心配しないで？　ねっ？」
　マキはエリカを安心させるように微笑む。
「それならいいけど。ハァ……。マジでアイツら消えてくんないかな。ウザすぎ」
　エリカは苛立ったように樹里たちのいる席に視線を向ける。
　大勢のクラスメイトに囲まれて笑顔を浮かべている樹里といずみ。
　もともとエリカには人望がなかった。
　目の前で相手の悪いところを指摘したり、口汚い言葉で罵って脅したり。
　機嫌が悪いと全身からイライラとした空気を発して、周りを萎縮させる。
　ヤンキー系だけれど、樹里はそういうことはしなかった。
　口調こそ男勝りだけれど、誰かの悪口を率先して言うことも、相手が傷つくようなこともしない。
　樹里がこのクラスのリーダーになればいいと思う反面、それでは困ると思う。
　樹里といずみがスクールカーストの頂点にいる限り、あたしは永遠に３軍から抜けだすことはできない。

一歩まちがえれば、のののようなことにもなりかねない。
「——エリカ、何してんの〜?」
聞き覚えのある声に視線を移す。
さっきまではいなかった悠里が、あたしたちのもとへ歩み寄ってくる。
「べつに。何でもない」
「ふーん」
そっけなく答えたエリカ。でも、悠里はあたしとマキを交互に見比べている。
「もういいから。行ってよ」
エリカは決まりの悪そうな表情でそう言うと、あたしたちを追いはらうように顔を背けた。
プライドの高いエリカのことだ。
自分の味方につけと言ったことを、悠里には聞かれたくなかったんだろう。
あたしとマキはたがいに目を見合わせて苦笑いを浮かべると、いそいそと自分の席に戻った。

「ん……?」
その日の夜、枕元に放り投げてあったスマホが震えた音で目を覚ます。
画面には【岡村マキ】の名前。
時刻は午前1時17分。
こんな夜中に、一体何の用……?
重いまぶたをなんとか持ち上げ、通話ボタンを押して耳

に当てる。
『もしもし』
　プッという機械音と同時にマキの甲高い声が耳に届いた。
「……もしもし？　マキ？」
『その声、もしかして寝てた？』
　夜中の１時だし、寝てるに決まってる。
「ううん、大丈夫。どうしたの？」
　仰向けになって、目をつぶりながら答える。
『あのさ、エリカちゃんのことなんだけど』
「うん」
『今日のあれ、ムカつかなかった？　うちらのこと呼んでおいて"もういいから"っていう言い方なくない？』
「だね」
　ハァ？　今さらその話題？
　眠気は一向に飛ぶ気配がない。うつらうつらしながらマキの言葉に耳を傾ける。
　マキの愚痴は長い。
　こっちの都合なんておかまいなしに電話をかけてきて、１時間以上愚痴ることもある。
　マキに付き合うと、こっちまで寝不足になってしまう。
　目をつぶりながら話半分に聞く。
『エリカちゃんってさ、本当に自己中だよね』
『クラスのみんなだって嫌気がさしてると思わない？　威張りちらしてバカみたい。エリカちゃんって裸の王様じゃ

なくて、裸の女王様だよね』
『読者モデルしてるって言ったって、表紙飾ってるわけじゃないのに大袈裟でしょ？　正直、塚原瑠璃子の方が顔もスタイルも良くない？』
『ホントウザいし。見てるだけでイライラしてくる』
　マキは一通りエリカの悪口を言うとすっきりしたのか、
『なんか眠くなってきたから寝るね。おやすみ』
　と、一方的に会話を終えた。
　こういう自己中なところは、エリカとそっくりじゃない。
　夜中にこんな愚痴を聞かされる身にもなってよ。
　心の中でそう呟く。
　でも、何よりも眠気が勝った。
　ようやくマキに解放されたあたしは、スマホを耳に当てたまま再び深い眠りについた。

発覚

「あたしさ、こないだ見ちゃったの。樹里といずみが夜の繁華街で派手な格好して歩いてるところ」

それから数日後のこと、教室でのマキの唐突な言葉にあたしは目を見開いた。

「どういうこと？」

「たぶんね、樹里といずみ……夜の仕事してる」

「——夜の仕事!?」

「シッ!!　声が大きい！」

マキに口元を押さえられてハッとする。

「ごめんごめん。でも、ちょっとビックリしちゃって……」

「大丈夫。みんな気付いてなさそうだから」

「だけど、どうして夜の仕事なんか……」

「あのふたりの家って、貧乏らしいよ。だからじゃない？」

「そうなんだ……」

樹里といずみに視線を向ける。

たしかに思いあたる点はある。ふたりはたびたび学校に遅刻してくる。

授業中も寝ていることが多いのは、夜働いているせいってこと……？

まさか……ね。

「でさ、今日の放課後、あのふたりを尾行(びこう)してみない？」

「尾行って……マキ、本気なの？」

「もちろん。樹里といずみの弱点を握っちゃおうよ」
　弱点を握る……か。
　エリカも言っていた。
『マジでアイツら消えてくんないかな。ウザすぎ』と。
　樹里といずみを１軍から引きずりおろすことができれば、エリカから認められるかもしれない。
　ううん、それだけではない。
　最近、アイツの存在がウザいのだ。
「あたし、エリカちゃんと同じ色のネイルしたの〜！　どうどう？」
　エリカの席で大声でしゃべる女は、ののカンニングをチクッた鮫島だった。
　しゃれっ気づいたのか、分厚いレンズの眼鏡をコンタクトにし、化粧までしだした。
　アイラインはガタガタでマスカラはダマになり、メイクをしたことがないのが手に取るようにわかる。
　それを本人がまったく気付いていないからお手上げだ。
　アイドルオタクで万年４軍だったくせに、最近ではエリカに取り入ってでかい顔をしている。
　同じ４軍のオタク友達と自分は違うんだと言わんばかりに、わざと教室内ででかい声でしゃべる鮫島にイライラが募る。
　バカじゃないの？　オタクはオタクなんだよ。それ以上でもそれ以下でもない。
「ハァ？　アンタ、あたしの真似するんじゃないわよ。気

持ち悪っ」
「いいじゃんいいじゃん〜」
　ニキビ面でふざける鮫島に鳥肌が立つ。
「エリカと鮫島ちゃん、マジウケる〜!!　夫婦漫才かよー」
　ゲラゲラと笑う悠里。
「むふふふ〜夫婦漫才って言われちゃった〜」
　ドン引きのエリカなんておかまいなしにおどけてみせる鮫島が、うっとうしくて仕方がない。
　本来、エリカにいじられるキャラはエリカと同じグループの山ちゃんだったはずだ。
　鮫島の台頭で、最近では影が薄くなっている山ちゃん。
　時々、唇を噛みしめて恨めしそうに鮫島を睨んだりしている。
「あっ、そうだ。このあと移動教室だよね。またあとでね〜」
　痩せ細り血管の浮き上がった手でフリフリとエリカに手を振り、クルリと方向転換してこちらに歩いてくる鮫島。
　あたしの席を通りすぎようとした時、鮫島の体があたしの机にぶつかった。
　ガタンッと音を立てて揺れた机。横のフックにかけておいたバッグが床に落ちる。
「あっ、ごめん〜」
　鮫島は1度バッグに視線を向けたあと、適当に謝って再び歩きだす。
「──ちょっと!!」
　おもわず呼び止めると、鮫島はめんどくさそうに振り

返った。
「何?」
　あたしのことを上から下まで舐めるように見つめた鮫島は、とぼけた顔で首をかしげる。
「バッグ、拾ってよ。落としたでしょ?」
「え～……」
　机にぶつかってバッグが落ちたのに、『ごめん』と言うだけで、拾いもしないなんて信じられない。
　鮫島はあたしのことを見さだめるような視線を向ける。
　そして、こう言った。
「嫌だよ。めんどくさいし。自分で拾ってよ」
「は……?」
　鮫島は再びあたしに背中を向けて歩きだす。
　何? 何なの。何なのよ、マジでアイツ!!
　その言葉は、あたしの心の中にあるちっぽけな自尊心をズタズタに傷つけた。
　あたしはあの鮫島に、格下だと判断されたのだ。
　ギリギリ4軍を保っているあんな女に、3軍のあたしが見くだされるなんてありえない。
「え……何あの態度……。鮫島って咲良に対していつもああなの?」
　マキが驚いたようにたずねてくる。
　その言葉には、鮫島に見くだされたあたしへの同情と軽蔑が含まれていた。
　このまま放っておけば、あたしはのし上がるどころか今

の地位すら失いかねない。

　これ以上鮫島をのさばらせておけば、マキにも逃げられるかもしれない。
「ううん、違うよ。あたしもビックリした。調子乗りすぎだよね」
　グッと、手のひらに爪が食い込むぐらいに拳を握りしめる。

　あたしひとりだけの時にあの態度なら、多少は大目にみたかもしれない。
　だけど、マキが一緒にいた。
　それであの態度。
　マジ、ウゼェ。
　アイツは本来、１軍と言葉すら交わしてもらえないような子のはず。
　しゃしゃっていられるのも今のうちだけ。
　決めた。
　絶対に引きずりおろしてやる。
「ていうかさ、さっきの話の続きなんだけど……あたしも協力するね。樹里といずみの弱点……絶対に見つけよう」
　あのふたりを引きずりおろす。
　そして、調子に乗っている鮫島も一緒に引きずりおろしてやる。
　４軍にすらいられなくしてやる。アイツに地獄を見させてやろう……。

放課後、あたしとマキはこっそり樹里といずみの後を追いかけた。
　ふたりは学校からほど近い駅で電車に乗り込んだ。
　あたしたちは隣の車両からふたりの動向をうかがう。
「マキはどこであのふたりを見たの？」
「隣町。駅前の飲み屋がたくさんある場所知らない？」
「何となくわかる」
「駅の近くにあるおばあちゃんの家に遊びに行った帰りに、たまたま見たの。髪の毛をアップにしてたし、雰囲気が学校とはまるで違ったけど絶対にあれは樹里といずみだったから」
　確信を持ったように言うマキ。
　電車が隣町の駅のホームに滑り込む。
　あたしはマキと会話しながらも、ふたりから目を離さずに尾行を続けた。
　駅の改札口を過ぎると、ふたりは慣れた様子で駅前のコインロッカーに向かった。
　そこで大きな荷物が入ったバッグを２つずつ取り出して肩にかけ、歩きだす。
　ふたりが向かった先はカラオケボックスだった。
「嘘……。まさか、カラオケに来ただけとか!?」
　マキが落胆の声を上げる。
「まだわかんないよ。あのバッグの荷物も気になるし、ここでふたりが出てくるのを待つしかなさそうだね。長期戦になるかもしれないけど」

あたしとマキはカラオケボックスの出入り口が見えるファストフードに入り、そこで時間を潰すことにした。
　ふたりがカラオケボックスに入ってから、1時間、2時間、3時間と時間だけが無情にも過ぎていく。
　今の時刻は、夜の8時をまわっている。
「あのふたり、ただカラオケしにきただけなのかなぁ。無駄足になったかも」
　自分から尾行しようって言ったのに、もう諦めようとしているマキに呆れ果てる。
「まだわからないよ。それに、カラオケなら学校の近くにもあるし。わざわざ電車に乗ってまでここのカラオケに来る必要性がないもん」
「たしかに……ね。なんか咲良って探偵みたい。敵にまわしたくないわ～」
「大丈夫大丈夫。あたしはマキの味方だから」
　今だけは……ね。
　それからすぐに動きがあった。
「あっ、出てきた！」
　マキの声に、気持ちが引きしまる。
　ふたりはカラオケボックスにいる間に、制服姿から私服姿になっていた。
　露出の高い服を身にまとい、高いヒールを履いている。
　大きなバッグを再びロッカーにしまうと、ふたりは駅とは反対側の繁華街に向かって歩きだした。
　やっぱりふたりは夜の仕事をしているのかもしれない。

「マキの言ったこと、当たったかもね」
　制服から私服に着替え直したということで、期待は高まる。
「でもさ、こないだは髪の毛もアップにしてたんだよ？　今日は何もしてないし……」
「お店にヘアメイクしてくれる人でもいるんじゃない？」
「あぁ、そっか。だからか」
　マキは人をおとしめたりすることに関しては頭の回転が速いけど、ほかはダメらしい。
　あぁ、そうか。そういえば成績の学年順位も下から数えた方が早かったっけ。
　ふたりは繁華街の一角にある小さな飲み屋に入っていった。
「え……。まさか、ここ？」
　見上げた先には、お世辞にも大きいとは言えない古びた昔ながらの飲み屋があった。
「ヘアメイクしてくれる人がいるとは思えない店だけど」
　ふっと笑い、してやったり顔のマキ。
「……やっぱり自分たちでやってるのかもね」
　痛いところを突かれて、そっぽを向く。
　まさか、こんなに小さなお店だとは思わなかった。
　店を飾るまばゆいネオンの光を放つ大きな看板。
　洗練された造りの大きな建物。
　頭の中に浮かんでいたそんなイメージが崩れ去る。
　目の前にあるのはちっぽけな平屋建ての木造の建物。

赤ちょうちんは薄汚れ、入り口の扉はところどころ朽ち、年季を感じさせる。
「なんでこんなところでバイトしてんだろ……。お金稼ぐなら、もっと良い店でもよくない？」
　マキが呆れたように呟く。
「でもこういう店って、18歳以下はダメでしょ？　あのふたりを雇ってくれる店自体少ないはずだよ。だからじゃない？」
「だからって、こんな店でバイトするの嫌〜。さっさと証拠撮って帰ろ」
「だね」
　あたしたちは店を見張れる場所までやってきてスマホを手にその時を待った。
「あっ、来た来た！」
　意外にもあっけなくふたりが姿を現した。
　先程の服より派手な色の服を着ているふたり。
　髪もアップになり、化粧もわずかに濃くなっている気がする。
　けれどふたりは意外にも店の外に小さな電光看板を出したり、裏手にまわりゴミを片付けたりせっせと動きまわっている。
「なんかあたしのイメージと違うんだけど」
　マキが舌打ち交じりに呟く。
「どういうイメージだったの？」
「猫撫で声上げて男に媚び売って、金が引っぱれそうな男

とはホテルに行くイメージ」
「たしかにあたしもそういうイメージ持ってた」
　あたしとマキはしばらく店を見張った。
　その店には、男性だけでなく女性も数多く訪れていた。
　キャバクラのようなものをイメージしていたけれど、ぜんぜん違う。
　アットホームな飲み屋という感じ。
　樹里といずみはお客を見送る際、一緒に店の外に出て丁寧に頭を下げて「ありがとうございました。またお願いします」と笑顔で見送っていた。
　客に媚びることもなく、ただ淡々と笑顔で仕事をこなしている。
「マズいね、これ。このままじゃインパクトに欠けるし。ただの居酒屋でバイトしてるだけだもん」
　マキが焦った声を上げる。
　たしかに、マキの言うとおりだ。
　目的は樹里といずみを1軍から引きずりおろすこと。
　飲み屋でバイトをしていました、というだけではインパクトに欠ける。
　樹里といずみの取りまきが「えっ」と思うような証拠が欲しい。
　すると、どこからか千鳥足の中年オヤジが店の前にやってきた。
　オヤジはその場に座り込み、ドンドンッと手のひらで店の扉をたたいている。

「お、ぁーーーい。あーぁー」
　相当酔っぱらっているらしい。
　言葉にならない声を上げている。
「どうしました？」
　騒ぎに気付いた樹里が、店から飛びだしてくる。
「おぉ、ねぇーちゃん。可愛いなぁ」
　オヤジは、ニヤニヤしながら樹里の顔を見上げる。
「相当酔っぱらってるわ。ねぇ、いずみ！　ちょっと手伝ってー！」
　樹里の声に気付いたいずみもやってきた。
　オヤジと樹里といずみ。
　3人がそろった。
　あたしはすかさずスマホを構えた。
「おっ、こっちの子も若くていいねぇ……。おじさんと遊ぼうかぁー……」
「そんな酔っぱらって何言ってんの。ほらっ、おじさん、早く立って」
　樹里といずみがオヤジの両脇(りょうわき)をかかえて立たせようとしている。
「ちょっ、ま、待ってくれ」
　オヤジはスーツの内ポケットから長財布を取り出すと、数枚の紙幣をおもむろに引き抜いた。
「こ、こ、これで遊ぼう。なっ、3人。3人で。いいだろぉ？」
　完全に酔いがまわっているオヤジに呆れ返る。
「とりあえず、こんなところで座り込んでたら通る人に迷

惑だから、お店に入ろうか?」
　樹里といずみがオヤジの脇の下に手をはさんで立ち上がらせた。
「よーし、遊びにいくぞ〜!」
　オヤジが右手に持っている札をつかんだ樹里。
「ちょっと、おじさん。そんな酔っぱらってて遊べるはずないでしょ?　落としそうだから今だけあたしが預かっておくね」
「困ったおじさんだね。酔いがさめるまでお店にいなよ。とりあえずお水出してあげようか」
「だね。まったくしょうがないな」
　樹里といずみが顔を見合わせて呆れたように笑った瞬間、あたしはスマホのシャッターをきった。
　連写モードのおかげで数十枚を一気に撮ることができた。
　ふたりはオヤジをかかえて店の中に入っていく。
「撮れた?」
「ばっちり」
　そう答えると、マキはニッと意地悪な笑みを浮かべた。

破滅

　こんなに放課後が待ち遠しいのは初めてのことだった。
　遅くまで仕事をしていたのか、樹里といずみは案の定遅刻してきた。
　授業中も寝てばかり。
　あたしとマキにとって、それは好都合以外のなにものでもなかった。
　帰りのHRが終わったのを見はからって、あたしとマキは目を見合わせて立ち上がった。
　そして、そのまま樹里の席に向かった。
「ねぇ、樹里ちゃんに聞きたいことがあるんだけど」
　そう切りだしたのはマキだった。
　わざとらしく大きな声を上げたせいで、クラス中の視線が一斉にこちらに向けられた。
　もちろんその視線の中にエリカもいた。
　これもすべてマキと計画したこと。すべては順調に進んでいる。
『あたしがふたりを問いただすから。咲良だってあのふたりにすごまれたら嫌でしょ？　もしあたしがピンチになったら絶対に助けてよ』
　まさか、マキが率先して危ない役目を引き受けてくれるとは思わなかった。
　意外と良いところもあるのかもしれない。

昨日立てた計画はこうだ。
　マキが昨日の出来事を樹里といずみに問いただす。
　その間、あたしは黙って聞いている。
　そして核心に迫った時、あたしが証拠の写真を見せるという段取りになっていた。
「何？」
「樹里ちゃんたちってさ、放課後何してるの？」
「べつにとくには」
「えぇ〜？　本当に？　じゃあさ、昨日の放課後は何してたの？」
　マキがそうたずねると、樹里の顔が険しくなった。
「ちょっと、アンタ、何が聞きたいわけ」
　樹里をかばうように現れたいずみが、助け船を出す。
「あたしね、偶然見ちゃったんだよね〜。樹里ちゃんといずみちゃんのこと」
　マキの言葉に、樹里といずみが顔を見合わせる。
　わずかに見える焦りの色。必死に平然を装っているものの、あきらかに動揺している。
「樹里、もう行こっ」
　いずみに促されて立ち上がった樹里が、バッグをつかみ肩にかける。
「ちょっと、逃げないでよ。まだ話は終わってないんだから」
「お前さ、さっきから何なんだよ。言いたいことがあんならはっきり言えよ」
　マキの態度に苛立った樹里が詰め寄る。

そろそろかな。あたしはいつでも取り出せるようにポケットの中のスマホをギュッと握りしめる。
「本当にはっきり言っちゃってもいいの？ じゃあ、遠慮なく」
　マキはそう言うと、ポケットの中から何かを取り出した。
　4つ折りにしてある白い紙を開くと、樹里の顔色が変わった。
「お前……どうして……」
　樹里がそう呟いたのと同時に、あたしの口からも「どうして……」と同じセリフがこぼれ落ちた。
　マキが手にしていたものは、昨日撮った写真だった。
　一番よく撮れていた写真を見たマキに『あたしにも送って』とお願いされ、昨日のうちに送っておいたもの。
　それをカラーコピーして大きく引きのばしてある。
　どうしてそんなことを？
　証拠の写真は、あたしが見せる計画だったじゃない。
『タイミングを見はからって、咲良のスマホの写真を見せてよ』
　マキ、そう言ってたじゃない。なのにどうして？
「だから、昨日見たって言ったでしょ？ 飲み屋でバイトしてるだけじゃなくて、男の人からお金をひったくろうとするなんて最低最悪だね」
「それは違う!! ひったくろうとなんてしてない!!」
　呆然とする樹里の代わりにいずみが叫ぶ。
「えっ……？ 何？ 飲み屋でバイトって……？」

「お金ひったくるって言ってたよね？」

クラスメイトが騒然としだす。

誰ひとり教室から出ようとはせず、こちらに視線を送り耳をそばだてている。

計画は成功だ。

1つ、マキがあたしを裏切ったことを除けば。

「それ、見せてよ」

マキの手から写真をひったくったのは、エリカだった。

「うわっ、マジだし。アンタたち、オヤジたらしこんで金巻き上げてんの？」

エリカの口の端が嬉しそうに持ち上がる。

「そんなことしてないし!!」

いずみが顔をまっ赤にして言い返す。

「でも、この写真が証拠じゃん。あきらかに酔っぱらって泥酔してるオヤジから金奪ってるし。しかも、アンタたちすっごい楽しそうじゃない。最低だわ」

エリカは吐き捨てるように言った。

連写モードにしたおかげで、その中に奇跡の1枚があった。

泥酔しているオヤジの両脇を押さえつけ、樹里が札束を握り、いずみと目を見合わせて笑う写真。

その写真を見る限り、ふたりがオヤジから金を巻き上げているように見える。

楽しそうに笑っているその姿に嫌悪するのも仕方がない。

でも、本当は違うと近くで見ていたあたしとマキは知っている。
　ふたりはオヤジからお金を巻き上げてなどいない。
　そもそも、財布から勝手にお金を出したのはこのオヤジだ。
　ふたりは酔っぱらっているオヤジを介抱し、親切心で店に連れて行っただけ。
　けれど、事実を歪めてでも樹里といずみを陥れる必要があった。
　すべてはスクールカーストを上りつめるため。
「ちょっとみんな見て〜‼　コイツら、オヤジから金巻き上げてるんだって〜。しかも、飲み屋でバイトしてんの〜。ありえなくない？」
　エリカが写真を天井に向けて高々と持ち上げて叫ぶ。
「嘘……、マジで？」
「ありえないんだけど。最低すぎ」
　クラスメイトたちがエリカの近くに集まり、写真を見て口々に樹里といずみを非難する。
　ふたりの取り巻きだった子たちも、誰ひとり樹里といずみをかばうことなく、一緒になって口汚くふたりを罵る。
　樹里たちの取りまきが、保身のためにエリカに寝返った瞬間だった。
「たしかに、飲み屋でバイトはしてる。でも、金なんて巻き上げてない。この写真を撮ったってことはアンタあたしたちの近くにいたんだろ？　嘘の話をでっち上げて楽し

い?」
　樹里が眉間にしわを寄せながらマキを睨む。
　でも、マキは臆することはなかった。
　クラスの中に樹里といずみを擁護する人はいないことを知り、強気に出る。
「でっち上げてなんていないから」
「あたしたちを陥れてそんなに楽しい？　くっだらねー」
　樹里が呆れたように笑う。
「ハァ？　くだらないのはアンタたちでしょ？　あんなボロい店で働くだけじゃなくて、オヤジから金巻き上げて。イジメなんて幼稚だとか何とか言ってたけど、アンタたちのやってることはイジメよりもひどいじゃない！　犯罪よ‼」
「ふーん。岡村、案外言うじゃない」
　マキの言葉に、エリカが満足そうに微笑む。
　すると、再び教室内のあちこちでふたりを非難する言葉が飛びかった。
　あたしはぐっと拳を握りしめた。
　このままじゃ、マキだけの手柄になってしまう。
　みんなはマキがひとりで樹里といずみを尾行し、証拠写真を撮ったと思い込んでいるようだ。
　あたしだって、あの場所に一緒にいた。
　マキはすぐに諦めようとしたけど、あたしは違った。
　あの写真だって、あたしが撮ったものだ。
　いいとこ取りなんて絶対にさせてやらない。

「——あっ、そうそう。昨日あたしもマキと一緒にいたんだけどさ、ほかの写真も見る？」

 思いきってそう言うと、クラス中の視線がこちらに向いた。

「ほかの写真って何？」

 一番先に興味を示したのはエリカだった。

「早く見せなさいよ」

「ちょっと待ってね」

 あたしの隣にやってきて催促（さいそく）するエリカ。

 急いで昨日の写真を見せると、エリカが楽しそうに口元をゆるめた。

「なにこの店。ほんっとボロいんだけど。こんなところでバイトしてるなんて惨めだわー」

「なになに？　あたしにも見せて～！」

 エリカの言葉に、噂好きの悠里やクラスメイトが集まってくる。

「うわっ、なんか着てるものもダサくない～？　しかも、雑用までやらされてるの？」

「ホントだ～。超惨めー」

 あたしの周りには、あっという間に黒山の人だかりができる。

 顔を持ち上げると、ポツンとひとりぼっちになったマキと目が合った。

 眉間にしわを寄せて、あたしを睨んでいるマキ。

 は？　何、その目。

アンタが先に裏切ったんでしょ？
　どう？　輪の中心を奪われた気分は。
　この写真はあたしが撮ったもの。でも、マキには見せていなかった。
　見せてと言われなかったから見せなかっただけ。
　お願いしなかったアンタが悪いのよ。
　ふんっ、ざまぁみろ。
　心の中で呟いて、プイッとマキから目を逸らす。
「えっ、ていうか葉山ちゃんも一緒にいたの？　岡村ちゃん、そんなこと言ってなかったよね？」
「うん、いたよ。さっきマキがみんなに見せてた写真もあたしが撮ったの」
「マジか！　ナイス、葉山ちゃん！」
　悠里の言葉に微笑む。
　あきらかに流れが変わったのを感じる。
「へぇ、アンタもやるわね」
　エリカもあたしを見つめて一目置いたようにそう呟いた。
　けれど、それに水を差したのは瑠璃子だった。
「──ちょっといい？」
　輪の中にグイグイ入り込み、あたしの手首をつかんだ瑠璃子。
「えっ？　何？」
「いいから、ついてきて」
　瑠璃子はそう言うと、強引にあたしの手首を引っぱって

教室を出た。

「ちょっと、やめてよ!! 今、忙しいのよ! 瑠璃子としゃべってるヒマはないの!」
　廊下に出て瑠璃子の手を振りはらう。
　今、この間にもマキがエリカたちに取り入ろうと必死になっているに違いない。
　そうはさせない。
　一刻も早く教室に戻らないと。
「どうしてあんなことをしたの? 鮎田さんと柳さんを隠し撮りしてその写真をみんなに見せるなんて、どうかしてるわ」
　なぜか怒っているように見える瑠璃子。
「なんで瑠璃子が怒ってるの? ていうか、そもそも悪いことをしたのはあのふたりだよ? 18歳未満があんなお店で仕事するなんて、ダメに決まってるでしょ」
「たしかにダメね。でも、理由があるのかもしれないでしょ。彼女たちのことを何も知らない咲良や岡村さんが大勢の前で裁いたりするようなこと、したらいけない」
「そんなのあたしには関係ないし」
「関係なかったらあんなことしてもいいの? みんなの前でさらし者にして何が楽しいの? 言いたいことがあるなら、あのふたりに直接言えばいいじゃない。あんなことしたら絶対にダメよ」
　説教じみた言い方をする瑠璃子に苛立つ。

「うるさいなぁ……エリカちゃんたちのグループに好かれるためには、樹里ちゃんたちに犠牲になってもらわなくちゃいけないんだって。教室内に１軍が２グループあるといろいろ面倒なの」
「それじゃあ、咲良は砂川さんたちに好かれるためにあんな写真を撮って、あのふたりの弱みを握ろうとしたっていうこと？」
「まぁね。何か１つ得るためには、何かを捨てる勇気も必要ってこと」
　エリカグループに入れるならば、喜んで樹里といずみを切り捨てよう。
「そんなのおかしいわ。自分の利益のためには相手を傷つけてもいいって思っているの？」
「そういうことになるかもね。でも仕方がないの。誰ひとり傷つけず、傷つけられずに生活することなんて不可能なんだから」
「咲良……」
「いつだって世渡り上手が得をするの。我慢して強い者に従っているだけの生活なんて、何も楽しくない。傷つけられて、心をボロボロにされてしまうのがオチ。そんなのはもう嫌なの」
　中学時代にあたしは痛いほど学んだ。
　理不尽な理由でイジメられ、ボロボロになった過去。
　世渡りのうまい者は楽しい生活を保障され、人と違った言動を取ればたちまちイジメの対象になる。

そして、1度地位が落ちると這い上がることは困難だ。
「だからさ、あたしのことはもう放っておいてよ」
「いいえ、放っておけないわ。あなた、いつも横暴で自己中心的なことを言う砂川さんに傷つけられたひとりでしょ？　体育祭の競技決めの時だって、理不尽な思いをしたでしょ？　それなのに、どうして砂川さんのグループに好かれたいの？　あなた、砂川さんと同じ人間になりたいの？」
「何？　意味わかんない」
「はっきり言うわ。咲良、砂川さんに似てきたわよ。自分の利益ばっかり考えて、人の不利益をまったく考えていない。自分勝手で傲慢で、相手を傷つけることをいとわなくなってる」
「だったら何だっていうの？」
　説教する瑠璃子に嫌気がさす。
「咲良……、あなたは人の気持ちを考えられる優しい人でしょ？　お願いだから道を踏み外さないで。あなたはあなたのままでいいの。今のままのあなたでいて」
　瑠璃子が懇願するような視線を向ける。
　今のままのあたし？　ダメに決まってる。もっともっと高みを目指せるようにならなくちゃ。今の自分に満足はしていられない。
　確か、少し前に美琴も瑠璃子と同じようなことを言っていた気がする。
　あたしが『道を踏み外そうとしている』って。

今まで道を踏み外したから、あたしはイジメられていたっていうのに。
　美琴も瑠璃子も何もわかってなどいない。
「今ならまだ引き返せるわ。でも、このままだと友達も信用もすべて……あなたは何もかも失うことになる」
　何言ってんのよ。
　友達も信用も……すべて？
　正論ぶってるけど、クラス内に友達も信用もない瑠璃子に言われても説得力がまるでない。
「ハァ……。もう放っておいてよ。瑠璃子には関係のないことなんだから」
「いいえ、私はあなたの友達だから。友達が道を踏み外そうとしていたら、全力で止める権利があるはずよ」
　何が権利だ。ていうか、あたしがいつ瑠璃子を友達だって認めたって思ってんの？
　5軍の瑠璃子が、もうすぐ1軍の仲間入りを果たそうとしているあたしに説教するなんて信じられない。ちゃんと立場をわきまえてもらわないと。
「べつに止めてもらえなくてもいいよ。それに、あたしは瑠璃子を友達なんて思ってないし。今後、こういう風に呼び出すのやめてよね。じゃ」
　瑠璃子を置き去りにして、あたしは教室に戻った。
　グダグダと説教じみたことを言う瑠璃子が、疎ましかった。
　たしかに瑠璃子の言うことは正しいけれど、理想と現実

は違う。
　それに、いざ瑠璃子があたしと同じ立場になれば同じことをするはずだ。
「偽善者面して……バカみたい」

　教室に戻ると、さっきまでの騒々しさは嘘のようにシーンと静まりかえっていた。
　その代わりに、床に正座をしている樹里といずみの姿が視界に飛び込んできた。
「お願いします……。言わないでください……」
　悔しさからか、目をまっ赤にしてエリカの前でひれ伏すふたり。
　何？　あたしが廊下にいる間に、一体何があったっていうの……？
「いい気味。あたしに逆らうとどうなるか、ようやくわかった？」
　土下座している樹里の頭を、エリカが上履きで踏みつける。
「え……？　何……どういうこと？」
　入り口付近でおもわずそう漏らすと、近くにいたクラスメイトがそっと歩み寄ってきて説明してくれた。
「あのふたり、家庭の事情で仕方なく割のいい飲み屋でバイトしてたんだって。それを学校にチクられたら困るみたい。停学か……最悪退学だよね」
「それで、土下座？」

「そう。しかもね、働いてた飲み屋のオーナーって昔からの知り合いだったみたいで、18歳未満なの知ってて雇ってくれてたんだって。18歳以下は22時以降は仕事しちゃダメでしょ？　それをバラされていいのかって、エリカちゃんにすごまれてさ。ふたりともオーナーに迷惑かけたくなくて、すぐに土下座したんだよ」
「そうだったんだ……」
「でもさ、エリカちゃんって相当えげつないよね。ふたりとも授業料をバイト代から出して必死に高校に通っていたみたいだし、なんかちょっと同情しちゃった」
　やっぱりそうだったのか。
『たしかにダメね。でも、理由があるのかもしれないでしょ。彼女たちのことを何も知らない人が裁いたりなんてしたらいけない』
　さっきの瑠璃子との会話がよみがえる。
　まさか……瑠璃子は家庭の事情でふたりがバイトをしていたって知っていた？　ううん、そんなはずない。
　だって、ありえない。５軍の瑠璃子があのふたりと接触しているところを１度だって見たことがない。
　あてずっぽうに言ったことが、たまたま当たったに違いない。
　すると、人だかりをかきわけて瑠璃子が樹里といずみに歩み寄った。
　そして、ふたりの前に立ちエリカに向かって言った。
「どうしてこんなことをするの？」

「どうしてって、悪いことしてたのはこのふたりだし?」
「だからってあなたが裁いていいことにはならない。大勢の前で土下座させる必要なんてない。これはイジメよ! 集団でこのふたりを囲んで罵って……。そんなことしてはずかしくないの?」
「ハァ? アンタ、部外者のくせにごちゃごちゃうるせーんだよ」
　エリカが眉間にしわを寄せる。
「周りで黙って見ているあなたたちも同罪よ!! もし逆の立場になったらどう? どんな気持ちになるか考えてみたことある? 人にしたことはいつか自分にも返ってくるわ!」
　瑠璃子がそう叫んだ時、「瑠璃子」と樹里が名前を呼んだ。
　瑠璃子が振り返ると、樹里は小さく首を左右に振った。
　それは一瞬の出来事だった。でも、ふたりの間には言葉はなくても通じあう何かがあったように思えた。
「もう、こんなのやめて」
　瑠璃子は悔しそうに言うと、輪から離れた。
　瑠璃子が離れたことで、エリカの怒りの熱が失われたようだ。
「今回は土下座に免じて許してあげる。でも、次あたしに刃向かったり生意気な態度取ったら、全部校長にバラしてやるから。これからも高校に通い続けたいなら、おとなしくしてることね」
　エリカはふんっと鼻を鳴らすと、樹里といずみに向かっ

て、そう吐き捨てるように言った。
　そして、エリカはふたりの頭に唾を吐きかけた。
　髪についた唾を見て、樹里といずみは悔しさに顔を歪めながらも立ち上がり、逃げるように教室を後にした。
　ふたりに何かをされたわけではない。けれど、これもあたしがのし上がるためには必要なことだった。
　今のあたしの目標は、1軍のトップであるエリカに気に入られること。
　そして、長く伸びきった鮫島の鼻をへし折ってやること。
　そのためには、手段など選んでいられなかった。
　ふたりが教室から出て行くと、エリカは鼻歌交じりに自分の席に戻っていった。
　エリカがふたりを解放したことで、教室内の空気が若干やわらぐ。
　あたしは、まっすぐエリカのもとへ歩み寄った。
　けれど、あたしの前に強引にマキが体を滑り込ませる。
「ちょっ」
　あたしの肩にマキの肩がぶつかる。
「エリカちゃん！」
　それを気にする様子もなく、マキがエリカに声をかけた。
「あぁ、アンタか。わざわざ尾行するなんてやるじゃない。見直したわ」
「そんなことないよ。でもねあたし、ずっとあのふたりのことが嫌いだったの。だって、前にエリカちゃんに口答えしたでしょ？　そんなのありえないし。このクラスのリー

ダーがエリカちゃんだっていうことを、クラスメイトみんなが再認識したと思うよ」
「まぁね」
　エリカは気を良くしたようで、ふんと鼻を鳴らす。
「あっ、でもさ〜尾行したのって岡村ちゃんだけじゃなくて、葉山ちゃんもじゃなかった？」
　すると、悠里が思い出したかのように声を上げた。
「あぁ、そういえばそうだね」
　あかりがうなずく。
「——そうなの！　あたしも尾行したの。あの写真を撮ったのもあたしだよ」
　これ幸いと話に割って入ると、エリカがあたしとマキの顔を見比べた。
「あたしのグループに入れてあげる。樹里といずみに恥をかかせてやれたし、すっごい気分良かったから」
　エリカがにやりと笑う。
「本当に？　エリカちゃんたちのグループに入れてくれるの？」
　マキが目を輝かせる。
　でも、手放しでは喜べない。
　エリカの意地悪な笑みが気にかかる。
　エリカは腹黒い。手柄を挙げたからといって、すぐにあたしとマキを１軍のエリカグループに入れてくれるとは思えない。
「いいけど、アンタたちのどっちかひとりね」

「えっ……」

　エリカの言葉に、マキが絶句する。

　やっぱりエリカはそう簡単にグループ入りを許してなどくれない。

　すると、マキが1度チラッとあたしに視線を送った。

『ねぇ、咲良。咲良とあたしのふたりなら、もっと上まで行けると思わない？』

　少し前にしたマキとの会話が頭によみがえる。

『一緒に協力しよう！　うちら親友だもんね！』

　嬉しそうにそう言って笑いかけてきたマキ。

『うん！　うちら、親友だよ』

　そう答えたあたし。

　一緒にスクールカーストの上部になれるように協力しようと、あたしたちは約束を交わした。

　でも、そんな約束などもうマキの頭にはなかった。

　そしてもちろん、あたしの頭の中にもなかった。

　最初からわかっていた。マキと本当の友達にも親友にもなれないことなど。

「エリカちゃん、だったらあたしのことをグループに入れて？」

　先に言葉を発したのはマキだった。

「アンタたち、仲良しだったんじゃないの？」

　あたしを見捨てたマキを、エリカが煽る。

「仲良しだったわけじゃないの。それにね、咲良をグループに入れたら、エリカちゃんたちだってほかのクラスの子

から、なんて言われるかわかんないよ？」
「それって、どういう意味〜？」
　悠里が口をはさむ。
「隣のクラスの山崎さんって知ってる？」
「あぁ、あの暗い子」
「そう！　あの子と咲良って１年の時同じクラスで親友なの。今だって頻繁に山崎さんが教室に来るでしょ？　ああいう子としか仲良くできない咲良が、エリカちゃんのグループに入るなんてありえないよ」
　マキの言葉に、ぐっと拳を握りしめる。
　まさかここで美琴の存在を出してくるとは思わなかった。
「たしかにそうかも。なんか葉山って陰気臭いんだよね〜。おしゃれしてるし、そこそこ可愛いんだけど、ふと見せるしぐさとかが……なんか、ね」
「あはははは！　超わかる〜〜!!　イジメられっ子オーラが出てんの〜！」
　エリカの言葉に、悠里が手をたたいて笑い転げる。
　それを見てマキが、ゆっくりとあたしの方へ振り向いた。
　口元には不敵な笑みを浮かべている。
　そしてマキはゆっくりと唇を動かした。
　言葉にはせず、口だけであたしに送ったマキからのメッセージ。
　それを受け取った瞬間、頭の中で何かがパチンっと弾けとんだ。

——そう。そっちがそのつもりならこっちだってもう容赦しない。

　アンタが先に仕掛けたんだからね。後悔したって知らないから。

　余裕ぶっていられんのも今のうちだけ。

「え？　マキってば、何言ってんの〜？　いつもエリカちゃんの悪口言ってるくせに」

「……は!?」

　あたしの言葉にマキが目を見開く。

「グループに入りたいからってそんな嘘つくなんて、信じられない！」

「嘘じゃないよ？　夜中に電話までしてきてエリカちゃんの悪口言ってたでしょ？」

「な、何言ってんのよ!!　あたしがいつ咲良にエリカちゃんの悪口を言ったのよ!?」

「え？　覚えてないの？」

「だから、言ってないって言ってるでしょ!?」

　マキが、口から唾を飛ばしながら反論する。

「葉山、アンタさ、自分があたしたちのグループに入りたいからって嘘ついてんじゃないの？」

　エリカがあたしに突き刺すような視線を投げる。

「違うよ、エリカちゃん。本当にマキはエリカちゃんの悪口を言ってたの」

「だったら証拠見せなよ。どうせないんだろ？」

　エリカが嫌悪感丸出しの目であたしを見つめる。

「そ、そうよ。そこまで言うなら、さっさと証拠出しなよ！」
　勝ち誇ったように言うマキ。
「本当にいいの？」
　そうたずねるとマキが「ウゼぇんだよ‼　さっさと出せよ‼」と声を荒らげた。
「わかったよ。ちょっと待って」
　あと数十秒後には、アンタを天国から地獄に突き落としてやるから。
　あたしはポケットの中からスマホを取り出して、アプリを起動した。
　マナーモードを解除して、スマホの音量をマックスにする。
　画面をタップすると、流れてきたのはマキの声だった。
　中学時代、かかってきたイタズラ電話を録音するために入れておいた通話録音アプリを今もずっとそのまま放置してあった。
　それが今になって役に立つとは思ってもいなかった。
　あの日、夜中にかかってきたマキからの通話はすべて録音されていた。
『クラスのみんなだって嫌気がさしてると思わない？　威張りちらしてバカみたい。エリカちゃんって裸の王様じゃなくて、裸の女王様だよね』
　その言葉にその場にいる全員が固まり、言葉を失う。
『読者モデルしてるって言ったって、表紙飾ってるわけじゃないのに大袈裟でしょ？　正直、塚原瑠璃子の方が顔もス

タイルも良くない？』
　まっ青な顔になるマキとは反対に、まっ赤な顔になるエリカ。
『ホントウザいし。見てるだけでイライラしてくる』
　吐き捨てるように言ったマキの言葉を聞き終える前に、エリカはスッと立ち上がりマキの頬をひっぱたいた。
「アンタ……よくもあたしの悪口言ってくれたね？」
　ワナワナと怒りに唇を震わせるエリカ。
「ち、違うの!!」
「何が違うんだよ！　あきらかにアンタの声だろーが!?」
「そ、それは……」
「言い訳なんて聞きたくない!!」
　エリカはそう言うと、もう１発マキの頬を打った。
　手のひらが当たった部分がまっ赤に染まり、痛々しいまでに腫れ上がる。
「今すぐ、脱げ」
「え……？」
「服、全部脱げよ」
　エリカの言葉に、唖然としているマキ。
「嫌……そんなことできない……」
「できない？　何バカなこと言ってんだよ。あたしの悪口を言った代償を払えよ」
「そんな……」
「嫌ならいいから。悠里、山ちゃん、あかり。やっちゃってよ」

エリカの言葉に、3人が動きだす。
あかりと山ちゃんはどことなく躊躇しているように見えたけれど、悠里はノリノリだった。
「はいはい、山ちゃんとあかりは片腕ずつ押さえておいてね〜！」
悠里の言葉に、マキが顔を引きつらせる。
「や、やめてよ……。お願い……」
「やめられないなぁ。悪いことしたのは岡村ちゃんなんだから、ちゃんと償わないと。ねっ？」
「嫌、お願い……やめて‼」
マキが逃げるようにあとずさる。それをジリジリと追いつめる悠里。
「騒いだら痛いかもよ〜？」
悠里はにっこり笑うと、マキの髪の毛をつかみ上げた。
「やめてぇええ‼」
激しく引っぱられて、マキが痛みに顔を歪めて悲鳴を上げる。
「騒ぐなって言ったのに〜」
悠里はマキの髪から手を離すと、右手の拳をマキの顎にたたき込んだ。
ぐらりと揺れて、その場に仰向けに倒れこむマキの太ももの上に腰を下ろすと、山ちゃんとあかりがマキの腕をつかんだ。
「お願い……やめて……」
脳振盪をおこしているのか、抵抗することができないマ

キの制服を簡単に脱がしていく悠里。手慣れたその動きにぞっとする。

エリカに命令されて同じことを何度もしているに違いない。

エリカは腕を組んで高みの見物を決め込んでいる。

「ひどいよ……こんなのひどすぎる……！」

あっという間に下着姿になってしまったマキは、半泣きで抗議する。

でも、誰ひとりとしてマキの言葉など聞いてはいない。

「ていうか、岡村ちゃんってば、そのパンツババアっぽいよ〜！　せめて上下セットにしなよ〜」

悠里の言葉にマキは顔をまっ赤にする。

エリカの目的は肉体的にではなく、精神的に痛めつけることだった。

羞恥心を刺激されたマキは、顔を歪めて泣きじゃくる。

「よーし！　じゃ、撮影会と行きますか〜！」

悠里はマキの腕を引っぱり座らせると、スマホを構えた。

「ほら、泣くな〜！　笑って笑って」

「……笑えない……よ」

嗚咽交じりに泣くマキを見て悠里が目を細める。

「じゃあしょうがない。強制的に笑わせるしかないね。あかりと山ちゃん、ちゃんと押さえておいてね〜！　で、エリカはカメラお願い〜！」

悠里はそう言うと、エリカにスマホを渡した。

そして躊躇することなくマキの背後にまわり込むと、両

手で髪の毛をわしづかみにして思いっきり上に引っぱった。
「痛い!!　やめてぇーーー!!」
　強い力で引っぱられ、目をつぶり口を大きく開けて痛みに耐えているマキ。
　その苦悶(くもん)の表情はどこか笑っているようにも見える。
「あはははは！　最高!!　いいの撮れたわ」
　エリカがスマホで撮ったばかりの写真をかざす。
　そこには、下着姿の情けない格好をしたマキが写っていた。
「笑ったらお腹空いちゃった。何か食べに行かない？」
　ひとしきり笑ったあと、エリカはスマホを悠里に渡して立ち上がった。
　マキは床に散らばった制服を拾い集めて、涙ながらに袖を通している。
　乗り気ではなかったあかりと山ちゃんが早くこの教室から出ていきたがっているのを感じた。
「ごめん！　あたしと山ちゃんは部活だからもう行くね」
「じゃあ、お先！」
　あかりと山ちゃんが逃げるように教室から出て行くと、エリカが振り返ってたずねた。
「——咲良も一緒に行く？」
「え……？」
　嘘……。今、あたしのこと咲良って呼んだ？
「あたしもいいの……？」

「さっき言ったでしょ？　どっちかをあたしたちのグループに入れてあげるって。で、行くの行かないの、どっち？」
「——行く!!」
　あたしは弾かれたように自分の席に戻り、バッグを手に取った。
「あっ、でもあたしと悠里ちょっと職員室に寄るから昇降口で待ち合わせね。遅れんじゃないわよ」
「わかった！　昇降口ね」
　エリカと悠里が出て行くと、床に座り込んでシクシク泣いていたマキが立ち上がり、あたしに詰め寄ってきた。
「咲良!!　アンタ、どういうつもりなの!?」
　肩を右手で押されてよろめく。
　クラスメイトが帰り、シーンと静まりかえった教室に、マキの声が響いた。
「ちょっと、何なの？　痛いんだけど」
　冷たい視線を投げかけると、マキが目を見開いて怒りをあらわにした。
「エリカちゃんたちのグループに入りたいからって、あたしを裏切ったでしょ!?」
「何言ってるの？　マキが最初に裏切ったんじゃない」
「あたしがいつ裏切ったっていうのよ!?」
「樹里ちゃんといずみちゃんの写真は、あたしが見せるはずだったでしょ？　それなのに、どうしてわざわざカラーコピーまでしたの？」
「たまたまちがって出しちゃったの！　計画が狂うこと

だってあるでしょ!?」
「そういう風には思えなかったけど？　それにさ『エリカちゃん、だったらあたしのことをグループに入れて？』って言ったのは？　どうして？　マキが先にあたしを裏切ったんじゃない」
　それだけじゃない。美琴の話を出してまであたしを陥れようとした。
「あぁ、そう。だったら何だっていうのよ!?」
「ふぅん。開き直るんだ？　マキって本当最低最悪だね」
「ハァ？　だったらアンタは違うの？」
　髪を振り乱して怒りを爆発させるマキ。
　マキとしゃべる価値はもうない。
　一緒にいる時間すらムダでしかない。
「めんどくさ。じゃあね」
　あたしが背中を向けて歩きだそうとした時、マキがあたしの後ろ髪を引っぱった。
「ふざけんな!!　咲良だけいい思いなんてさせないから!!」
「いった!!　離してよ!!」
　マキの手を振りはらうと、怒りが込み上げてきた。
　自分がエリカたちのグループに入れなかったからって、あたしを脅そうとしているわけ？
「咲良は知らないだろうけど、ののののお母さんって中学の時から教育熱心で口うるさいことで有名なんだから!!　アンタがののをイジメて保健室登校にさせたって言ってやる!!　そうしたらどうなると思う？」

ニヤッと勝ち誇ったように笑うマキ。
「は？　あたしがののをイジメた？　何言ってんのよ」
　事の発端はののカンニングが鮫島にバレ、エリカたちに知られたこと。
　エリカたちからのイジメはあったけれど、最終的にののを追い込んだのはまちがいなくマキだ。
　親友だと思っていたマキに裏切られたと、ののは感じているはずだ。
「あたしは咲良みたいにバカじゃないから、ののと連絡を取って心配しているフリはしてる。ちゃんと保険をかけておいたんだから」
「何それ……」
「あたしは絶対に認めない！　咲良がエリカちゃんたちのグループに入るなんてありえない!!　あたしの方が咲良より明るくて可愛くて、スタイルも良いんだから!!」
「ふーん。それがマキの本音？　そうやって、ずーっとあたしのこと心の中で見くだしてたんだ？」
「当たり前でしょ？　あたしが好きで咲良と友達でいたと思ってんの？　そんなはずないじゃん。アンタをあたしたちのグループに入れたのも保険だから」
「まぁ、何となくそうじゃないかなって思ってたけど。じゃあ、1年の時マキとののが仲良くしてた子を学校を辞めるまで追い込んだって話も本当？」
「そう。あの子はすぐに壊れちゃったけど、咲良は意外に我慢強かったからビックリした。でもまあ、ののお母さ

んに責め立てられて、学校に来られなくなる日も近いと思うから楽しみにしてなさいよ」

　マキの負け惜しみの言葉を聞き終えたところで、あたしは言葉を切った。
「で、言いたいことはそれだけ？　もう行ってもいい？　エリカちゃんたちが待ってるから」

　すると、パンッという音と同時に左頬に痛みが走った。
「余裕ぶりやがって……ふざけんな!!　アンタのこと、絶対に許さないから!!　すぐに引きずりおろしてやるから覚悟してろよ!!」

　目をまっ赤にして、鬼の形相を浮かべるマキ。

　あたしはニコッと笑うと、右手を振り上げてマキの頬を平手ではなく拳を握りしめて殴った。

　拳はマキの顎にクリーンヒットした。

　マキは２、３歩あとずさりすると足元から崩れ落ちた。
「な、殴ったわね!!」

　唇の端から血が滴る。
「マキが先に手を出したんでしょ？　あたしのは正当防衛だから」

　あたしは床に座り込むマキの前に腰を下ろすと、取り出したスマホをかざした。
「これ、誰だろう？」

　動画を再生すると、マキの顔色が変わった。

　動画には、のの教科書を手に取り四方八方に投げつけるマキの姿が鮮明に記録されていた。

『いい気味。いつも誰に対してもいい子ぶりっこしていい顔しようとしやがって』

ののの机を力いっぱい蹴飛ばして倒すマキ。

『どうしてあたしがアンタにペコペコしないといけないのよ！　ただの読者モデルのくせにイキがってバカじゃないの！』

エリカの机を蹴り、唾を吐きかける。

『死ね、くそエリカ！』

マキがそう言ったところで、動画は終了していた。

「ねぇ、これ見てもさっきと同じことが言える？　あたしからののお母さんにこれを見せることもできるんだよ？そうしたらどうなると思う？」

「……アンタ、確かあの日はののと一緒に帰ったはずじゃ……？」

「マキがお母さんと予備校に行くなんて見えすいた嘘をつくから悪いんだよ？　もう少しまともな嘘つけない？あっ、無理か。マキってバカだもんね」

「咲良、アンタ卑怯よ！」

「卑怯？　それはマキじゃないの？　ののを真っ先に切り捨ててエリカちゃんたちに媚び売って、あんなことまでして。結果、それが仇になっちゃったわけだけどね。詰めが甘すぎるよ〜。これだからバカはダメだね〜？」

「……っ」

「マキ。もう負けを認めた方がいいよ？　エリカちゃんにこの動画を見せることだってできるんだから。悪口だけ

じゃなくて、机に唾まで吐いたって知られたら、下着姿にされるだけじゃ済まないかもね？　今度は全裸かもよ？」
「やめて……それだけはやめてよ!!」
　少し前の出来事を思い出したのか、震えながら両腕をさするマキ。
「全裸ならまだいいんじゃない？　今日のマキのババアパンツを見られちゃうよりは。あれ、最高の屈辱だよね〜。あたしだったら、もう学校来られないかも！　ご愁傷様〜！」
　ケラケラと笑うあたしをマキが睨む。
　言い返す言葉もなくただ睨むことしかできないマキが哀れで仕方がない。
「それと、明日からも３軍にいられると思わないでよね。１軍のあたしの髪を引っぱって罵った罰はちゃんと受けてもらわなくちゃ」
「ちょっ……咲良……罰って何よ」
　顔を歪めるマキ。
「これからは１軍のあたしのこと、咲良って気安く呼び捨てにしたりしないでよ。ちゃんと立場をわきまえてよね」
　あたしは吐き捨てるように言うと、バッグを肩にかけた。
「咲良……アンタだって……いつかはあたしと同じ目にあう日がくるよ」
「ハァ？」
「あたしもたしかに悪かった。でも、アンタはもっと悪い」
「ふーん。ねぇ、マキ。そういうの何ていうか知ってる？」

そうたずねると、マキは黙ってあたしを睨んだ。
「負け犬の遠吠えっていうの。バカな頭でちゃーんと覚えておいた方がいいよ？」
　唇を震わせて何かを言いたそうなマキ。
　へぇ……。バカなマキでも、これ以上言い返すと自分の状況が悪くなるってわかってるんだ。
　あたしはペッとマキの顔に唾を吐きかけた。
「ぐっ……」
　顔を歪めて、悔しさに涙をこぼすマキ。
「そうだ！　さっきマキってばあたしに口パクで何か言ってたよね？　あれ、そのまま返すから」
　マキが目を見開く。
「ざまーみろ！」
　あたしはくすっと笑うと、マキに背中を向けてスキップ交じりに教室を後にした。

「ごめん、遅れて!!」
「咲良、アンタ何してたのよ。遅すぎだから」
　すでに昇降口にいたエリカに睨まれ、あたしは申し訳なさそうな表情を浮かべて謝った。
　あのわがままで女王様のエリカがあたしを待っていてくれたということは、あたしは正式にグループのメンバーとして認められたようだ。
　心の中で、にんまりと微笑む。
「ん？　ていうか、咲良ってば頬どうしたの〜？　赤く腫

れてない?」
　悠里があたしの顔をまじまじと見つめる。
　少しまで『葉山ちゃん』とあたしのことを呼んでいた悠里があたしを『咲良』と呼んだ。
　エリカがあたしをグループに入れると決めた以上、仲良くしておいた方がいいと、悠里は考えたんだろう。
　グループのナンバー１はエリカ。ナンバー２は悠里。
　このふたりと親しくなっておけば、のちのち好都合だ。
　あたしは眉をハの字にして小刻みに唇を震わせた。
「じつはマキに引きとめられちゃって。それで、ひっぱたかれちゃったの」
「ハァ?　岡村がたたいたわけ?」
　エリカが顔をしかめる。
　もっとだ。もっともっと怒りを煽らなければ。
「うん。あたしがひとりだけエリカちゃんたちのグループに入ったのが許せなかったんだと思う」
　肩を落として落胆して見せる。
　エリカも悠里もグループ意識が強い。
　グループ内の誰かが攻撃されることがあれば、自分が攻撃されたも同じことと捉えるはずだ。
　案の定、悠里が怒りを押し殺して明るく言った。
「大丈夫だよ、咲良。あたしに任せてよ〜!」
「悠里ちゃん……ありがとう」
「いいのいいの〜。ていうか、もう友達なんだし悠里って呼んでよ〜!」

悠里がニコッと笑う。
「あたしのこともエリカでいいから。もし岡村にまた何かされたらすぐに言いなさいよ」
「エリカも悠里も……本当にありがとう」
あたしはニコッと笑ってお礼を言った。
さぁ、マキ。明日から大変ね。
ののと一緒にあたしをハブった分の罰も、ちゃんと受けてもらわなくちゃ。
明日からが楽しみで笑みが漏れる。
3人でしゃべりながら裏庭を通り、校門とは反対側に歩く。
これから新しくできたドーナツ屋へ行くことが決まった。
近道のために普段通ってはいけないとされている裏門へ向かう途中、人の声がした。
「ちょっと、これだけってナメてんの？」
ちょうど体育館裏の人気のない場所で数人がひとりを取り囲んで、何やらあやしい動きをしている。
あれって、隣のクラスの1軍メンバー？
「ん？ あれ何やってんだろ〜？」
エリカと悠里も騒ぎに気付いて立ち止まる。
「もう無理だよ……。これ以上は持ってこられない」
え……？
その声に聞き覚えのあったあたしは、その場で固まった。
美琴だ。

あそこにいるのは、美琴だ。
　エリカと悠里の陰に入るようにそっと身を隠す。
「あと少しはいけるでしょ？」
「お母さんのお財布からお金を抜いてることも、この間バレちゃって──」
「そんなの知るか！　いい？　明後日までに今日と同じ分だけ持ってきて」
　美琴はその場で土下座した。
　朝早くに降った雨で、地面はぬかるんでいる。
「……もう……お金はありません……」
　そんなこともおかまいなしに、美琴は頭を下げ続ける。
　美琴の震える声に、一瞬にして１年の頃の思い出がフラッシュバックした。
　高校に入学してから初めてできた友達。
　休みの日には一緒に買い物をしたり、放課後カラオケやファミレスでおしゃべりをしたり。おとなしくてマジメな美琴と一緒にいると退屈することもあったけれど、美琴といると気持ちが安らいだ。
　大きな問題も起こらず、平穏な学校生活を１年間送ることができたのは美琴のおかげだ。
　ケンカをしたことは１度もない。美琴は優しすぎるぐらい優しい子だった。
　きっといつだってあたしの意見に合わせてくれていたんだろう。
　我慢していたはずなのに、それを顔にも態度にも出さな

かった。
　美琴はそういう子だ。
「土下座するなら金持って来いよ！」
「きゃっ……！」
　蹴飛ばされた美琴がその場に倒れ込む。
「お前、キモいんだよ!!　毎日お前みたいな不快な奴と同じ教室で空気吸ってるんだから慰謝料《いしゃりょう》としてあと１万持ってこいよ！」
「もう無理……。本当に無理なの……。どうか許してください……お願いします」
　遠目ではよくわからないけれど、泣いているのかもしれない。
　美琴の涙声に胸が締めつけられる。
　どうしよう。どうしたらいい？
　隣のクラスの１軍メンバーとエリカは仲が悪い。
　でも、悠里とは少し話したりするメンバーもいるはずだ。
　悠里に頼んでなんとかしてもらおうか。
「誰か……助けて!!　お願い……助けて!!」
　数人に足で蹴られて悲鳴を上げる美琴。
『これからもずっと親友でいようね！』
　笑顔でそう言った美琴の顔がよみがえる。
「美琴——」
「——ねぇ、あそこでイジメられてんのって、咲良の友達じゃない？」
　エリカの言葉に、踏みだしかけていた右足がぴたりとそ

の場に留まる。
「え？」
「そうだよ〜！　助けてあげた方がいいんじゃない？　って、助けるも何ももうダメか〜。泥だらけじゃん。超悲惨なんだけど〜」

　エリカと悠里の言葉に、心の中の熱がスーッと失われていく。

　さっきまでとは打って変わって冷静になる頭。

　そうだ。あたしは今、何をしようとしていたんだろう。

　あたしはもう昔のあたしじゃない。

　1軍。しかも、学校内でも目立つエリカたちのグループに入ることができた。

　そんなあたしが違うクラスとはいえ、イジメられている子と友達でいるということは、自分の地位まで下げてしまうことになる。

　1軍は1軍。目立つ子は目立つ子と友達にならなければいけない。

　1軍のあたしと5軍でイジメられて泥まみれになっている美琴が友達でいる必要性がまったくない。

　今まで友達は美琴ひとりだけだった。

　でも、もう違う。あたしの周りにはエリカや悠里がいる。

　1軍という地位もある。
「お願い——、助けて!!」
「騒ぐんじゃねぇよ!!」
　美琴が蹴り上げられ、苦悶の表情を浮かべている。

あたしは美琴から視線を外すと、ニコッと笑ってこう言った。
「もう友達じゃないよ。イジメられてる奴なんかと友達でいたくないし」
　もう友達である必要がない。あたしにとって美琴はもう価値のある存在ではないんだから。
　これから先、また教室に来るようなことがあれば無視しよう。
　マキがののをあっさりと切り捨てた理由が、今ようやくわかったような気がする。
　美琴を切り捨てると決めると、心の中にスーッと気持ちの良い風が吹いた。
　美琴の存在が心の中で大きな腫瘍のようになって、あたしを苦しめていた。
　こんなことならもっと早く決断すればよかった。
「あー、お腹空いちゃった。早く行こう」
　あたしはお腹をさすりながら、エリカと悠里に笑いかけた。

第三章

クラス内勢力図

女王 砂川エリカ

1軍 派手系

佐藤悠里　山田萌
木内あかり　葉山咲良 ←3軍から下剋上

2軍 スポーツ系など

3軍 普通系

鮎田樹里（1軍から転落）　柳いずみ（1軍から転落）
その他…

4軍 オタク・ガリ勉系

鮫島早苗
その他…

5軍 イジメられっ子

神崎のの（3軍から転落）
岡村マキ（3軍から転落）
塚原瑠璃子
その他…

地位

「えっ……咲良のそのネイル超可愛いんだけど！　自分でやったの〜？」

学校に着くなり、あたしのネイルに気が付いた悠里が声を上げた。

教室にはまだ人はまばら。

エリカもあかりも山ちゃんもまだ来ていない。

「うん。昨日やってみたんだ」

昨日、自宅で施(ほどこ)したフレンチネイル。

ところどころにホロとスワロを散らしておしゃれに見えるように仕上げた。

もともと、手先は器用な方だ。

もっと技術の高いネイルだってできる。

「すごすぎだから！」

「ううん。これ、案外簡単にできるよ」

「えー、できないっしょー！」

悠里が羨ましそうにあたしの爪を見つめる。

「悠里がよければ、やってあげようか？　これじゃないのもできるよ」

「マジで？　いいの〜？」

「もちろん。飾りとかもつけちゃって大丈夫？」

「ぜんぜんオッケー！　むしろありがたいんだけど〜！咲良、ありがとう〜！」

「いいんだよ〜。悠里にはいつもいろいろとお世話になってるんだから」

あたしに抱きついて喜ぶ悠里を、心の中で笑う。

ネイルなんて簡単。

悠里があたしのために動いてくれたお礼。

悠里は、思っていたよりもずっと単純な女だった。

あたしがマキにたたかれたと話した翌日から、悠里は徹底的にマキを攻撃した。

トイレに入ったマキを確認すると、足元の数センチ開いている隙間からバケツに入った水を流し込んで上履きを濡らした。

体育館や校庭など、ほかのクラスの生徒がたくさん集まる中でマキの悪口を大声で言ったり、学校裏サイトにマキの下着の写真を貼りつけたりもした。

それを見た後輩たちからも後ろ指をさされるようになり、マキは日に日に生気を失ったかのように元気をなくし、顔色がすぐれない日々が続いた。

そして、悠里からの執拗な攻撃を受けはじめて2週間後には不登校になり、学校に姿を見せなくなった。

罪悪感など、これっぽっちもなかった。

そもそも、あたしは直接マキに手を下してはいない。

すべて悠里が動いてくれた。

樹里といずみも3軍に降格した。今もクラス内ではそこそこ目立つ存在ではあるものの、夜の1件でエリカに脅されているふたりは、波風立てないように過ごしている。

思った以上に物事が順調に進んでいる。
「あっ、咲良、そのネイル可愛い〜」
　すると、どこからか現れた鮫島があたしと悠里の会話に割って入った。
　日に日にしゃれっ気づいていく鮫島。いつの間にかあたしのことを咲良と呼び、こうやってちょこちょこ仲間に入ろうとしてくる。
　アンタにネイルするなんて、死んでも嫌。
「鮫島さんには、ネイルとか似合わないんじゃない？」
　あたしは鮫島を下の名前で呼ばない。
「……えっ。なんでそんなこと言うの？」
　鮫島は不快そうな表情を浮かべる。
　なんであたしがアンタにそんな顔されないといけないわけ？
　イラッとした瞬間、
「咲良、悠里、おはよう」
　山ちゃんがあたしたちの席にやってきた。
「おはよう、山ちゃん。今日は朝練なかったの？」
「あったんだけど、ちょっと早めに切り上げた。顧問が今日、風邪でダウンしちゃってさぁ」
「そうだったんだ」
　山ちゃんは鮫島には目もくれず、存在すら無視しているように思える。
　あたしはあえて山ちゃんにたずねた。
「ねぇ、山ちゃん。なんか鮫島さんがあたしにネイルして

ほしいって言うんだけど……どう思う？」
「……ネイル？」
　山ちゃんが、忌々しいものでも見るかのように鮫島を見つめる。
「つーか、ネイルの前に肌の手入れするのが先じゃないの？」
　普段は温厚で誰に対しても優しい山ちゃんの言葉には、あきらかなトゲがあった。
「なっ……!!」
「あははっ!!　山ちゃんストレートすぎ〜!　ウケるんだけど〜!」
　悠里にゲラゲラと笑われた鮫島は顔をまっ赤にして、自分の席に戻っていく。
　それを見て山ちゃんは満足したような表情を浮かべた。
　山ちゃんが鮫島をよく思っていないのは、はっきりしている。
　時々、鮫島はクラスの笑いを取ろうとした。
　それは山ちゃんの役目なはず。お笑い系のお調子者はクラスにひとりで十分だ。
　それ以上いたらウザいだけ。
　山ちゃんは心のどこかで、鮫島に自分の地位を奪われることを恐れているんだ。
「なんかあたし……鮫島さんのこと嫌い」
　あたしはあえて山ちゃんの耳に届くようにポツリと漏らした。

「やっぱり咲良も？　うちもずっとアイツのこと嫌いだったの！」
「うん。あたし、前にバッグを床に落とされたことがあったの。でも、拾ってくれなかったんだよ？　ひどくない？」
「マジか。アイツ、超ウザいね！　ていうかさ、鮫島ってさ——」

　山ちゃんの口から、鮫島の悪口が止まらない。
「あたし、ちょっとトイレ行ってくる〜！」

　基本的に人の話を聞くことが好きではない悠里が、早々と席を立つ。

　あたしはしばらく山ちゃんの悪口に付き合うことにした。

　何度もうなずいて、『それはひどいね』『最低すぎ』と山ちゃんに同調する。

　そして、頃合いを見はからってこう言った。
「……あのね、山ちゃん。ずっと黙ってたことがあるんだけど……」

　言いにくそうな表情を浮かべるあたしに、山ちゃんが身を乗りだす。
「何？　何かあったの？」
「あたしが鮫島さんのことが嫌いな大きな理由があるの」
「理由？」
「そう……」

　言葉を詰まらせるように黙り込む。

　そして、意を決したように顔を持ち上げてこう言った。

「鮫島さん、山ちゃんのことデブスって呼んでるの。筋肉バカって言ってる日もあった」
「……え?」
「そんなこと言うのって本当に最悪でしょ? 人の体のことをバカにするのって、一番しちゃいけないことだと思うの」
　山ちゃんはあきらかに動揺していた。
「それにさ、ソフトボール部で一生懸命頑張ってる山ちゃんのことをバカにしたことが許せなくて。結構いろんな人に言いふらしてたから、『やめなよ』って言ったの。でも、あたしの話なんてぜんぜん聞いてくれなくて。たしかに鮫島さんは細いよ。だけど、そんなこと言うのって、ひどいもん……」
　目を潤ませるのは簡単だった。
　自分の迫真の演技に、心の中で拍手を送る。
「本当に鮫島が……?」
「うん……。でも、山ちゃんはデブなんかじゃないから気にしちゃダメだよ?」
　もう一度、あえてデブという単語を口にする。
　どう、山ちゃん? もっともっと怒ってくれていいんだよ?
「ありがとう、咲良。教えてくれて」
　口角を一生懸命持ち上げて笑おうとしている山ちゃん。
　だけど、目の下は引きつり、こめかみ付近が怒りで震えていた。

山ちゃんの視線が鮫島に注がれる。

ふふっ。意外とうまくいったみたい。

心の中でほくそ笑む。

１軍になって、ようやく鮫島に制裁を加えられる日がやってきた。

だけど、あたしが直接鮫島に手を下すことはしない。

悠里がマキを攻撃したように、うまく誘導して山ちゃんに鮫島を攻撃してもらおう。

鮫島が山ちゃんの悪口を言っていた事実はない。

ただ、あたしが思っていることを鮫島が言ったことにした。

ソフトボール部に入っている山ちゃんは、その辺の男子に負けないぐらいの体格をしている。

ふくらはぎの筋肉は盛り上がっているし、腕だってあたしの２倍ぐらいある。

もちろん、それは山ちゃんの頑張りあってのこと。

ただ、それを本人が気にしているのをあたしは知っている。

エリカに始業式でデブと罵られていた時に見せたあの山ちゃんの表情は、乙女そのものだった。

気にしている体形のことを嫌っている鮫島に言われていたと知れば、いくら普段温厚な山ちゃんだって頭にきて行動に移すに違いない。

そうなれば好都合だ。

鮫島に制裁を加えるだけでなく、あたしはエリカグルー

プの中から山ちゃんを追放できるんだから。
　もちろん、山ちゃんのことは嫌いではない。
　エリカのグループに新しく入ったあたしをすぐに歓迎してくれたし、困ったことがあれば真っ先に『大丈夫？』と声をかけてくれた。
　でも、１軍の精鋭の中に山ちゃんのような容姿の子はいらない。
　まっ黒に日焼けした肌、黒いぱさぱさのショートカットの髪。
　目の下のそばかす、筋肉質なその体。
　ほかのクラスの１軍は、みんなおしゃれで細くて可愛くて目立っている。
　山ちゃんのようなスポーツのできるお笑い系の子は、良くて２軍。
　今、山ちゃんが１軍にいることすらおこがましいのに、本人はまったく気付いていない。
　だから、あたしがこれを機に山ちゃんに気付かせてあげる。
　これも優しさ。山ちゃんは２軍の地位がちょうどいい。
　鮫島を見つめる山ちゃんの横顔をあたしはじっと見つめた。

　それからすぐ、山ちゃんの鮫島への攻撃が始まった。
　とはいっても、鮫島に手を上げたり、目の前で悪口を言ったり罵ったりすることはなかった。

したことといえば、極度の"いじり"だ。

鮫島のすべてを、山ちゃんはいじった。

クラスメイトの前でするちょっとした"いじり"は愛情表現のようなもの。

そこで1発笑いを取れれば、人気者という座につくことができる。

でも、山ちゃんのいじり方はそうではなかった。

的確に鮫島の嫌がるいじり方をして追いつめていく。

普段、山ちゃんはエリカや悠里にいじられているし、どうやっていじられたら嫌かよくわかっているんだ。

だからこそ、あそこまでネチネチと鮫島をいじれるんだろう。

山ちゃんのいじりは感心するほどに徹底していた。

そして、今日もまた山ちゃんは鮫島をいじっていた。

「ねぇ、みんな見て！　鮫島さんが、またあれやってくれるって」

山ちゃんは鮫島を教壇の上に立たせると、大声を出した。

山ちゃんの声にクラス中の視線が集まる。

エリカと悠里とあかりはそんなことなんておかまいなしで、今日発売のファッション雑誌に釘付けだ。

あたしは自分の席で山ちゃんと鮫島のやりとりを眺めていた。

「ちょっ、山田さん……。私、ああいうのは本当にもうや——」

「やらないとか、そんな空気読めないこと言わないよね？」

「だけど……」
「はい。じゃあ、音楽かけるよ～!」
　山ちゃんの手元のスマホから、大音量の音楽が流れる。
　それは鮫島が大好きな男性アイドルグループのヒット曲だった。
　鮫島が今にも泣きだしそうな顔になる。
　独特な振りつけがあり、素人にはとても真似できないことを知っていて山ちゃんは鮫島にこのダンスをさせようとしている。
「ほら、早く!　みんな楽しみにしてるんだから」
「わ、わかったよ……」
　鮫島は黒板消しを山ちゃんに押しつけられてそれを渋々受け取ると、マイク代わりに踊って見せた。
　教壇の上のお世辞にもダンスとはいえない動きを見て、教室中が何とも言えない空気に包まれる。
　鮫島の奇妙な動きのダンスを見た当初は、『マジ、ウケる～!　鮫島さん、最高!!』と涙を流して笑っていた子もたくさんいた。
　でも、何度も同じパターンでいじられ続けてクラス中がシラケた空気になってきた。
　バリエーションが多いわけでもなく、単調な動きのダンス。
「何か新ネタないの～?」
「ねっ、なんか飽きてきちゃったよね～」
　クラスのあちこちでそんな声が上がる。

そう声を上げたのは、4軍の子ばかり。

同じ4軍の鮫島に対してだけは強気な態度に出て、あわよくばその座から引きずりおろしてやろうと考えている彼女たち。

普段だったら意見なんて言わないのに、こういう時だけ便乗してしゃしゃり出てくる。

めんどくさい奴ら。
「も、もういい……？」
「ダメ！　ほらっ、動いて動いて！」

山ちゃんに煽られて、鮫島の顔が引きつる。もともと鮫島はおとなしく、クラスメイトの前でこんなふるまいができるタイプではない。

お笑い系の山ちゃんの座を奪い取ろうなんて、これっぽっちも思っていなかったに違いない。笑いを取れれば、少しでも自分の地位が高くなりエリカに認められると思っていたんだろう。

鮫島は鮫島なりに必死だったということは理解できた。

けれど、ここで「できない」とか「やりたくない」と言えば、いじり以上の恐怖が待っていることを彼女は知っている。だから、山ちゃんに従うしかない。

あきらかに追いつめられていく鮫島。
「もう終わりにしてもいいかな……？」

場の空気を敏感に感じ取ったのか、すがるような目で山ちゃんを見つめる鮫島。
「じゃあ、ダンスはもう終わり。今度は一発芸にしようか。

絶対にうちらを笑わせられる鉄板ネタでよろしくね！」
「そんなのできないよ……」
「やらないとかなしね！　あっ、もしかしてそれって前振り〜？　できないとか言っておいて本当はちゃんと考えてるんでしょ〜？　さっすが、鮫島さん！」
　鮫島をいじることで周りに自分の力を誇示し、注目を集めることができて満足げな山ちゃん。
　鮫島をいじることで山ちゃんの心の中に変化が生まれたに違いない。
　いじられる側よりいじる側にいた方が、自分にとってのメリットが大きいと……。
　一方で、山ちゃんの言葉に打ちひしがれたようにその場に座り込む鮫島。
「本当に一発芸なんて無理だよ……。そんなのしたことがないんだから……」
「またまぁ。そんなこと言って本当はあるんでしょ？」
「お願いだからもうやめてよ……。私、山田さんに何かした？　したなら謝るから。だから……」
「早く立ちなよ」
　山ちゃんの低く押し殺した声に、鮫島がとうとう我慢できずに声を上げて泣きだした。
「ひどい。こんなのひどい!!　できないって言ってるのに、どうしてやらせようとするの!?」
　顔を歪めたせいで、もともとブサイクな顔がさらにブサイクになってしまった。

鮫島のブサイクな泣き顔なんて見れたものじゃないし、泣きながらしゃべるせいで四方八方に泡交じりの唾が飛ぶ。
「もう無理！　私にこれ以上何かやらせようとするなら、先生に全部言ってやるから！　山田さんのソフト部の顧問にも全部話すからぁあ!!」
「ぶ……部活とか関係ないでしょ？」
「そんなの知らない！」
　鮫島の言葉に山ちゃんがおじけづく。
「わかったから。もういいよ……」
　山ちゃんに解放された鮫島は自分の席に戻り、机に伏せてしまった。
　教室内の空気が重たくなる。
　せっかく鮫島のことをいじって良い気分だったみたいだけど、山ちゃんもここまでか。
　山ちゃんは甘い。泣かれたぐらいで動じたらダメ。
　いじるなら徹底的にいじらないと。
「咲良」
　隣の席の瑠璃子があたしを呼んだ。
「何？」
「山田さんと咲良、最近仲良くしているでしょ？　友達なら、ああいうことはしない方がいいって山田さんに教えてあげた方がいいわ。相手が嫌がることを強制するのはイジメと一緒よ」
「……そうだね。そろそろ山ちゃんに教えてあげたほうが

いいかもね」
「ええ、その方がいいわ」
　あたしが素直に忠告を受け入れたと勘違いした瑠璃子が、優しく微笑む。
　──生ぬるい山ちゃんに、本当のいじり方っていうものを教えてあげよう。
　少し前のあたしだったら、こんなこと絶対にできなかっただろう。
　でも、もうあたしは昔のあたしじゃない。
　発言力のある１軍。教室中に響き渡わたるほどの声で発言したって、誰にも文句は言われない。
　あたしはスーッと息を吸い込むと、言葉と一緒に思いっきり吐きだした。
「え～一発芸って山ちゃんの方が得意じゃん！　お手本見せてよ～！」
　あたしが大声でそう言うと、山ちゃんが驚いたようにあたしを見た。
　隣の席の瑠璃子も、驚いた顔であたしを見つめている。
「咲良、あなた何言って──」
「みんなが一瞬で大爆笑するやつをお願いね！」
　あたしの言葉に、教室中の視線が一斉に山ちゃんに注がれる。
「そんな急に言われたって……」
　一瞬だけ困惑した表情を見せた山ちゃん。
　でも、山ちゃんは知っている。ここで拒否したりすれば、

ノリが悪いと言われることを。
「——わかった！ とっておきのいきます～！」
　無理やりテンションを上げた山ちゃんはニコッと笑って1度息を吸い込むと、今はやりの芸人の真似をして見せた。
「あはははは!!」
「山ちゃんってホントおもしろいよね～！」
　クラス中から笑いが起こる。
　それを見た山ちゃんは、ほっとしたような表情を浮かべている。
　でも、あたしはさらに追いうちをかけるように言った。
「つまんな～い！ もっと違うのやってよ！」
「え……？」
　山ちゃんはあきらかに困惑していた。
　鮫島をいじって楽しんでいたはずなのに、今度はなぜか自分がいじられている。
　これでいいんだよ、山ちゃん。
　本来のいじられキャラは山ちゃんなんだから。
「一発芸じゃなくて、変顔でもいいよ～？ あっ、でももともとブサイクだし、そのままでも通用するかも！」
　そう言うと、教壇の上にいる山ちゃんが固まった。
　どうしてあたしにこんな風にいじられているのか、頭がついていっていないんだろう。
「つーか、あたしも山ちゃんの変顔見たい～！ やってやって～！」
　悠里が会話に参加してきた。

「アンタ、ブサイクだもんね。しかも、デブ」
「ちょっと〜エリカ、ストレートすぎない〜？」
　悠里とエリカが目を見合わせてゲラゲラと笑う。
「ちょ、ちょっと！　うちはたしかにブサイクだけど、そんなストレートなのやめてよ〜！　マジ傷つくから!!」
　不自然なぐらい明るく笑う山ちゃん。
「えっ？　ブタって傷つくの？　感情あったっけ？」
「ちょっ！　咲良、超ウケるんだけど！」
　あたしの言葉に悠里が手をたたいて笑っている。
「ブ、ブタじゃないから!!」
　山ちゃんの声がわずかに震えている。
「――もうやめて」
　すると、突然隣の席の瑠璃子が立ち上がった。
「ぜんぜん笑えないわ。こんなことをして楽しい？」
　瑠璃子はあたしだけでなく、教室中のクラスメイト全員を見わたした。
「楽しいよ？」
　あたしがそう答えると、瑠璃子が眉間にしわを寄せた。
「こんなこと、するべきじゃないわ」
「知らない？　こういうのをいじりって言うの。いじるのは、愛情表現だって」
「さっきあなたが山田さんに言ったことが、愛情表現だって言うの？」
「そう」
「そんなはずないわ。いじりも度がすぎたらイジメよ」

「まさか！　あたしが同じグループの山ちゃんをイジメるはずないでしょ？」
「あなたはそう思っているかもしれないけど、山田さんは違うかもしれないでしょ？　自分がいじりだと思っていても、相手が嫌だと感じたらそれはイジメよ」
「頭固いなぁ……」
　いつもほとんど誰ともしゃべらず本だけの世界で生きているから、そんな正論が振りかざせるんだろう。
　少し前までは、瑠璃子のことを尊敬していた。
　ブレない自分なりのポリシーや考え方を持っていたから。
　でも、今は違う。
　瑠璃子はやることなすこといちいちつっかかってくる、あたしにとってめんどくさい存在になっていた。
「だったら、本人に聞いてみたらいいじゃん。ねぇ、山ちゃん！　あたし、山ちゃんのことイジメてないよね？」
　教壇に立つ山ちゃんにたずねると、山ちゃんは「あったりまえじゃん！　うちら友達だし！」と即答した。
　すべては前々から計画されていたいじりだったと言わんばかりの山ちゃんの態度に、心の中で失笑する。
　山ちゃんが１年の頃からずっといじられキャラだったのを、あたしは知っている。
　本当はそれを嫌がっていることも。
　だからこそ、あたしは山ちゃんをいじることにした。
　１年の時よりももっともっと強烈にいじる。

そして、１軍から降格してもらおう。
　山ちゃんは１軍にいるべき人じゃない。
「ほらね？」
　勝ち誇ったように言うと、瑠璃子はなぜか哀れんだような瞳をあたしに向けた。

　その日から、あたしは山ちゃんをいじっていじっていじり倒した。
　とにかく、教室内の人目に触れる場所で山ちゃんの自尊心をボロボロにしようとした。
「ねぇ、咲良。今度あたしにもネイルしてよ。悠里の可愛かったから」
　いつものようにグループになって集まっている時、エリカにお願いされた。
「やってもらった方がいいよ!!　咲良めっちゃくちゃうまいから！　あたし、めっちゃ気に入ってるもん！」
　悠里が自分の爪を嬉しそうに見つめる。
「じゃあ、撮影の前日にやってよ」
　……やってもらう分際で、その態度なの？
　少しばかり上から目線のエリカにイラッとする。でも、顔には出さずに笑顔を浮かべる。
「もちろんいいよ。あかりにもやってあげるね」
「あたしにもやってくれるの？　嬉しい！　でも、部活があるからなぁ」
「それなら、目立たないカラーでデザインもシンプルなの

にするよ」
「本当? それなら大丈夫かも。あたしもお願いしちゃおうかな」
　あかりも嬉しそうな表情を浮かべる。
　あたしはチラッと山ちゃんを盗み見た。
　何か言おうとしている山ちゃん。
　あたしは山ちゃんににっこり笑いかけた。
「山ちゃんはやってとか言わないよね? その極太の指にネイルとか無理だよ〜? 似合わなすぎだし」
「ちょ……」
　山ちゃんの顔が引きつる。
「なんか最近、ますます太ってきたんじゃない? 相撲取りになる日も近いかも」
　あたしの言葉に、エリカと悠里が笑う。
　あかりは困ったように山ちゃんを見つめていた。
「ちょっ……相撲取りって。それはきっついよ。ホントやめてって」
「あっ、ごめん。山ちゃんクラスのデブだと横綱だね」
「咲良、お願いだからやめてって」
　あたしのいじりを山ちゃんが止めようとする。
「アンタ、デブのくせにノリ悪くない? デブはみんなを楽しませることが仕事でしょ?」
　エリカの言葉は強烈だった。
　エリカは山ちゃんのことを上から下まで舐めるように見つめて、ため息をつく。

「咲良の言うとおり、アンタ女横綱じゃん。どんだけ食べたらそんなに太れるわけ？」
「エリカ……そんなこと言わないでよ……」
　いくらいじられても、山ちゃんはいつだって動じなかった。
　いや、動じていないフリをしてこられていた。
　でもあたしの追い込みのせいで、山ちゃんはあきらかに萎縮している。
「あたし、もともとデブって嫌いなの。そもそも、なんでアンタがあたしたちのグループにいるわけ？　デブがひとりいるだけで暑苦しいんだけど」
　嫌悪感丸出しでそう言うと、エリカはひとり立ち上がり教室を後にした。
　山ちゃんは気まずそうに視線を落とす。
「てかさエリカってば、なんか機嫌悪くな〜い？」
　出て行ったエリカを見送ると、悠里が苦笑いを浮かべた。
「この間、ねらってた雑誌の専属モデルのオーディションに落ちちゃったみたい。それで荒れてるの」
　悠里の言葉に、あかりが言いづらそうに答えた。
「へぇ〜……」
　悠里が興味なさげにうなずくと、
「うちもちょっとトイレ行ってくる」
　そう言って山ちゃんが青い顔で席を立った。
「ねぇ、咲良。咲良って山ちゃんのこと嫌いなの？」
「べつにそんなことないよ。どうして？」

山ちゃんが教室から出て行くと、あかりが不思議そうにたずねた。
「最近、山ちゃんのことすごいいじるでしょ？　山ちゃん、体のこと気にしてるし、デブとか横綱とかそういうこと言ったら可哀想だよ」
　あかりが山ちゃんをかばうのは意外だった。
　もともと、あかりがどうして性格の悪いエリカやうるさい悠里と一緒にいるのか不思議だった。
　色白でふんわりとした優しい雰囲気のあかりとあのふたりが１年の時からずっと仲良しなこと自体、気になっていた。
　あかりはテニス部でふたりは帰宅部だし、仲良くなる接点が見あたらない。
　お父さんがアパレル系の会社に勤めているから？　それとも理由があるの？
「ごめん。あたしも正直やりすぎだって思ってたの……。だけど……」
　そう言ってわざとらしく唇を嚙む。
「だけど、何？」
「山ちゃん……裏でエリカの悪口言ってたから。あたしたちって仲良し５人グループでしょ？　それなのに……」
「ええ!?　山ちゃんがエリカの悪口〜？　マジで〜？　想像つかないんだけど」
　悠里が意外そうに言う。
「それって、本当なの？」

「うん。それにね、山ちゃん……悠里とあかりの悪口も言ってたって、友達に聞いたの。あたしの友達の友達が聞いたみたいなんだけど」
「あたしたちの悪口を……山ちゃんが？」
「そうだよ」
　友達の友達に聞いたなんて、全部デタラメ。
「それとね、あたし……今朝見ちゃったの。山ちゃんが鮫島さんのこと呼び出してたの」

　今朝、山ちゃんはHR前に鮫島を裏庭に呼び出した。
　あたしはふたりの後を追いかけ、木の陰に身を隠した。
『アンタ、うちのことデブスとか言ってるんでしょ？』
　体育会系の山ちゃんは、とうとう直接鮫島を問いただした。
　もちろん、鮫島が山ちゃんの悪口を言っていたという事実はない。
　鮫島はすぐに首を横に振って否定した。
『そ、そんなこと言ってない!!』
『嘘つくな!!　聞いた子がいるんだから』
『本当だよ！　そんなこと言うはずがないでしょ!?』
『言い逃れようとしてもムダだから。早く白状しろ!!』
　ドスの聞いた低い声。普段は温厚で優しいクマさんのような山ちゃんが、怒りに満ちた目を鮫島に向けた。
　胸の中がじんわりと熱くなる。
　もっと、もっと、もっと。

山ちゃん、もっと怒ってよ。

　鮫島はさらに山ちゃんの怒りに火をつけてほしい。

　こんなにワクワクしたのはいつ以来だろう。

　漏れそうになる声を右手で抑えて、ふたりの会話に耳を傾ける。

『そんなこと言われたって、言ってないものは言ってない!!』

　鮫島が負けじと言い返すと、山ちゃんが右手を振り上げて鮫島の頬をたたいた。

　パシンッという乾いた音。目を見開いて驚く鮫島。たたかれた左頬を押さえると、鮫島は顔を歪めて泣きだした。

『どうして……どうしてたたくの!?』

『アンタが正直に言わないから！　早く謝ってよ!!』

『謝る？　どうして？　あたしは山田さんの悪口なんて言ってない!!』

　いいぞ、鮫島。心の中で鮫島を応援する。

　バカな奴。この場の空気を読んでさっさと謝っておけばたたかれずに済んだのに。

　それを言い返すなんてアホすぎ。

　あぁ、もっとバカがいた。

　一番の大バカ者は、あたしの作り話を信じて鮫島に怒りをぶつけている山ちゃんだ。

　でも、バカ正直で素直な山ちゃんだからこそこの計画を思いついたの。

『うちのことバカにすんな!!』

山ちゃんは鬼のような形相で、鮫島の髪をつかんだ。
　鮫島は髪を引っぱられた拍子でその場に倒れこむ。
『アンタが悪いんだから！』
　山ちゃんは倒れこんだ鮫島の脇腹を蹴り飛ばした。
『うううう……』
　痛みに顔を歪める鮫島。
　山ちゃんの叫び声に、鳥肌が立った。
　やっぱり山ちゃんはあたしの期待を裏切らない。
　山ちゃんは、あたしにいじられるストレスやうっぷんを鮫島にぶつけていたに違いない。
　人は誰だって自分より弱い立場の人間を作り、上に立ちたがる。
　それが自然の摂理。
　だけど、上に立つのだってうまくやらなくてはいけない。
　残念だけど、山ちゃんは失敗しちゃったみたい。
　でも、それもこれも全部計画のうち。
『許さない。絶対に許さないから！！　あたしのことをたたいたことも蹴ったことも、イジメたことも親にも担任にも部活の顧問にも、全部チクッてやる！！』
　鮫島はそう捨てゼリフを吐くと、涙ながらに駆けだした。
　山ちゃんは追いかけなかった。
　タカをくくっているんだ。以前、教室で鮫島が同じセリフを吐いていたものの、結局誰にもチクッたりしなかったから。
　だけど、きっと今回は違う。

山ちゃんは鮫島に手を上げたのだ。
　あたしは鮫島の背中を見つめながら、これから起こるであろう出来事に胸を弾ませた。

「山ちゃんってば、本当に鮫島ちゃんのことたたいたの〜？　マジでっ？　あの、山ちゃんが？」
　話を聞き終えた悠里が、驚きの声を上げる。
「今日一日元気がなかったのってもしかしてそのせい？」
　あかりがハッとする。
「そうだと思う。それと、困ったことがもう１つあるの。鮫島さんが担任に山ちゃんのことをチクッたとしたら……あたしたちもヤバくない？」
「どうして？」
　あかりが首をかしげる。
「だって、あたしたちって山ちゃんと同じグループだよ？　鮫島さんは山ちゃんから受けた行為をイジメだって言ってた。１対１じゃイジメじゃなくてケンカでしょ？　先生だって、あたしたちも一緒になってイジメたって思うはずだよ！」
「そっか……。たしかにそうだね」
　あかりの表情が曇る。
　来月に控えたテニスの大会が頭をよぎったんだろう。
　今ここで問題を起こせば、大会には出られなくなる。
　必死になって練習してきたことが、山ちゃんのせいで水の泡となってしまうことをあかりが恐れているのは、容易

に想像ができた。
　それに気付いて、追いうちをかけるように言った。
「あたしたちまで停学か……ううん、もしかしたら退学だってありえるよ！」
「えー、マジ!?　つーか、うちらまで山ちゃんのせいで停学とかになったらやじゃない？　鮫島ちゃんをいじってたのって山ちゃんだけだしさっ！」
「うん。あたしはそんなの絶対に嫌！」
　そう答えると、ふたりは何かを察したようにあたしを見た。
　その段階で、3人の中には同じ気持ちが芽生えていた。
「だからさ、山ちゃんにはグループから外れてもらおう？　あたしたちは鮫島さんに何も悪いことしてないんだし、こうなったのは山ちゃんのせいでしょ？」
　悠里とあかりは視線を下げ、何かを考え込む表情になった。
　どうすることが自分にとってメリットになるのか考えている。
　でも、答えは決まっていた。
「あたし……咲良の意見に賛成」
「だよね〜！　てか、山ちゃんって何となくあたしたちのグループの中でも浮いてたしね。そうしよそうしよ〜！」
　あかりに続いて悠里もあたしに賛同してくれた。
　ごめんね、山ちゃん。山ちゃんに罪はないけど、わかってね。

何かを得るためには、何かを切り捨てる勇気も必要なの。
「ただいま！　何の話してたの？」
　しばらくすると、山ちゃんがトイレから戻ってきた。
　でも、あかりも悠里も山ちゃんのその問いかけに答えることはせず、あたしに続いて席を立った。
　ひとりその場に残された山ちゃんは「えっ？　何？」としきりに繰り返していた。

排除

「山ちゃん、元気出しなって。謹慎(きんしん)って1週間だけでしょ？」

謹慎が決まった日の放課後、あたしは誰もいない教室で荷物をまとめる山ちゃんに声をかけた。

山ちゃんが鮫島をたたいたことが問題となり、山ちゃんには1週間の自宅謹慎処分が言いわたされた。

それはすぐに山ちゃんの所属するソフトボール部にも知れわたった。

ソフトボール部はそのせいでその週に予定されていた大きな大会への出場権を失った。

もともと全学年合わせて9人しか部員はおらず、控えの選手もいない。

ましてや、山ちゃんはピッチャーだった。

『裏切り者！』と同級生には罵られ、後輩には白い目で見られた。

山ちゃんだって、この試合を楽しみにしていたはずだ。

そして何より、山ちゃんにとって部活の仲間は心のよりどころだったに違いない。

エリカグループにいる時の山ちゃんは、いつもどこかつまらなそうにしていた。

グループ内での話題といえば、最新のファッションやネイルやメイク、恋バナ。

山ちゃんにとって無縁の話をされ、一緒にいるのに自分

からは発言せず、いつも聞き役にまわっていた。

どんなにおとなしい人だって自分の話をしたいと思っているし、聞いてもらいたいと望んでいる。

山ちゃんだって例外ではない。

だからこそ、大好きな部活では積極的に一番大きな声を出し、最高の笑顔を仲間に向けていた。

それも全部、山ちゃんは一瞬で失ってしまった。

自分が先頭に立って盛り上げていたソフトボール部が、自分自身の手で廃部に追い込まれる寸前の事態になってしまうなんて、予想もしていなかっただろう。

もともと人数の少ないソフトボール部よりも、このあたりの地域で一番強いテニス部に部費をまわした方がいいという話もあった。

それが今回の件で現実になろうとしていた。

「元気出しな？ 咲良、本当にそう思ってる……？」

教科書をバッグに詰め込む手を止めて、山ちゃんがあたしをまっすぐ見つめた。

数日の間に、少しだけ頬がこけた気がする。

心労も相当のようだ。目の下に大きなクマができていた。

「本当だよ。山ちゃん、どうしてそんなこと聞くの？」

「だって……おかしいから」

「おかしいって、何が？」

「咲良、言ってたでしょ？ 鮫島がうちの悪口を言ってるって。だけど、どんなに問いただしても鮫島……最後までうちの悪口を言ったって認めなかったの。もちろん、先生の

前でも」
「山ちゃん、人を簡単に信じすぎだよ。鮫島さんが本当のことを言うわけないでしょ？」
「それに……」
「それに何？」
　山ちゃんは何かを言いよどむ。
「言いたいことがあるならはっきり言ってよ」
　じらすように言う山ちゃんにイラッとして強い口調になる。
　どうせ、謹慎明けに学校にやってきてももうクラスにも部活にも山ちゃんの居場所なんてないんだから。
　のののように保健室登校になるか、マキのように不登校になるかの選択肢しかないだろう。
「鮫島がうちの悪口を言ってたって教えてくれたの咲良だったから」
「……それが何？」
「クラスの子数人に鮫島がうちの悪口を言ってたか聞いたんだけど、誰もそんなの聞いてないって言ってたから。咲良、言ってたでしょ？　鮫島がいろんな子に言いふらしてたって」
「うん。言ってたよ」
「それって、誰が言ってたの？　名前教えて」
　山ちゃんがあたしを疑いの目で見た。
　あぁ、そういうこと。筋肉バカな山ちゃんでもようやく気付いたんだ。

あたしにハメられたこと。
「もしかして……山ちゃんはあたしのことを疑ってるの……？　あたしが鮫島さんが悪口言ってたって話を作って山ちゃんに伝えたと思ってる？」
「いや、そういうわけではないけど……」
　質問を質問で返すと、山ちゃんがうろたえだした。
　山ちゃんは本当に優しい。
　相手を傷つけることを恐れているのが伝わってくる。
　でもね、その優しさが時として仇になったりもする。
　あたしは顔を強張らせて眉間にしわを寄せた。
「ひどいよ、山ちゃん。あたし……山ちゃんのためを思って教えたのに。それなのにあたしを疑うなんて！」
「そ、そんなつもりじゃ……!!」
「ううん、今回のことでよくわかった。山ちゃんはあたしが嫌いだったんだよね？　途中からグループに入ってきたあたしをよく思ってなかったってことでしょ!?　だからそうやって疑うようなこと言うの」
　あたしはまくしたてるようにそう言うと、涙を流した。
　涙を流すのなんて簡単だ。
　中学時代の壮絶なイジメを思い出せばすぐに泣ける。
「ごめん、咲良……。うち、正直に言うと咲良を疑ってた。うちのこといじる時もちょっとキツイこととか言ってきたりしてたし……」
「……そっか、ごめんね。あたしのいじり方きつかった？　山ちゃんに好きになってもらおうって思って必死になって

いじるようなことしたの。山ちゃんがクラスの中でもっともっと人気者になってもらおうと思ってしたことだったのに、迷惑だったんだね」
「違うよ……！」
「もういいよ。ごめんね、山ちゃん……！」
　あたしは涙ながらにそう言うと、山ちゃんに背中を向けて駆けだした。
「咲良、待って!!」
　山ちゃんの悲痛な声が背中に突き刺さる。
　あたしはそのまま教室を飛びだすと、昇降口まで一気に駆け抜けた。
　そして下駄箱で靴を履き替えると大きく背伸びをした。
「ハァ〜、良い気分」
　今頃山ちゃんは清々しいあたしとは正反対の重い気持ちをかかえているに違いない。
　優しい山ちゃんのこと。
　あたしを疑って傷つけたことに心を痛めているに違いない。
　ちょろかったな、山ちゃん。
　あまりにも思いどおりに山ちゃんが動いてくれたおかげで、すべてがうまくいった。
　ひとまず、山ちゃんを１軍から引きずりおろすことに成功した。
　謹慎明けに学校に来ても山ちゃんの居場所はもうどこにもない。

あたしたち1軍グループに戻ってくる勇気もないだろう。
それに、さっきのあたしとのやりとりで気まずい思いをしているはず。
ますます1軍グループに戻ってくる可能性は低くなっただろう。
だけど、まだもうひとりには制裁したりていない。
本来ならば山ちゃんに鮫島をいじらせてもう少し追い込ませるはずだった。
でも、山ちゃんは予想以上に甘かった。
もう少し痛い目にあわせてやらないとあたしの気が済まない。

校門を出ると、数メートル先に見覚えのある後ろ姿が視界に飛び込んできた。
ピンクのバックパック。後ろの透明のポケット部分には好きなアイドルの切り抜きを入れている。
ダラダラと歩くその後ろ姿はまちがいなく鮫島だった。
「グッドタイミングじゃん」
あたしはニッと笑うと、はやる気持ちを抑えて足を速めた。
鮫島は歩きながらスマホを操作している。
好きなアイドルの画像でも見て、ニヤついているに違いない。
あたしは追い抜きざまに鮫島の肩に自分の肩を思いっき

りぶつけた。
「わっ!!」
　ドンッという衝撃のあと、鮫島は小さく叫んだ。
　驚いた衝撃で鮫島の手からスマホが離れ、アスファルトに叩きつけられる。
　あたしはそのまま何も言わずに鮫島を置いて歩き続ける。
「ねぇ、ちょっと!!」
　すると、鮫島があたしを呼び止めた。
「何?」
　振り返ると、鮫島があたしを鋭い目で睨みつけていた。
「今、肩がぶつかったんだけど!　そのせいでスマホも落としちゃったの!」
「……ふーん。で?」
「ちょっ……拾ってよ!!　咲良がぶつかってきたせいで落としちゃったんだから」
　鮫島は苛立ったように言う。
「は?　めんどくさいし嫌。自分で拾えばいいでしょ」
　そう言って鮫島に背中を向けて歩きだす。
「な、何よ!　ちょっと待ってよ!」
　鮫島の怒り狂った声を背中に浴びながらも無視してズンズンと歩く。
　すると、スマホを自分で拾い上げて追いかけてきた鮫島があたしの腕をつかんだ。
「しつこい。何なの?」

「咲良ってば、最低！　自分が悪いくせに謝りもしないなんて！」
「はいはい、すみません。これでいい？」
「何その謝り方！」
「は？　アンタだってあたしのバッグ落としたくせに適当に謝って拾いもせずに自分の席に戻ったでしょ？」

　鮫島にされた仕打ちを思い出すだけで、あまりの屈辱に体が震える。
「あ、あの時は……」

　思い出したのか鮫島が気まずそうな顔をする。
「大丈夫、わかってるから。あの時はののカンニングを密告して、エリカに好かれてたから調子に乗ってたんでしょ？」
「べ、べつに調子に乗ってたわけじゃないよ」
「へぇ……。万年４軍のキモオタのくせに１軍の子と仲良くなれてさぞ嬉しかったでしょうね。同じグループの子と自分は違うんだって勘違いしてたんでしょ？　でも、残念。アンタもしょせん４軍の下位グループなの」
「ひどい……。そんなこと言うなんてひどすぎる！」

　目に涙を浮かべてギリギリと唇を噛みしめる鮫島。

　鮫島はまっすぐあたしの目を見ると、こう言った。
「そんなこと言う咲良だって……１年の時は４軍だったんでしょ？　知ってるんだから！　隣のクラスのイジメられっ子と仲良しだったこと」
「あっそ。それが？」

鮫島のひと言はあたしの心の古傷をえぐった。
　中学時代は散々イジメられ、高1でできた親友は今やイジメられっ子の5軍。
　必死になって心の傷を癒やし、ようやくかさぶたになりそうだったのに……。
　――あたしの邪魔をするなら、絶対に許さない。
「調子に乗ってるのは咲良じゃない！　エリカちゃんたちと仲良くなったから、あたしにこうやってひどいこと言ったりするんでしょ!?　後ろ盾がなくちゃ強気に出られない弱虫のくせに！」
　あたしは平然とした表情を崩さずに、ひょうひょうと答えた
「バッカじゃないの。前からアンタのことがウザいし目障りだと思ってただけ」
　そう言うと、鮫島の背後にまわり込み、バックパックについている鮫島の大好きなアイドルのキーホルダーを引きちぎった。
「ちょっ、やめて！　何するの!?」
「こんなのつけてたってムダだから。アンタみたいなキモイ奴にファンでいられるアイドルって大変だよね。同情しちゃう」
「お願い返して!!　それはグループ結成3周年記念の限定物のキーホルダーなの！　もう買えないの!!」
「ふーん。だったら、ちょうどいいね」
「や、やめてぇぇぇぇーーー!!」

あたしは道路の隅にある側溝の隙間にキーホルダーを放り投げた。
　昨晩降った雨の影響で増水した側溝に、キーホルダーはあっという間に流されていく。
「あぁ、ごめーん。手が滑っちゃった」
「そんな……どうして……!?」
　大切だったというのは本当だったようだ。
　鮫島はためらうことなく地面に這いつくばって泥水の中に手を突っ込んでキーホルダーを探す。
「アンタには地面がお似合いね。もう流されて遠くへ行っちゃったし、諦めたら？」
「ひどい、ひどすぎるよ‼」
　涙と鼻水交じりになりながらあたしを非難する鮫島の顔に、おもわず笑いが込み上げる。
　鮫島の瞳に先程まであった怒りは消え失せていた。
　勝った、と思った。
　あたしより自分が下だとこれで思い知っただろう。
「やり返そうとか思わない方が身のためよ？　あっ、それから先生に言ってもムダだから。証拠だってないんだし。もうあたしたちのグループに近付かないでよね。気持ち悪いアンタがそばにいると、あたしたちの価値が下がっちゃうから」
　吐き捨てるように言うと、鮫島は肩を震わせて涙を流した。
　もともと鮫島はおとなしく、誰かに刃向かうようなこと

のできる人間ではない。
　あたしが過去に４軍だったと言い返したのも彼女なりに勇気を振りしぼってのことだったに違いない。
　でも、その勇気もムダになった。
　２倍、３倍以上にして返してやったから。
　目の前で悪口を言われるのがキツイことを、あたしは中学時代身をもって知った。
　だからこそ、鮫島に容赦のない言葉を浴びせた。
　どんなにできる子でも『アンタはできない』と言われ続けると、できないような気がしてきてとうとうできなくなる。
　一種のマインドコントロールのようなもの。
　今回のことに懲りて、鮫島はあたしに盾突くことはなくなるだろう。
　もしまた刃向かってきたら、ただじゃ済まさない。
「じゃあね」
　せいぜい調子に乗ったことを反省すればいい。
　あたしはアスファルトの上に座り込む鮫島を鼻で笑うと、爽快な気持ちで家路についた。

画策

 予想どおり、謹慎が明けてからも山ちゃんは1軍グループには戻ってこなかった。
 学校にはなんとか通っているものの、いつも教室の隅の方で息を殺して目立たないように生活している。
 部活でもクラスでも遠巻きにされている山ちゃんをグループに招き入れる子はおらず、山ちゃんは完全に孤立していた。
 時折、瑠璃子と何やらしゃべったりしていることもあるけれど問題はない。
 瑠璃子は5軍で友達もいない。
 そんな子が山ちゃんと一緒にいたとしても、あたしの脅威になどならない。
 1軍に入ってからのあたしは今まで以上に容姿を気にかけ、持ち物も最新のものをそろえた。
 メイクやファッションも毎日雑誌を読みあさって研究し、エリカたちが好むブランド名もすべて頭の中に入れた。
 時々、鏡に映る自分が自分でないような気すらしてしまう。
 中学時代は地味で目立たなくて、誰かに「可愛い」と言われることなんてなかったのに、最近では毎日のように誰かしらに「可愛い」と言われる。
 街を歩いていても、みんながあたしを見ているような錯

覚にすら陥る。
　1軍の高みから見える景色は、思っていた以上に最高だった。

「ねぇねぇ、そういえばさ～咲良って彼氏いんの～？」
　休み時間、いつものメンバーでしゃべっていると悠里が唐突にそうたずねた。
「あっ、それあたしも気になるな」
　あかりも悠里に同調する。
　エリカもつられて、あたしに視線を向けた。
「彼氏？　いるよ。もうすぐ付き合って1年かな」
　さらっと答えると、エリカの頬がピクリと動いた。
　エリカはあたしに視線を向ける。
「へぇ。どんな人なの？」
「2つ年上の大学生」
「出会いは？」
「バイト先だよ」
　エリカが意外にも興味を示している。
　あたしは頭の中で用意していた情報をサラッと口にした。
　もちろん、すべて嘘だ。彼氏がいるということからして嘘。
　今まで異性と付き合ったことはない。
　でも、女子校の中で彼氏がいるというのはポイントが高い。

しかも大学生。
「咲良ってバイトしてたっけ?」
　エリカが疑いの目を向ける。
「今はしてないよ。短期のバイトしてた時だから」
「ふーん。写真とかないの?」
「あるよ。見る?」
　ポケットからスマホを取り出すと、悠里とあかりが身を乗りだしてあたしのスマホを覗き込んだ。
　これもすべて計算の上。
「これ。この間一緒に撮ったやつだけど」
　あたしは、スマホの画面を3人に向けた。
「えっ、嘘! これ彼氏!? 超イケメンなんだけど!!」
「うん。すっごいカッコいいね。いいなぁ、咲良。羨ましい〜」
「え〜? そうかな?」
　照れたふりをしてスマホを自分の方に向けると、悠里の声に反応したクラスメイトが、あたしの周りにやってきた。
「咲良ちゃんの彼氏見たい!」
「あたしも〜! 見せて見せて」
「うん、いいよ」
　写真を見せると、みんなそろいもそろって「えっ!」と驚いた反応をした。
　そして口々に「カッコいい」「イケメン」「羨ましい」の声が飛ぶ。
　それもそのはず。

この写真を撮るために、1万もこの男に払ったんだから。
　写真の中で茶色い髪をキレイにセットして柔らかい笑顔を浮かべ、あたしの肩を抱く男。彼をネットの仕事募集の掲示板で見つけた時、ある考えが頭に浮かんだ。
　読者モデルをやった経験もあるというイケメンの彼の外見は、申し分ない。
　彼氏として紹介すれば、誰もが羨むぐらいのイケメン。
　だったらあたしのニセ彼氏になってもらおう。
　すぐさま連絡を取ると、彼は快諾(かいだく)してくれた。
　もちろん、そこには金銭が発生するけど、そんなことたいしたことではない。
　イケメンの彼氏がいるというだけで、クラスでの評判がうなぎのぼりになるのは目に見えていた。
　そんな中、エリカだけは不服げな顔をしていた。
「ていうかさ、写真ってこの1枚しかないわけ？」
「あー……、うん。彼氏が写真撮るの苦手なんだよね」
　2枚も3枚も撮ることをお願いしたら、お金が尽きてしまう。
「その割には笑顔だし楽しそうに写ってるけど？」
「これはなんとかお願いして撮ってもらったの。1枚だけでも、一緒の写真が欲しかったから」
「へぇ。アンタにこんなイケメン彼氏がいたとはね……。でもどうして今まで彼氏の話しなかったの？　おかしくない？」
　エリカはあきらかに不審がっていた。

これ以上あれこれ聞かれると、ボロが出るかもしれない。
　あたしはあえて話を逸らすために質問をし返した。
「そういえばさ、エリカも彼氏いるんだよね？」
「……いるけど」
「写真とかないの？　あたしもエリカの彼氏見てみたいな」
「え……？」
「スマホで撮った写真見せてよ」
「写真とかあんまり撮らないし。あたしの話なんてべつにいいから」
　自慢好きで、自分が話題の中心にいないと気が済まないエリカ。
　あえて話を振ってあげたのに、エリカは目を泳がせる。
　第六感が、あたしに何かを訴えかける。
　悠里もあかりもあたしの彼氏の話で盛り上がり、今のエリカの状態に気付いていない。
　あたしはあえてエリカにゆさぶりをかけることにした。
「ふーん。エリカの彼氏って何歳？　何やってる人？」
「なんでそんなこと聞きたいのよ」
　不満げなエリカ。
　あたしは、気付かないふりをしてさらに突っ込んだ質問を投げかけた。
「だって、エリカの彼氏だもん。すっごいイケメンなんだろうなって思って。やっぱり年上？　同じモデルさんとかだったりしちゃう？」
「まぁ年上だけど」

「へぇ。で、いくつなの？」

そうたずねると、エリカは眉間にしわを寄せた。

必死に考えを巡らせているようなそんな表情を浮かべたあと、エリカはパッと立ち上がった。

「あたし、トイレ行ってくる」

ありえないタイミング。

エリカは、人に言えないような何かを隠しているに違いない。

それを暴けばおもしろいことになるかも……？

「うん、いってらっしゃい。帰ってきたらまたエリカの彼氏のこと教えてね」

にっこり笑いながら手を振ってエリカを見送る。

結局、エリカは戻ってはこなかった。

保健室に行ったあと、気分が悪いと言って早退したらしい。

そのエリカの不可解な行動で、疑惑は確信に変わった。

放課後になり、悠里とたまたま部活が休みだったあかりと3人で街に繰りだした。

悠里とふたりで出かけたことはあるけれど、こうやって3人で遊んだのは初めて。

今日はエリカもいない。

あたしにとって好都合だった。

駅ビルをぶらつき、一通りのウインドーショッピングを楽しんだあたしたち。

「ちょっとトイレ行ってくるね」
「いってらっしゃい」
　あかりがトイレに行き、あたしと悠里はふたりでベンチにそろって座った。
「ねぇ、悠里」
「ん～？　何～？」
「あたし、悠里と友達になれて本当に良かったと思ってるの」
「えっ!?　ちょっとちょっと、咲良ってば～！　急にどうしたの～！　マジ、ウケんだけど！」
　真剣な表情を浮かべるあたしを、悠里がケラケラと笑いとばす。
　あたしはそのままの表情を崩さずに言った。
「本当だよ？　悠里みたいに可愛くておしゃれで明るい子と友達になれたことが、すっごい嬉しいの。エリカがクラスで一番可愛いってみんな言うけど、あたしは悠里がクラスで一番、ううん……この学校で一番可愛いって思ってるし」
「え～？　マジ、咲良ってば急に何なの～？」
　驚いているような表情を浮かべてはいるものの、『学校１可愛い』と褒められて隠しきれなかったのか、悠里の口元がゆるむ。
「今はエリカがあたしたちのグループを仕切ってるけど、悠里が仕切るべきだと思う。だって、エリカよりも悠里の方が可愛いしスタイルも良いしおしゃれだもん。読者モデ

ルだってことをエリカは自慢に思ってるみたいだけど、悠里は読者じゃなくて専属モデルにだってなれる逸材だと思うの!」
「無理だって〜!」
　そう言いながらもまんざらではない様子の悠里。
　"豚(ぶた)もおだてりゃ木に登る"という言葉がある。
　悠里にはまだまだやるべきことが残っている。
　バカはバカなりに、ううん、それ以上に動いてもらわないといけない。
　——もちろん、すべてはあたしのために。
「でもさ、ぶっちゃけ思ったことない？　エリカよりも自分の方がリーダーにふさわしいんじゃないかって」
「まぁね。あたしだってグループのリーダーになりたいなって気持ちもあるけど、あかりがどう思ってんのかわかんないしさ〜」
「どうしてあかりに気を遣うの？」
「だって、あかりのお父さんって大手アパレルメーカーに勤めてるでしょ？　あかりから新作のちょっと傷がついたりほつれがあるわけありの新作の洋服をタダでもらえるっていうメリットがあるんだもん。咲良も今度頼んでみたら？」
　あぁ、そういうこと。
　エリカと悠里があかりをグループの一員として排除しない理由がはっきりした。
　ふたりとも、あかりのことが好きで付き合っているん

じゃない。
　自分にメリットがあるから一緒にいるだけ。
「でも……あたしには頼めないよ……」
　あたしはありったけの演技でそう呟いた。
「え？　なんで？」
「あかりに……前に相談されたの。洋服をもう渡したくないって」
「どういうこと？」
　悠里の表情が曇る。
「自分で買えばいいのに、洋服持ってくるのを期待されて困るって。物乞いしてくる子って、本当いやしくて嫌だって言ってたの。あたしにはよくわからなかったけど、今の話聞いたら……もしかしてそれって──」
「ハァ!?　あたしとエリカのこと物乞いしてくる子って言ってたの!?　ありえないんだけど!!　ていうか、あたしたちが欲しがったことなんて1度もないし!!　自分からよかったら着てって、持ってきたんじゃん!!」
　悠里が怒りの声を上げる。
「そうだったんだ……。でも、大丈夫だよ。あたしは悠里の味方だから」
　単純な悠里は、あたしの言葉を完璧に信じ込んだ。
　あたしは目を血走らせて怒る悠里に、にっこりと優しく微笑んだ。
　あかりがトイレから戻ってくると、近くのファストフード店で休憩することにした。

向かう途中、悠里はあかりのそばに近寄ろうとはせず、あかりは不思議そうな顔で悠里を見つめていた。
「疲れたね」
　オレンジジュースを飲みながら首をぐるりとまわす。
「でも、３人ってなかなかないし楽しかったね。部活が休みになって良かったよ」
　ニコリと柔らかい笑みを浮かべるあかり。
「本当に楽しかったわけ？」
　悠里があかりを睨む。
「えっ……？　楽しかったけど……どうして？」
「べつに」
　悠里がぷいっとそっぽを向く。
　心の中でクスクスと笑いながらオレンジジュースをストローで吸い上げたあと、あたしはこう切りだした。
「ねぇ、あかりって、エリカの彼氏に会ったことあるの？」
「エリカの彼氏？　あたしはないけど、悠里は……？」
　苛立つ悠里の表情をうかがいながらそうたずねるあかり。
「あたしもない。写真とかも見たことないし」
　あかりとは、かたくなに目を合わせない悠里。
　やっぱりふたりともエリカの彼氏を知らなかった。
　あたしよりも前から親しくしていたふたりですらエリカの彼氏を見たことがないなんて、ありえない。
「あっ、でもさ、前に言ってなかったっけ？　彼氏もモデルだって。名前とかはわからないけど、エリカの彼氏だし

カッコいいんじゃないかな！」
　なぜかギスギスしている場の空気をやわらげようと、あかりが明るく言う。
「モデル……か」
　もしもあかりの言うとおりモデルなんだとしたら、エリカはもっと自慢するはずだ。
　女王様気質で、人よりも秀でていることをひけらかす性格のエリカがそうしないのには、きっと理由があるはず。
「ていうかさ～ここだけの話、あたしエリカのこと嫌いなんだよね」
　すると、唐突に悠里がそう切りだした。
　あかりが驚いたように悠里を見る。
　あたしもあかりと同時に悠里に視線を投げた。
「何ていうの、あの性格って直んないんだろうね。モデルやってるからって、調子に乗りすぎっていうかさ～。すぐ機嫌悪くなるし、一緒にいると疲れない～？」
　悠里がエリカに不満を持っていたことは、前々から知っていた。
　悠里は誰がどう見ても、圧倒的な１軍のオーラを放っている。
　誰に対しても臆することなく自分の意見を主張することができるし、見た目だって派手で人の目を引きつける。
　小学校でも中学校でも１軍のトップだったに違いない。
　いや、むしろもっと前から。幼稚園や保育園時代から目立つ存在だっただろう。

本人もそれを自覚していた。

でも、高校ではエリカの言いなりになっている。

そもそも、なぜ悠里はエリカに従ってるんだろう……？

だから、今回悠里を揺さぶる作戦を立てた。

『悠里みたいに可愛くておしゃれで明るい子と友達になれたことが、すっごい嬉しいの。エリカがクラスで一番可愛いってみんな言うけど、あたしは悠里がクラスで一番、うぅん……この学校で一番可愛いって思ってるし』

『今はエリカがあたしたちのグループを仕切ってるけど、悠里が仕切るべきだと思う。だって、エリカよりも悠里の方が可愛いしスタイルも良いしおしゃれだもん。読者モデルだってことをエリカは自慢に思ってるみたいだけど、悠里は読者じゃなくて専属モデルにだってなれる逸材だと思うの！』

エリカよりも悠里の方が優れていると、ダイレクトに言葉にして伝えた。

単純な悠里は、あたしの言葉を信じきったに違いない。

『あたし、悠里と友達になれて本当に良かったと思ってるの』

そして、あたしがエリカではなく悠里の後ろ盾になってくれると確信を持った。

悠里はクーデターを起こすつもりだ。

奇襲攻撃をしかけて権力を手にすること。

それはすなわち、悠里がエリカに打ち勝って１軍のトップになるということ。

「ねぇ、黙ってないで何とか言ってよ。そう思ってんのってあたしだけ〜？　咲良とあかりもそう思わない〜？」

悠里が同意を求める。

ちらりと横目であかりをうかがう。

すると、あかりも同じようにあたしがどう出るか様子をうかがっていた。

やっぱりあかりもそっちの人間だったんだ。

誰に対してもいい顔をしたい八方美人。

エリカたちのグループで発言権は一番弱い。

エリカと悠里がののやマキを攻撃している時も、あかりだけは蚊帳の外で"私はやっていません"とアピールしているようにすら見えた。

ヤバい状況になると真っ先に保身のために動くのが目に見えている。

お父さんが大手アパレルで仕事をしていることで、新作の洋服というワイロを送り、エリカや悠里に一目置かれていたから、なんとかグループに留まることができていた。

でも、きっと心では恐れているに違いない。

グループから追いだされてしまうことを……。

「ごめんごめん、ちょっと突然でビックリしちゃって。あかりはどう思ってるの？」

あたしは悠里の言葉には答えずに、わざとあかりに話を振った。

あたしの出方を待ってから自分の発言をしようなんてズルい真似、絶対にさせない。

「えっ？　あたし……？」
「そうそう。あかりもエリカと仲良くなってから長いでしょ？」
「そ、そうだね」
　あたしがにっこり笑いかけると、あかりが困ったように笑った。
「で、どう思うの？」
　たたみかけるように問いかけると、あかりは目を泳がせて必死に考えを巡らせたあとこう言った。
「あたしも……たまに思うかな。ちょっと自分勝手だなって。それに……人をイジメたりとかそういうのも……ね。神崎さんとか岡村さんのことも、やりすぎだなって」
「やっぱあかりも思ってたの〜？　あたしも、ずーっとそう思ってたの。でもさぁ、誰もエリカに注意できないじゃん〜？　それってどうしてだと思う？」
「どうしてって言われても……」
　あかりが言葉を濁す。
　何かを隠している様子のあかり。
　すると、悠里がこう漏らした。
「あたしの場合、エリカに借りがあるんだよねぇ」
「え？　借りって何？」
　すぐさま聞き返す。
「じつは、1年の時タバコ吸ってんの先生にバレちゃってさ。ポケットに入ってる持ち物全部出せって担任にすごまれた時、エリカがこっそりあたしのタバコとライターを受

け取って隠してくれたの。それで難を逃れて何の処分も受けずに済んだんだよね〜」

　悠里ならタバコを吸っていてもおかしくない。

　悠里がエリカに従っていたのはそのためか……。

　ようやく点と点が線になって繋がった。

「そんなことがあったんだね……」

　そう呟いて視線を手元に落とす。

　顔を上げていると、口元をゆるめているのがバレてしまいそうだった。

　悠里はバカだ。どうしようもないバカ。

　あたしに乗せられた挙げ句、自分の弱点を自らさらしてしまうなんて。

　でも、悠里はそれほどまでにあたしを信頼してくれているということだろう。

　これもすべてあたしの計算の上の出来事で、自分が駒であるなんて考えてもいないだろう。

「あっ、てかさ、あかりもそうなんでしょ〜？」

　すると、悠里が何かを思い出したかのように言った。

「えっ……？　あたしもって……何が？」

　あかりの顔が不安げに歪む。

「エリカに聞いたんだよね〜。あかりが万引きしてるって」

「——え？」

　固まるあかりに気付いているはずなのに、悠里は続ける。

「テニスのストレスでしょ〜？　あたしたちにはわかんないけど、全国大会に行かなくちゃいけないっていうプレッ

シャーって絶対にあるもんね〜。しょうがないと思うよ？」
　悠里の励ましに、あかりは頬を引きつらせながら慌てて言った。
「えっ、ちょっと待って……？　エリカがそんなこと言ってたの？」
「そうに決まってんじゃん〜！　しかも高額商品ばっかりねらって取ってたんでしょ？　まぁ、あたしのタバコは謹慎ぐらいで済むかもしれないけど、あかりの場合はヤバいかもね〜。ねぇ、咲良？」
「うん。万引きは窃盗罪だからね。学校にバレたら、停学……ううん、退学になっちゃうかも。犯罪者の親って言われて……お父さんが会社クビになったりとか……平気？」
　心配している風にそう言うと、あかりは顔をまっ青にした。
「や、やだなぁ。あたしそんなことしてないよ？　エリカってば変な冗談言うんだから」
「は？　エリカがそんな冗談言うはずないじゃん。あかりって本当嘘つきだね」
　悠里の声にあかりへの嫌悪感がにじみ出ている。
　少し前はエリカのことを嫌いだとか調子に乗ってると、悪口を言っていたのに。
　動揺しているあかりには、それをおかしいと思う余裕すらなくなっているように見えた。
「ひどいよ、悠里。あたし、悠里に何かした？」

「そんなの自分の胸に聞いてみたら？」
「そんな……」
　３人の間にピリピリとした空気が流れる。
　『嘘つき』という言葉の中には、さっきのあたしの作り話が影響しているに違いない。
『自分で買えばいいのに、洋服持ってくるのを期待されて困るって。物乞いしてくる子って本当いやしくて嫌だって言ってた。あたしにはよくわからなかったけど、今の話聞いたら……もしかしてそれって――』
　根拠も確信もない言葉を勝手に信じ込んで、あかりへの憎悪を燃やす悠里。
　なぜ悠里が急に自分に対して攻撃的になってしまったのかわからず困惑するあかり。
　ふたりを思いのままに操るのは、あまりにも簡単だった。
「もう帰ろ〜。一緒の空気吸うのも嫌だし！」
　悠里のあかりへの怒りは相当なものだった。
「ねぇ、咲良。これからどっか行かない？　ふたりで」
　店を出ると悠里があたしの腕をつかんだ。
　『ふたりで』を強調し、あかりを排除にかかる悠里。
　あかりは黙って足元に視線を落としている。
「ごめん、今日はちょっと用があるから」
「え……？」
　断られるとは夢にも思っていなかったのか、悠里がきょとんとした表情であたしを見る。
「あかり、一緒に帰ろ？」

「あっ……うん」
「じゃあ、悠里また明日ね」
　いまだに呆然としている悠里に向かって手を振ると、あかりと共に歩きだす。
　そして、数十歩歩いたところでわざとらしく「あっ」と声を上げた。
「ごめん、悠里に渡し忘れちゃったものがあるからちょっと待ってて？」
「うん」
　あかりにそう告げ、ゆっくりとした足取りで歩く悠里を追いかける。
「悠里！」
　丸まってどこか元気のない背中をポンッとたたくと、悠里が恨めしそうな視線を向けた。
「咲良、マジひどい！」
　予想どおり眉間にしわを寄せて不満を口にする悠里に向かって微笑む。
「ごめんごめん。あの場ではああするしかなかったの」
「どういう意味？」
「あのままあかりをひとりで帰らせたら、悠里が悪口を言ってたってエリカにチクるかもしれないでしょ？」
「あっ……」
「今あかりがエリカ側についたら２対２になっちゃう。悠里がグループのトップになるためには、あかりも必要だよ」
「そっか〜……。そこまで考えてなかったし」

「悠里、誤解しないでね？　あたしが大好きなのは悠里だけだし、これも全部悠里のためなんだから。あたしは悠里のこと親友だって思ってるよ？」
「咲良……」

　悠里の目が、わずかに潤んでいる気がする。

　小中高と目立つ１軍グループにいたものの、浅く広く交友関係を広めたせいで、悠里は親友と呼べる友達ができなかったタイプなのかもしれない。

　それもあたしにとっては好都合でしかない。
「あかりが変に思うからもう行くね。あたしに全部任せて」
「ありがとう、咲良！」

　お礼を言いたいのはこっちの方。これからももっともっとあたしの駒になって動いてね。

　あたしは忘れてないんだから。アンタに言われたこと。

　全部、一言一句覚えている。

『目の下クマできてるしねっ〜。なんか葉山ちゃんて陰あるんだよな〜。ねぇねぇねぇ、中学の時に葉山ちゃんってイジメられてなかった？』

『ごまかしてるっぽいけど典型的なイジメられっ子オーラ出てるよね〜!!』

『イジメたくなるキャラの子っているんだよね〜！』

　クラス中に響きわたる声で屈辱的なことを言われたあたしが、アンタと親友になんてなれるはずがないことに、どうして気付かないの？

　アンタにとっては軽いひと言でも、あたしにとっては心

臓をえぐられるぐらいの痛みだったのに。それがわからないなんて。
　バカな女。せいぜい今だけ良い気分でいればいい。
　少しの間、親友ごっこでもしててあげる。
「どういたしまして」
　あたしはにっこりと悠里に笑いかけた。

「あたし、自分で知らないうちに悠里に何かしちゃってたのかな……？」
　悠里と別れてからすぐ、あかりは声を震わせながらたずねてきた。
「そんなことないと思うよ？　悠里って気分屋なところがあるしさ。あかりだって知ってるでしょ？」
「でも、あんな風に怒った悠里を見たのって初めてだったから……」
「……ねぇ、あかり。もしかして……の話してもいい？」
「うん」
「あたしね、前に聞いたんだ。あかりがお父さんの会社の洋服を悠里たちにあげてるって」
　その瞬間、あかりの表情が曇った。
「少し傷があるだけなのに、新作の洋服がタダでもらえるんでしょ？　それって本当なの？」
　あかりはあたしから顔を逸らして足元に視線を落とす。
「……本当だよ」
　あかりの声が震えている。

「悠里がね、最近洋服をあかりがくれないって話してて。タダでもらえるのに、ケチすぎるって」
「——え？」
　驚いて弾かれたように顔を上げたあかりの目が、大きく見開かれる。
「悠里が怒ってるのってそのせいかもしれない」
「そんな……。あたしが洋服をあげないからなの？　それで怒ってあたしを嘘つき呼ばわりしたっていうこと？」
　あきらかに混乱しているあかり。
「だって、それ以外には考えられないもん。それにね、そうやって言ってたのって悠里だけじゃないの。エリカもなの……。最近、あかりが洋服をくれないってふたりでしゃべって怒ってて……」
「信じられない……。こっちの好意を何だと思ってるんだろう……最低すぎるよ」
　普段おだやかなあかりから出たとは思えないほど、冷めた口調。
「どうしてあたしが、そんなこと言われなくちゃいけないの……？　あたしは……あたしは……」
　顔を歪めて今にも泣きだしそうなあかりの背中を、あたしは優しくさすった。
「ねぇ、あかり。お父さんの会社の洋服をタダでもらってるって……それって、本当なの？」
　いくらお父さんがアパレルメーカーに勤めているからといって、タダで新作の洋服をたくさんもらえるとは思えな

い。汚れやほつれがあるものだって、そんなにたくさんあるはずがない。

しかも、友達に配れるほどたくさんとなったら、さらに現実味に欠ける。

その時、頭の中にある疑惑が持ち上がった。

あかりが高額商品をねらって万引きしていた理由。

今まであかりと一緒にいても、金まわりが良さそうだと思ったことは1度もない。

悠里は、あかりが万引きしている商品は高額だと言っていた。

でも、そんなものを持っているところを、1度だって見たことがない。

万引きしたものを自分で使っていないとしたら……？

そう考えた時、ある1つの考えに行きついた。

それはもしかしたらタダでエリカや悠里へ洋服を渡すためなのかもしれない、と。

「大丈夫だよ、あかり。あたしはあかりの味方だから。ねっ？」

語りかけるように言うと、あかりが決意したように切りだした。

「咲良の言うとおりなの。お父さんからもらってるなんて全部嘘……」

あかりは苦しそうに、どうしてそうなってしまったのか、今日までのことを話してくれた。

高1でエリカや悠里と同じクラスになり、徐々に親しく

なっていったあかり。
　けれど、テニス部のあかりは放課後までふたりと一緒にいることはできない。
　休日もテニスの練習があり、ふたりと遊べる時間は限られている。
　中学時代、友達よりテニスの練習を優先したことで友達ともギクシャクして寂しい思いをした。
　高校に入り今度こそ同じ失敗を繰り返さないと心に決めたものの、徐々にふたりとの距離感を感じて焦りはじめた。
　そんな時、エリカが雑誌であかりのお父さんが勤めるアパレルメーカーの洋服を着ていたのを知った。
　1度だけ、と決めてエリカと悠里に買ってきた洋服をプレゼントした。
『お父さんからタダでもらえたの。だから、ふたりにもあげるね』
　エリカと悠里は大喜びした。
　その日から、ふたりはあかりの存在を認め、常に気遣ってくれるようになった。
　急激に心の距離が近付いた気がした。
『ねぇ、そろそろ新作の発売じゃない？』
　けれど、催促ではないにしろそんなふたりの言葉を無視することはできなくなり、あかりは定期的にふたりに洋服をプレゼントするようになった。
　けれど、お小遣いも少なくバイトもしていないあかりのお金が尽きるのに、時間はかからなかった。

でも、ここで嘘だと話すこともできない。
　あかりにとって万引きは苦肉の策だった。
　万引きしてきた高額商品を転売してお金にして、ふたりへ洋服を買っていた。
「あかりはそんなに大変な思いをしてたんだね……」
　思い浮かべた予想は的中していた。
「もとはと言えば、嘘をついたあたしが悪いの。だけど、洋服をくれないからケチなんて……そんな言われ方をしてたなんて思ってなかった」
「本当、最低だよね。エリカも悠里も図々しいよ。でも、大丈夫。あたしはあかりの味方だから」
「咲良……本当にありがとう。こんな話して……咲良に嫌われたらどうしようって思ってたの」
「話してくれてありがとう。嫌ったりなんてしないよ。でも、もう絶対に洋服を渡したりしたらダメだよ？」
「うん。そうする。あっ、でもこの話……」
「もちろん、エリカにも悠里にも内緒にしておくから安心して。あっ……でも、あかりもエリカと悠里が洋服を催促してたって話は、あのふたりにしないでね」
「うん。話聞いてもらえて少しすっきりしたよ。ありがとう」
　ニコッと笑ったあかり。
　悠里もあかりも単純すぎ。でも、操りやすいに越したことはない。
　すべてはあたしがピラミッドの頂点に立つため。
　そのためにはどんな手段だっていとわない。

「あたしでよければ、何でも話してね」
　あかりに微笑みながら、頭の中では次の作戦の計画を立てていた。

撃沈

　すべて思うがままに進んでいた。
　翌日、一緒のグループにいるものの悠里とあかりは言葉を交わすことも目を合わせることもなかった。
「アンタたち、ケンカでもしたわけ？　こっちまでテンション下がるからやめてよ」
　重たい空気を察したエリカは、露骨に嫌悪感をあらわにした。
　何も知らないエリカと、すべてを知っているあたし。
　おもわずくすっと笑うと、エリカがあたしを睨みつけた。
「咲良、アンタ何がおかしいわけ？」
「ううん、べつに。気にしないで」
　サラッと笑って答える。
　あんなに怖かったはずのエリカに睨みつけられても、もう何も感じない。
「ふーん。ていうか、喉渇いた。咲良、アンタ飲み物自販機で買ってきて」
　グループ内での自分の地位を示したいのか、あたしに顎で指示を出すエリカ。
　すると、あたしが答えるよりも先に悠里が声を上げた。
「ていうかさ、飲みたいなら自分で買いに行ったらよくない〜？　なんで咲良に頼むわけ〜？」
「は？　悠里、アンタ何言ってんの？」

「あたしたち、エリカの召し使いじゃないんですけど〜?」
　悠里の言葉に、エリカが悠里のシャツの襟元をつかんだ。
「アンタ、何言ってるかわかってんの?　誰がアンタのこと助けてやったと思ってんのよ」
　鬼のような形相で悠里にすごんで見せるエリカ。
　でも、悠里はひょうひょうと答えた。
「たしかに１度は助けてもらったけど、もう恩は返したじゃん?」
「アンタ……タバコのこと全部バラされてもいいわけ?」
　悠里に投げかけた言葉。でも、エリカの意識はあたしとあかりの反応に注がれている。
　残念だったね、エリカ。あたしもあかりも全部知ってるの。
　何も知らないのは、アンタだけ。
「勝手にすれば〜?　どうせ、もう時効だっつーの。証拠だってないしさ。つーか、手離してよ」
　悠里がエリカの手を振りはらう。
　普段ならケンカが起きればすぐに止めるはずのあかりも、知らんぷりを決め込む。
　４人の間に流れる不穏な空気を察して、クラスメイトがチラチラと視線をこちらに投げかける。
「悠里、アンタいい加減にしなさいよ」
　エリカが悠里を睨みつける。
「あかりも何とか言いなさいよ!!」
　エリカの怒りの矛先が、あかりに向かう

「――あたしも、咲良に買いに行かせるのってありえないと思う。エリカのそういう態度って傲慢だよ」
　すると、ずっと黙って話を聞いていたあかりもエリカを非難した。
「ハァ……？　マジでアンタたち何なの!?　ウッザ！」
　エリカは捨てゼリフを吐くと、机の横にかけてあったバッグをつかんだ。
「どこ行くの？」
　あたしがたずねると、エリカは憎々しげにこう言った。
「帰る!!　アンタたちみたいなウザい奴らと一緒にいたくねぇし!!」
　烈火のごとく怒り狂ったエリカはあたしの座っている椅子を思いきり蹴飛ばして歩きだすと、わざとらしく音を立てて教室の扉を閉めた。
「何あれ！　マジ最悪なんだけど〜。逆ギレとかありえねー!!」
　悠里が叫ぶと、周りにいたクラスメイトたちが続々と集まってきた。
「エリカちゃん、どうしてあんなに怒ってたの？」
「咲良ちゃん、椅子蹴られてたけど大丈夫？」
「ああいう態度ってないよね〜」
　グループ内で揉め事が起こったことを察して、今までのエリカに言えなかった不満不平が口々に飛びだす。
「エリカちゃんって、本当自己中で最悪！」
「すぐに手を出したりするしね。暴力的なのも嫌！」

「モデルやってるからって調子に乗りすぎだよ」
　エリカの悪口は止まらない。
　教室内でのエリカの地位は、あきらかに揺らぎはじめていた。
　このままいけば、エリカが1軍から弾きだされる日も近い。
　悠里とあかりを従えてスクールカーストの頂点に立つ日が待ち遠しい。
　すべてうまくいっている。
　あと少し。あと少しだ。
「——こんなのおかしいと思う」
　教室内でエリカの悪口合戦が始まった矢先、誰かが声を上げた。
　それが瑠璃子だと気付き、視線を向ける。
「おかしいって、何が？」
　そうたずねる。
「砂川さんがいないのに、こうやって集団で悪口を言うのはおかしいわ。言いたいことがあるなら直接本人に言えばいいじゃない。それができないなら、こんなところで言うべきじゃないわ」
「言いたいことはそれだけ？」
「ええ」
「でも、みんなエリカに傷つけられてきたんだよ？　目の前で罵られたりした子だっている。あたしだって今、椅子を蹴られたし、悠里は襟をつかまれてすごまれたの。そん

なことしてたら不満が出てもしょうがないでしょ?」
「たしかに砂川さんも悪かったと思う。でも、だからと言ってこんな風に悪口を言いあっちゃいけない。それじゃあ、砂川さんがしてきたことと変わりないじゃない」
「因果応報だよ。エリカがみんなにひどいことをしてきたからこうやって悪口を言われたりしてるの。自分が蒔いた種なんだもん仕方ないよ」
「それでも、この悪の連鎖を誰かが止めるしかないの。やられたことを根に持ってやり返していたら、いつまでたっても終わらないのよ」
「じゃあ、嫌なことをされてもやられっぱなしで我慢しろっていうの? やられる人はずっとやられて、やる人はずっとやる。その立場は永遠に変わらない。だとしたら、やられる側はずーっと我慢していればいいわけ? それで、いつかは報われるの?」
「報われるかどうかは、その人次第よ」
「……はいはい。そんな理想論を話してても何の解決にもならないから。本ばっかり読んで現実逃避してる人にはわからないかもね。小説みたいにすべてがハッピーエンドで終わるわけではないから」
「すべてがハッピーエンドではないわ」
　瑠璃子が反論する。
「まぁ、そんなのどっちでもいいけど。とにかくこれ以上あたしのやることに口はさんだらただじゃおかない。それだけは言っておくから。これは最終警告だから覚えてお い

て」
　はっきりそう言うと、瑠璃子の表情が曇った。
　そして、呟くような声で「やっぱり……あなたは変わってしまったのね」と瞳に諦めの色を映した。
　瑠璃子が何て言おうがあたしには痛くもかゆくもない。
　もし、あたしの計画を邪魔しようとするならば排除するだけのこと。
　あたしはぷいっと瑠璃子から顔を背けると、
「ごめんごめん。なんかシラケちゃったよね！　さっきの話の続きしよ！」
　あたしは周りにいるクラスメイトに笑顔を向けた。
「あっ、うん！　それでね、エリカちゃんが前にね——」
　再び始まったエリカへの悪口。
　流れは確実にこちらに向いている。
　あたしは心の中でにんまりと微笑んだ。

　その日から、エリカへのクラスメイトの態度が少しずつ変わっていった。
　それに気付いているのか、エリカは毎日不機嫌であたしたちやクラスメイトに当たりちらした。
　悪循環は続き、ストレスをかかえたエリカは過食（かしょく）するようになった。
　昼休み、食堂で食べるパック弁当では足りずに、こっそりと売店で菓子パンを買っている姿を何度となく目撃した。

『モデルは体力勝負だから仕方ないの』
　聞いてもいないのにそんな言い訳をするエリカが滑稽だった。
　すべすべだった肌は荒れ、ニキビが目立ちはじめ、スリムだった足にもわずかな贅肉(ぜいにく)がついた。
　すべての計画が順調に進んでいる中、放課後、あたしは以前お金で雇った男を校門の前で待機させた。
「ねぇ、見て！　校門に超イケメンがいるんだけど!!　誰かの彼氏かな!?」
　校舎から校門を見おろしたクラスメイトが気付き、声を上げた。
「えっ、どれどれ!?」
「ホントだ！　カッコいい!!　モデルみたいじゃない？」
　声につられて窓際に向かうと、あたしは周りに聞こえるぐらいの声量で言った。
「あっ！　あれ……あたしの彼氏だ。来るって言ってなかったのに！」
　その声にクラスメイトが反応する。
「あれって咲良ちゃんの彼氏なの!?　超イケメン！」
「いいなぁ〜あんなにカッコいい彼氏がいて!!　羨ましい!!」
「前に見せてもらった写真の彼氏？　超カッコいいじゃん!!」
「え〜？　そんなことないよ〜！」
　周りからの羨望(せんぼう)のまなざし。

感嘆の声。
謙遜しながらも、心の中は優越感で満たされていた。
女子校で彼氏がいるとなれば一目置かれる。
しかも、それが誰が見てもイケメンと思うような彼氏だったらなおさらのこと。
彼氏のレベルは自分のステータスにも繋がるのだ。
計画どおり、窓際からブンブンと手を振ると、校門にいた彼もあたしに向かって手を振る。
その瞬間、周りから黄色い悲鳴が上がる。
校門で数分待機して、笑顔で手を振るだけで5000円も稼げるんだから、いいアルバイトだろう。
あたしにとっては痛い出費でしかないけれど。
「なんかはずかしいなぁ。ちょっと行ってくるね」
あたしはクラスメイトにそう告げ教室を飛びだした。

「はい、約束の5000円。今日はありがとう」
「こちらこそ、どーも。ラクなバイトでマジ助かるし。またいつでも呼んでよ」
顔とスタイルはいいけれど、頭の中がからっぽのこの男は5000円札をつかむとにんまり笑った。
「つーかさ、この学校に読者モデルの砂川エリカがいるってマジ？」
「……どうして？」
「俺、元モデルだろ？　今は大学に通ってるし時間もないから活動してないけど、今も昔のツテがあるんだよ」

「ふぅん、それで？」
　相手は年上だ。でも、主従関係ではあたしが上に立っている。
　せかすようにたずねる。
「彼女のとっておき情報、知りたくない？」
「とっておき？」
「あぁ。彼女が一発で破滅するようなとっておきの情報」
「一発で破滅する……？」
　それは、あたしにとって喉から手が出るほど欲しい情報だった。
　クラスの中でエリカの存在は徐々に薄れつつある。
　悠里とあかりを取り込んだ今、エリカの味方になりそうな人はもういない。
　でも、クラスメイトはまだエリカを心の中では恐れているに違いない。
　エリカのいないところでなら悪口を言えるものの、面と向かって刃向かう人はいない。
　今もそれだけエリカがクラス内で影響力を持っているといえる。
「どう？　知りたくない？」
　男があたしを試すように見つめる。
「知りたい。でも、証拠はあるの？」
「もちろん。ここにある。読者モデルとはいえ、雑誌でも人気の子だろ～？　そんな子のスキャンダルを知りたくない奴なんていないでしょ？」

ポケットの中から、写真のようなものを取り出した男。
「で、どうすんの？」
　もったいぶる男が何を望んでいるのか気付いたあたしは通学バッグの中から財布を取り出した。
　これで今月分のお小遣いはすべてなくなってしまう。
　でも、エリカをおとしめられる情報があるのならば金なんて惜しくはない。
「——１万でいいでしょ？」
「まいどあり～」
　１万を渡すと男は大事そうにポケットにしまい込み、代わりに写真を差しだした。
　そして、自分が知っているというエリカのとっておき情報を話しはじめた。

「ねぇ、今月のエリカちゃんのページ少なくない……？」
「あー……、たしかに」
　エリカの載っている雑誌の新刊が発売された日の昼休み、クラスメイトがそんなことを口にした。
　たしかに、あきらかにエリカの露出は減っていた。
　エリカの暴飲暴食は日を追うごとにひどくなっていき、シュッと尖っていた顎は丸くなり、二重顎にまでなった。
　読者モデルはエリカ以外にもたくさんいる。
　体形を維持できないエリカが切り捨てられるのは、ごく自然のなりゆきだった。
「ちょっと貸しなさいよ!!」

それを聞きつけたエリカはクラスメイトから雑誌を取り上げると、乱暴にページをめくった。
　血走った目が、エリカの精神状態を表しているようだ。
「何これ……。どうしてこんなにあたしが軽い扱いなの!?　信じらんない!!」
　街で撮られたスナップショットを見て絶句するエリカ。
　普段はページの半分近くを占めているはずのエリカが、ページの隅に追いやられている。
　しかも、エリカが登場するのはそのページのみ。
　読者モデルとして見開きページに自分だけの特集を組まれたことのあるエリカにとって、これは最上級の屈辱だったに違いない。
　怒り狂ったエリカは雑誌を破ると、床に投げつけた。
「あっ、今朝買ったばっかりなのに……!!」
　雑誌を破かれたクラスメイトが非難の目を向ける。
「ハァ!?　うるさい!!　アンタみたいなデブ女が雑誌を読んだところで洋服だってキレイに着こなせるわけないし、おしゃれになんてなれないわよ!?」
「そんな言い方、ひどすぎるよ……!」
　雑誌の扱いが相当ショックだったのか、エリカは我を失っているようだ。
「――うっせー、デブ」
　あたしがポツリと呟くと、クラス中の視線があたしに注がれた。
「は……?　咲良……アンタ今、誰に向かって言ったわ

け……？」
　わけがわからないという表情のエリカ。
　あたしは椅子から立ち上がりエリカの前まで歩み寄り、向かい合う格好になった。
　そして、にっこりとエリカに笑いかけた。
「エリカのことだけど？」
「あたしのこと……？」
「そう。デブなのってエリカの方じゃん。顔なんてパンパンだし、足だって太いもん。それでまだモデル気分？　笑わせないでよ。……ぷっ、絶対無理でしょ～？」
　あはははと笑うと、エリカの目が吊り上がった。
「アンタ……どういうつもり？　自分の言ってることがわかってるの？」
「もちろん。正直、そう思ってるのってあたしだけじゃないと思うよ」
「──ふざけんな!!」
　エリカの手があたしの左頬をはたいた。
「いったぁ……」
　歯が当たり、唇から血が出た。それを指先で拭う。
「そうやって怒ると手を出す癖、直した方がいいと思う」
「うるさい!!　あたしのことバカにしやがって!!　絶対に許さない!!」
　血走った目であたしを睨みつけるとエリカはあたしにつかみかかろうとした。
　けれど、その瞬間あうんの呼吸でやってきた悠里とあか

りがエリカの両腕をつかんで拘束(こうそく)した。
「ちょっ、悠里……あかり？　何なのよ!!　離しなさいよ!!」
　エリカが叫ぶ。
　悠里とあかりは計画どおりに動いてくれた。
「エリカ、前に言ってたよね？　彼氏がいるって」
「それがどうしたのよ!?」
「まさかとは思うけど、彼氏ってこれ〜？」
　あたしはポケットの中から取り出した写真をエリカの目の前にかざした。
　その瞬間、エリカは愕然(がくぜん)とした表情を浮かべた。
「これが彼氏？　どう考えても、これって50代の中年のデブな脂ぎった顔のおっさんだよね？　しかも、ハゲ」
「どうしてそんな写真をアンタが……」
　昨日、男から１万で買った写真には、デブハゲ親父と腕を組んでいるエリカがラブホに入る瞬間が収められていた。
　しかも、このオヤジはエリカの彼氏ではなくエリカが読者モデルとして活躍する雑誌の50代の編集長。エリカが枕営業をかけているのは、偽(いつわ)りのない事実だった。
『砂川エリカって枕営業するってモデルの中では相当有名。だから、モデル仲間にすっげぇ嫌われてて、専属モデルの子からイジメられてるって聞いたことがある』
『そうだったんだ……』
『モデルには細くて可愛くてスタイルが良い子なんていく

らだっているからね。砂川エリカはそれをわかってて枕営業してんだろう。そこまでしてでも、モデルでい続けたかったのかもしれないけど』

　男の話は寝耳に水だった。

　エリカがモデル仲間から嫌われているだけではなく、イジメられていたなんて。

　学校での自己中で女王様のようにふるまいは、モデルを続けていくストレスの反動だったのかもしれない。

　そして、学校で自分よりも太っている子を見つけてはデブと罵っていたのもそれが影響しているに違いない。

　それが、モデルとして常にスリムな体形を求められてきたエリカのストレス発散法だったんだ。

　今は人をデブと罵れるほどスリムではない。

　エリカの一番の自慢だった"読者モデル"という肩書が崩れ去るのも時間の問題だ。

「まさか、エリカが枕営業してたなんてね～。ビックリなんだけど！　彼氏がいるっていうのも嘘～？　それとも、このハゲが彼氏～？」

　わざとらしく大声で言うと、クラスメイトが飛びつくようにあたしの手元の写真を覗き込んだ。

「うわっ、本当だ……」

「こんなオヤジとマジ無理！」

「気持ち悪!!」

　周りの声にエリカの顔が強張る。

「ずーっと食べ物を我慢してきた反動で食べすぎちゃって、

今じゃ別人みたいになっちゃったもんね。しかも、こんな写真がネットに流れでもしたらもうモデルなんてやってられないかもしれないねぇ」
「そんな……」
　事の重大さに気付いたエリカが、まっ青な顔で唇を震わせる。
「……その写真、あたしに返してよ？」
「え？　この写真？　嫌だよ、さっきあたしの頬たたいたし」
「悪気はなかったの……ただ、デブって言われたからつい……」
「つい？　エリカだってさっきデブって言ってたでしょ？　ちゃんと謝った方がいいんじゃない？」
　雑誌を破かれたクラスメイトが眉間にしわを寄せてエリカを睨む。
「……ごめん。この雑誌はあとで弁償するから」
　エリカが謝っても、クラスメイトは目すら合わせようとしない。
「咲良も……さっきはたいてごめん。もうしないから、だから写真を返して？　あたしにはモデルしかないの。だから――」
　女王様だったエリカがあたしに半泣きの状態ですがりついてくる。
　心の中が爽快な空気で満たされる。最高に気分が良い。
「その軽い謝り方何？　ちゃんと謝ってよ」

「え……?」
「言われないとわからないわけ? まぁ、しょうがないか。モデルってだけで、頭の中からっぽだもんね」

 ののカンニングがバレた時、エリカは今のあたしのようにののを罵った。

 自分が逆の立場になった気持ちはどう? エリカはワナワナと唇を震わせながらも言い返してはこなかった。

 それほどまでにエリカはモデルに執着していた。
「ごめんなさい……。写真を返してください……」

 悠里とあかりが目を見合わせてエリカの腕の拘束を解いた。

 エリカは崩れ落ちるように座り込み頭を下げる。

 モデルを続けたいというエリカの気持ちは十分にわかった。でも、まだ許すわけにはいかない。

 このクラスのリーダーが変わる瞬間を、クラスメイトたちの脳裏に刻みつけないといけない。

 もちろん、エリカにもあたしの方が上だと示さなければ。
「謝ったぐらいで許されるわけないでしょ? 頬をたたかれて、唇から血が出たんだよ? エリカは今まで何人の子にひどいことしてきた? 汚い言葉で罵った? みんなを傷つけておいて、ごめんねのひと言で済むわけ?」
「それは……」
「そんなの都合よすぎじゃない? ねぇ、みんなもそう思わない?」

 周りに視線を走らせる。クラスメイトはあたしに賛同す

るように声を上げた。
「そうだよ！　ひどいことたくさんしてきたじゃない！」
「今さら謝られたって許せるはずないよ」
「だよね!!」
　クラス中が、エリカを敵対視して追いつめようとした。
　エリカという敵を、クラス中が一致団結して排除しようとしている。
　その団結力は想像以上だった。
　今までエリカに対して溜まった不満という不満が噴出して、クラス中を包み込んでいた。
　予想以上の攻撃に、強気なエリカの心が折れかかっている。
　追いうちをかけるなら今だ。
　やるなら徹底的にやらないといけない。わずかな同情も何もかも捨て去って、二度と1軍に返り咲けないほどに完膚なきまでにたたきのめす。
「エリカ、どうする？　みんな怒ってるよ？　今までみんなを傷つけた罰を受けないとね」
　あたしは、正座するエリカの膝に自分のつま先を向けた。
「ののにもやらせてたじゃない。どうすればいいかはエリカの方がよくわかってるよね？」
「アンタ……」
　怒りに燃えるエリカの瞳。これ以上の屈辱はないはずだ。
　クラスメイトが固唾を飲んで動向を見つめる。
「咲良、ちょっとあたしに代わって〜？」

すると、悠里があたしとエリカの間に割って入った。
「アンタみたいなのが読者モデルとかマジありえないんだけど。もう今じゃただのブタじゃん～？」
　悠里はエリカの前髪をつかむと、ぐっと引っぱってうつむいていた顔を無理やり持ち上げた。
　エリカは歯を食いしばって堪えている。
「どう？　悔しいでしょ？　こんなことされたことないだろうしね～。今までさんざん好き勝手やってきたけど、今日からそうはいかないからね～？」
　顔は笑っているのに目が笑っていない。悠里はもうエリカを友達として認識はしていない。
　悠里はもう完璧にこっち側の人間になった。
「今日からエリカと口きいた奴罰ゲームね～！　いないものだと思って無視してね～」
　悠里がそう言った瞬間のことだった。
　エリカがペッと悠里の顔に唾を吐きかけた。
「うわっ‼」
　驚いた悠里がエリカの髪から手を離すと、エリカはスッと立ち上がった。
　さっきまでの憔悴した態度とは打って変わり、開き直ったかのように見える。
　エリカの反撃にクラス中がざわめく。
「あたしがブタだとしても、アンタよりはマシ。アンタより細いし可愛いし。アンタなんて黒いだけ。ゴリラみたいじゃない」

エリカの心はまだ折れてはいなかった。
「ちょっ……！」
　動揺した悠里は言い返せない。
「最近はちょっとストレスで食べすぎてたけど、少し食べ物を控えれば前みたいにスリムになれるし。さっきの写真も好きにすればいいでしょ？　あの写真ってあきらかに隠し撮りだし、意図的にラブホに入ったように見える角度で撮ってるし。事実、あたしはあの日あの人とホテルになんて入ってないから」
　エリカは立ち上がると、あたしの手の中の写真をひったくりびりびりに破いた。
「この写真を破いたって意味ないけど？　ほかにもデータがあるんだから」
「だから好きにすればって言ったでしょ？　あ～あ。最初からこうすればよかった。慣れない演技なんてする必要もなかったわ」
「本当にいいの？　ネットでバラされても」
「好きにしたらいいじゃない。あんなの見られたって、たいしたことないし。それにね、あたしもそろそろ読者モデルの枠から出て専属目指そうとしてたところだから。今より年齢層が上の雑誌の専属にもう内定してるのよ」
　エリカはそう言うと、にっこりと笑った。
「あたしをナメんのもいい加減にしなさいよ」
　その言葉からは、心の底からの憎しみを感じた。
　専属に内定？　その体で？

心の中でクスリと笑った時、ずっと黙っていたあかりが口を開いた。
「残念だけど、その内定話ってもう無効だよ」
「……は？　何言ってんのよ。そんなはずないでしょ？」
「うちのお父さん、業界に知り合いもたくさんいるの。だから、エリカに仕事をまわさないようにしてってお願いしたの」
「な、なによそれ。どうして……？」
「最初はお父さんもそんなことできないって反対したよ。でも、ちゃんと説明したらわかってくれたの」
「は……？　ありえないから！」
　エリカが笑いとばす。けれど、あかりはいたってマジメに答えた。
「エリカって素行に問題があるでしょ？　クラスメイトをイジメたり、罵ったり。そんな人が専属モデルになってみんなに尊敬のまなざしで見つめられるなんて絶対にありえない。その陰でつらい思いをしたり、泣いている人だっているのに。そんなのおかしい」
　あかりははっきりした口調で言った。
　万引きしてまで洋服をプレゼントしていたのに、エリカは感謝するどころかケチだと自分の悪口を言っていたと聞かされたあかり。
　すべてあたしの作った嘘だけれど、あかりはエリカを許せなかったんだろう。
「さっきの新刊もおかしいと思わなかった？　もっとたく

さん撮影したでしょ？　それがすべてボツになって、載っているのはスナップ1枚だけ。しかもごく小さな扱い」
「嘘でしょ……？　そんな……あかりのお父さんにそんな権力があったっていうの……？」
「お父さんの力だけじゃないよ。すべてはエリカの日頃の行いの悪さのせい。悪いことしたら、全部自分に返ってくるんだから。これ見てみればわかるよ。自分がどんなに嫌われてるか」
　あかりはそう言うと、スマホを取り出して画面を見せつけた。
「な、何よこれ……」
　ネットの掲示板を見たエリカは絶句した。
【大人気読者モデルの砂川エリカが編集長と不倫してるってマジ？】
『枕営業　砂川エリカのヒミツ』『砂川エリカの黒い歴史』『性格最悪！　砂川エリカアンチの集い』『砂川エリカ、激太り』
　スレッドはほぼすべてエリカの悪口で溢れていた。
　その中にはクラスメイトでしか知りえない情報もたくさん書かれていた。
　エリカはあきらかに動揺していた。
　専属モデルに決まっていたという安心感から、強気に出られたんだろう。
　でも、今は状況が変わってきた。
「べつにネットでたたかれたって、モデルできなくなるわ

けじゃないし？」

エリカが強がってそう言った時、

「エリカぁぁぁぁぁぁーー!!」

叫び声を上げた悠里が右手を振り上げてエリカの左頬をはたいた。

その瞬間、「痛い!!」という悲痛な声を上げてエリカが頬を押さえた。

「あっ……」

悠里が自分の手をぼんやり見つめる。

『ねぇ、悠里。新しいネイルしてあげる。スカルプネイルはどう？ 悠里ってすごい指が長いし絶対に似合うと思うの』

スカルプチュアネイルとは、自分の爪にチップを乗せ、それを特殊なアクリルで固めるネイルのこと。

付け爪などと違って簡単にとることはできず、長さも自由に選べる。もちろん、爪の先を鋭くすることなんて簡単だった。

『そうかな〜？ じゃあ、やってもらっちゃおうかな！』

昨日、悠里をその気にさせて長さだしのできるスカルプネイルを施した。

『何かこれ、いつも以上に先の方尖ってない？ これでいいの？』

『あ〜、ごめん。ちょっと尖りすぎてるね。もう遅いし、明日学校で微調整するね。ケガしないように気を付けてね』

悠里の爪の先端がまっ赤な血で染まっている。
「嘘……でしょ……？」
　エリカの頬から血がしたたり落ちる。
　それに気付いた瞬間、教室中がどよめいた。
　小さな悲鳴を上げたり、顔を歪めている子が目立つ。
「やだ……！　顔が……どうしよう……！　あたしの顔が……!!」
　エリカは這いつくばるように足元に転がるバッグをつかみ、鏡を取り出す。
　ウエットティッシュで傷を拭き、様子を確認したエリカは絶句した。
　左頬に10センチほどの横長の傷が３本も平行についている。
　その傷からは、まだ鮮血がにじんでいる。
　思ったよりも傷は深く、化粧でなんとかなるレベルではない。痕(あと)が残ってしまうのは確実だろう。
　悠里の爪を鋭利(えいり)に尖らせておいて正解だった。
　でも、すべてはエリカが悪い。悠里をここまで怒らせなければ、たたかれたりしなかったんだから。
「エリカ……ご、ごめん……」
　動揺した悠里がエリカに手を伸ばすと、エリカは悠里の手を振りはらった。
「アンタのせいよ……!!　傷が残ったら、アンタのこと殺してやるから!!」
　エリカは血走った目でそう言うと、傷口を押さえたまま

教室を飛びだした。

　教室内に重たい空気が流れる。

　すると、悠里があたしにすがりついた。
「どうしよう、咲良。あたし……あたし……」
「大丈夫だよ、悠里。最初に悠里に唾を吐きかけてケンカを売ったのはエリカなんだから」
「そうかな……？」
「そうだよ。それに、悠里が顔に傷をつけなかったとしても、もうモデルとして活動することはできないんだから。これでようやく目が覚めるんじゃない？　ねっ、あかり？」
「……うん。そうだね」

　エリカの排除は成功した。

　さっき破かれてしまった写真のデータもすでにネットにばらまいて、複数の掲示板に投稿しておいた。

　エリカはもう終わりだ。

　クラスをぐるりと見わたす。

　1軍のリーダーが変わることを察して、とまどっているクラスメイト。
「みんな、騒がしくしてごめんね。でも、もう大丈夫だから。これからはクラスみんなで仲良く過ごそうね？」

　あたしが声を上げると、クラスメイトがそろってうなずいた。

　このクラスはもう、あたしの手の中にあるも同じ。

　今日からあたしがこのクラスのトップだ。

　この地位は誰にも渡さない。

あたしは心の中でそう誓った。

第四章

クラス内勢力図

新・女王 葉山咲良

1軍 派手系
佐藤悠里
木内あかり

2軍 スポーツ系など

3軍 普通系

1軍から転落／1軍から転落
鮎田樹里　柳いずみ
その他…

4軍 オタク・ガリ勉系

鮫島早苗
その他…

5軍 イジメられっ子

女王から転落／3軍から転落／3軍から転落
砂川エリカ　神崎のの
山田萌　　岡村マキ
　　　　　塚原瑠璃子
1軍から転落
その他…

頂点

「あたし、今日用事あるんだよなぁ。誰か委員会、代わりに出てくれないかな……」

放課後、ポツリとそう漏らして視線をあたりに走らせる。

「あたしやるよ!!」

即座に近くにいた子が手を挙げた。

「ありがと。じゃ、よろしく。それと、来週もよろしくね」

委員会で使う資料をその子の机にぽいっと投げつける。

「え……？　来週も……？」

「何か文句ある？」

睨みをきかせると、彼女は困ったように視線を手元に下げた。

「あっ……ううん、ないけど……」

「そ？　じゃあ、お願いね。その代わり、来週1週間あたしたちのグループに入れてあげるから」

あたしはそう告げると、彼女に背中を向けた。

結局、エリカの頬には深い3本の傷が刻み込まれた。

目立つ場所にできてしまった傷は、予想どおり化粧では隠しようがなかった。

時間と共に傷はかさぶたになる。少しずつ良くなってはいるものの、まるで猫のヒゲを描いたかのようなマヌケな顔をしたエリカが登校してくると、おもわず大声で笑ってしまった。

けれど、あたしが笑ってもエリカは怒らなかった。

怒る気力すらないように思えた。最近ではいつもぼんやりとどこかに視線を漂わせていることが多い。

あかりのお父さんのおかげか、それともネットの効果か確かなことはわからないけれど、エリカは完全にモデル界から干された。

以前はあんなに気にしていた体形も、もう気にならなくなったに違いない。

日に日に太っていくエリカは滑稽でしかない。

これ以上太ったら、山ちゃんといいコンビが組めるかもしれない。

山ちゃんも、あれ以来学校ではほとんどしゃべらず空気のような存在だ。

死んだ魚のような目をしている生気を失ったエリカとは、今度こそいいコンビだ。

「咲良～、あのさ、さっき塚原ちゃんと鮫島ちゃんが一緒にいて何か話してたよ～?」

あたしの席にやってきた悠里がコソッと耳打ちする。

「何の話してたの?」

「わかんない。だけど、なんか楽しそうだった」

わからないけど楽しそうだったって? 何よそれ。ほんっと使えない女。

会話の内容を聞いてこれないとか、バカなの?

いちいち説明しないとわからないなんて、脳みそ腐ってんじゃないの?

「そっか。今度は何を話してたか聞いといてね」
「了解〜！」
　悠里はにんまりと笑った。
『あたし、ぶっちゃけ１軍のリーダーになんてなれなくたっていいんだよね〜。咲良っていう親友がいるだけで十分だし』
　エリカを引きずりおろしてからすぐ、悠里はそう話した。
　当たり前でしょ。アンタはリーダーになれる素質なんて、これっぽっちも持ち合わせていないんだから。アンタはあたしの駒のひとりにすぎないのに、何をわかりきったことをドヤ顔で話してんの？
『あたしもだよ。悠里っていう親友がいればいいの。だから、もしあたしが困ったことがあったら、親友として協力してね？』
『もちろん！』
　悠里はその日からあたしの従順な犬と化した。ただ、バカなのが致命的だった。
「ねぇ、そういえばあかりは？」
　教室内を見わたす。あかりの姿が見えない。
「あー……、たしかにいないね。部活に行ったんじゃない？」
「部活？　それなら、何かひと言あってもよくない？」
「たしかにそうかも〜！　てかさー、最近、あかりってば付き合い悪くない？」
「悠里も……そう思ってた？」
「うん。エリカがグループから抜けたあとからちょっと変

になった気がする」

 悠里まで気付いていたということになると、あかりの態度はあからさまだということ。

 エリカを排除した日から、あかりはなぜかよそよそしい態度を取るようになった。

 あかりの性格から察するに、悠里がエリカの顔を傷つけてしまったことを気に病んでいるんだろう。

 でも、それだけではないのをあたしは知っている。

 あかりは２軍のグループと頻繁に連絡を取りあっている。

 以前、体育の授業中、お腹が痛いとトイレへ向かうふりをして輪から離れたあたしは、教室に戻りあかりのスマホを盗み見た。

 暗証番号は【0000】。これじゃあロックをかけている意味がまるでない。

 メッセージの内容はとくにこれといった問題はなかった。

 けれど、ところどころ話が飛んでいる部分があったのに気付いた。

 どうして削除する必要があったのかはわからない。

 けれど、不穏な動きをするあかりをこのまま放っておくわけにはいかない。

「ねぇ、悠里。ちょっと手伝ってほしいことがあるんだけど」

 あたしはにっこりと悠里に微笑んだ。

 １軍から５軍まで、あたしはクラス中すべての関係を把

握していた。
　誰と誰が仲が良いか、誰と誰が仲が悪いのか。
　そして、仲が良い人たちを仲たがいさせ、仲が悪い人たちの関係をさらに悪化するように仕向けた。
『大丈夫だよ。あたしは味方だからね』
　最後にそう付け加えれば、みんな簡単にあたしの話を信じ込んだ。

　そして、あかりもすぐに２軍から弾きとばされ、あたしたちのグループに戻ってきた。
「ねぇ、咲良。あのさ……あの子たちに何か言ったりした？」
「あの子たちって誰のこと？」
「あたしが最近仲良くしてたクラスの子たち」
「べつに何もしてないけど？」
「そっか……。それならいいんだけど」
　昨日まで仲良くしてた子たちが、なぜ急に冷たい態度を取るようになったのか理解できない様子のあかり。それもそのはず。あたしに命令された悠里が動いてくれたから。
『あかりと仲良くしたら、どうなるかわかってるよね～？』
　悠里はそう言いながらわざと爪をいじった。
　それは、すべてあたしの指示だった。
　エリカの顔の傷を思い出したのか、２軍グループは悠里に従い、あかりを無視するようになった。
　強力な力で押さえつければ、抵抗することも抵抗する気もなくなる。

エリカには強力な後ろ盾がなかった。
　エリカは悠里をうまく操ることができなかったから。
　その点、あたしは悠里を最大限に利用している。
　悠里がいれば、あたしはこの地位を卒業まで維持できるに違いない。

　けれど、予想外の出来事が起こったのはそれからすぐのことだった。
　数日前に行われたテニスの大会を見に来たスカウトマンの目に留まり、あかりは高校卒業後プロになる道を勧められたというのだ。
　その噂は瞬く間に教室中に広がり、あかりは注目の的になった。
「あかりちゃん、すごいね～！」
「プロになるの？　ねぇ、サインしてよ！」
　めずらしいことに目のないクラスメイトたちは、あかりの席を取り囲んで感嘆の声を上げる。
「そんなことないよぉ。まだなるって決めたわけじゃないし。とりあえず、来週ある決勝戦で勝つことしか今は考えてないの」
「すごいなぁ～。本当尊敬する！」
「そんな褒めないでよ～。でも、嬉しいな。ありがとう」
　クラス中が祝福ムードになる中、あたしの心の中には悶々とした苛立ちが募っていった。
　注目の的になり、おだてられているあかりがうっとうし

くてたまらない。
　そもそも、1軍の頂点にいるのはあたしだ。
　このあたしを差し置いてどうしてあかりがチヤホヤされるのか理解できない。
　ほかの奴らもそうだ。あたしの前でどうしてあかりを褒めたたえるわけ？
　まっ黒い感情が体中を支配する。
「万引き犯のくせに偉そうにしちゃってさ～。ありえないんだけど！」
　あたしの心を覗いたかのようなタイミングで、悠里が大声で叫ぶ。
　あかりは驚いた顔で振り返った。
「えっ……？　今……何て？」
　あたりがシーンっと水を打ったように静まりかえる。
「だーかーらー、あかりってば毎日のように万引きしてたでしょ？　そんなことしてた人がプロ？　ありえないんだけど！」
　クラスメイトたちは、あかりが本当に万引きをしているなんて思っていないかもしれない。
　けれど、悠里のそのひと声でさっきまでの祝賀ムードは崩れ去りシラケたムードが漂った。
　悠里も意外とやるじゃない。あかりの顔が歪んだのに気付いて、心の中で悠里に拍手を送る。
「悠里……どうして？」
　目に涙を浮かべているあかり。

悠里はにっこり笑って答えた。
「あっ、言っちゃマズかった？　ごめんね〜。口が滑っちゃって」
「ひどい……。友達だと思ってたのに……!!」
　あかりはそう言うと、涙を流しながら駆けだした。
「悠里、ちょっと追いかけよう」
　あかりを追いかけながら、さっき思いついたことを悠里に話す。
「それ……マジで実行するの〜？　たしかにあかりのことはムカつくけど、ケガとかしたらヤバくない？　ほら、あの時のエリカみたいに……」
「大丈夫だって。エリカだってエリカの親だってべつに何も言ってこないでしょ？　あれは事故なんだよ？　今回も誰がどう見たって事故だよ」
「そうかな……」
　少しとまどっている悠里を安心させるようにあたしは微笑みかける。
「大丈夫だって。そんな大事にはならないから。あたしと悠里を裏切ってほかのグループに入ろうとしたのはあかりだよ？　ちょっと痛い目にあわせてやらなくちゃ。それにほら、悠里だってあかりに物乞いって言われたでしょ？　今でもそう思われてたら悔しくない？」
「そうだったね……。うん、わかった。あたし、言われたとおりにするから」
　決意したようにうなずく悠里。

「悠里ならできるよ。だって、あたしの親友だもん」
　あたしはまたにっこりと悠里に微笑みかけた。

「──あかり‼」
　廊下の突きあたりにある階段で、あかりを呼び止める。
　あかりは目をまっ赤にして泣きじゃくっていた。
「ひどい……。みんなの前であんなこと言わなくてもいいのに！」
　悠里に非難する目を向けるあかり。
　けれど、予想に反してあかりはあたしにまで敵意をあらわにしてきた。
「他人事みたいな顔してるけど……咲良だって悠里と一緒だよ‼　ううん、悠里より最低かも」
「え……？　あかりってば何言ってるの？」
「山ちゃんに聞いたの。咲良が山ちゃんにした話も……全部」
「ふーん、それで？」
「咲良はみんなに嘘の話を吹き込んで洗脳しようとしてる！　そのせいで山ちゃんは大好きなソフトボールができなくなった。結局、廃部になることに決まったって、泣いてたんだよ？　山ちゃんを陥れてどうするつもりだったの？」
「どうする？　べつにどうもしないけど？　山ちゃんに何を聞いたのかわからないけど、あたしが嘘の話を吹き込んだとか洗脳とか……ぜんぜん意味がわからないんだけど」

「とぼけないで!!　きっとこれから先、咲良がしてきた悪事がみんなに知れわたる日が、かならず来るから」
「だからあたしはべつに何も悪いことなんてしてないって言ってるでしょ？　自分が万引きしてたことを、大っ嫌いな悠里にバラされてムカつく気持ちはわかるよ。でも、八つ当たりしないでくれる？」
「なっ……」
　あかりが目を見開いた。
　隣にいた悠里も「ハァ～？」とあかりを睨みつけた。
「あかりってさ、前から悠里の悪口言ってたもんね。ああいうのってどうかと思うな。清潔感がないとか、あと何だっけ……？　黒肌が似合わないとか……言ってたよね？　悠里の黒肌は生まれつきだよ？　可愛いと思うよって言ったら、あかりってば首かしげてバカにしたように笑ったよね？」
「咲良……な、何言ってるの？　一体何の話をしてるの？」
　あかりが一歩あとずさる。
「しらばっくれたってムダだよ？　悠里のこと、下品って言ったこともあったよね？　このグループの中で特技がないのって悠里だけってバカにもしてたし。顔は広いかもしれないけど、親友って呼べる人がいないのもかわいそうって言ってたでしょ？」
「そんなこと言うはずないでしょ!?」
　あかりが叫ぶ。
　あたしに責め立てられて、いつの間にか階段の最上部の

ギリギリまで追いやられていたあかり。バランスを崩せば階段下に真っ逆さまだ。
「今わかった。山ちゃんのこともこうやって追いつめたんでしょ……？ そうやってデタラメな話を作って聞かせて……信じられない!! 咲良、最低だよ!! そんなことしてたら、いつか地獄を見ることになるから!!」
　何言ってんの？
　これから地獄を見るのはあかり……アンタだよ。
「咲良が裏で全部操ってたって、クラス中に広めてやる!!」
　あかりが叫んだ瞬間、あたしの横から伸びてきたふたつの手のひらがあかりの両肩を押した。
「え……？」
　あかりは目と口を大きく見開いて両手で空中をかき、バランスを取ろうとした。
　けれど、間に合わずそのまま階段の一番下まで転がり落ちていった。
　ゴロゴロと回転しながら落ちていくあかり。
「ふふっ……」
　その様があまりにも滑稽で、おもわず笑みが漏れる。
　仰向けで倒れたあかりは苦悶の表情を浮かべた。
「……悠里っ……どうして……？ ねぇ……どうしてなのぉおおお!!」
　あかりはなんとか体を起こすと、右の太ももを押さえながらこちらを見上げ、声の限り叫んだ。
　あたしはあかりから目を逸らして隣にいる悠里を見る。

「肩をぶつけるはずだったのに、どうして押したの？　これじゃわざとって言われても仕方ないじゃない」
「ご、ごめん〜。だってなんかすっごいムカついちゃってさぁ。でも、大丈夫でしょ〜？　ねっ、咲良？」
「さぁね？　知らない」

　どちらにしても、あたしは見ていただけで直接手を下してはいない。
　もし先生やあかりの親にバレたとしても、責められるのは悠里だけのはず。
　あたしを親友だと思い込んでいる悠里が、あたしを売るとは考えづらい。
　すると、階段の下であかりが痛みに顔を歪めていた。
「早く！　早く保健の先生を呼んで！　お願いだから早くしてぇぇ!!」
「そんなに叫ぶ元気があるなら平気でしょ？」
「足が……足が折れたかもしれない!!　テニスが……テニスができなくなっちゃう……!!」
「は？　そのぐらいで折れる？」
「お願い……助けて……。立ち上がれないの！」
　どうせたいしたこともないくせに大騒ぎして。
　あかりの大声に反応して、ザワザワと野次馬が集まりはじめた。
「悠里、行こ？」
「保健の先生……呼ばなくていいの？」
「あたしたちが呼ばなくても、誰かが呼ぶでしょ」

「そ、そうかなぁ……？」
「誰か！　誰か助けて!!　救急車……救急車を呼んで!!」
　手のひらで押さえているものの、痛いという太ももがみるみるうちにまっ青に腫れ上がっていくのが見て取れた。
　罪悪感なんて、これっぽっちも感じなかった。
　すべてはあかりが悪いんだ。
『咲良が裏で全部操ってたってクラス中に広めてやる!!』
　あんなに息巻いてたくせに、もうできなくなっちゃったね。
　しばらく学校にも来られないだろうし、少しは頭を冷やせばいいんだ。
　ふんっ。いい気味。あたしはあかりに背中を向けて教室を目指して歩きはじめた。

「ねぇ、あかりちゃん……。大丈夫かな？」
「うーん。でも、救急車来てたよね？」
「何があったんだろ……」
　教室中があかりのケガ話で持ちきりだった。
　大袈裟に叫んでいたから、誰かが焦って救急車を呼んだに違いない。
「ていうかさ……今の時期にケガってかわいそうじゃない？　大会どうなるんだろ」
「そうだよね……」
　あかりの話をするクラスメイトたちに、急激に苛立ちが募る。

「ねぇ、アンタたちうるさいんだけど。今度あかりの話したら、ただじゃおかないから！」

そう叫ぶと教室中がシーンと静まりかえる。

クラスメイトをコントロールできるのは気持ちがいい。

誰ひとり、あたしに刃向かってこようとはしない。

常にクラスの全員を監視し、少しでもおかしな動きをしようとすれば悠里を使って罰を与えてきた。

クラスメイトたちの見ている前で見せしめに罰を与え恐怖心を煽ったせいか、あたしに文句を言う子は誰もいない。

やっていることはエリカと同じかもしれない。

でも、決定的に違うことはエリカのように暴力だけで支配することはしない。

時には相手の心の隙間をつき、支配下に置く。

クラス内で絶対的な力を持つあたしと、それを補佐する悠里。

あたしたちに敵などいない。

その時、瑠璃子があたしが席の前にまわり込み、バンッと両手で机をたたいた。

「咲良、どういうつもりなの？ あなたは女王様でもなんでもない。私たちに指示や命令を出すのはやめて。最近のあなた……おかしいわ。狂ってる」

「狂ってる？ あたしが……？ アンタ、誰に何言ってるかわかってんの？」

両手で机を思いっきり押すと、瑠璃子の足に机がぶつかった。

「……っ。今のわざとやったの？」
「わざとじゃない。手が滑っただけ」
「人に暴力をふるって……心が痛まない？」
「ぜんぜん痛まない」
　瑠璃子ごときに見おろされるなんて、耐えられない。
　あたしは椅子から立ち上がり、瑠璃子と同じ目線になった。
「ていうか、あたしのこと咲良って呼び捨てにするのやめてよ。アンタは5軍、あたしは1軍。立場をわきまえて」
「前にあなた言ってたじゃない。咲良って呼んでいいって。あなたも瑠璃子って呼んでくれていた」
「あれはもう遠い過去の話。今と状況が違うの。そんなのもわかんないわけ？　だから友達ができないんでしょ？ひとりでいつも本ばっかり読んでて楽しい？」
「えぇ、楽しいわ」
「ふーん。でも、あたし今相当アンタにムカついてんだよね。だから、アンタが一番楽しいと思うことを取り上げてやりたいって思っちゃった」
　あたしは、瑠璃子の机に手をのばし、文庫本を手に取った。
「何をする気？」
　危険を察しているはずなのに、瑠璃子の表情は変わらない。
「やめなさい。あなた、おかしくなってるのよ。暴走する自分を、自分自身で止めることができなくなっている。今

なら私が協力してあげるわ。だから、その本を私に返して」
「嫌だって言ったら？」
「私ももう容赦しないわ。これは本当の最終警告よ」
「バカな女。5軍のアンタに一体何ができるっていうのよ」
　あたしはそう言うと、文庫本を教室のまん中に放り投げた。
「これ破いた人、今日一緒にお昼食べてあげる」
　クラスメイトたちが息をのんだのがわかった。
　そして、本のすぐそばにいた4軍の地味な子が文庫本を拾い上げた。
「ちょっと貸して！」
「あっ!!」
　おもむろにその本を取り上げてビリビリと躊躇なく破く3軍の子。
「返して……！」
　取り上げられた4軍の子が本を取り返して、残りのページを引きちぎる。
　クラスメイトたちは競いあうように文庫本に飛びついた。
　怒声と悲鳴が飛びかう中、あたしはにんまりと笑った。
「どう？　これでわかった？　あたしの言うことはみんな聞いてくれるの。アンタには味方なんて誰ひとりいないんだから」
「違う。あなたは暴力と恐怖でクラス中を支配しているだけ。あなたに好意を抱いている人なんてひとりもいないわ。

佐藤さんのことだって、あなたは友達のフリをして利用している。それでいいの？」

騒がしい教室であたしと瑠璃子の会話は誰の耳にも届いていない。

あたしはにっと笑って答えた。

「いいの。ようやく頂点に立てたんだから。あたしは生まれ変わったの。もう誰にも指図なんて受けない。あたしはあたしらしく生きるの」

中学時代のように、ひとりぼっちで惨めな思いなどしたくない。

結局、この世界は言った者やった者勝ち。

食うか食われるかなら、あたしは食う側にまわる。

たとえそれが誰かをおとしめる結果に繋がったとしても。

そんなのはダメだと言う奴がいれば、あたしは真っ先にその偽善者を食うだろう。

人間の世界も弱肉強食だ。もちろん、この学校の中のクラスにも言える。

「あなたはまちがってる。どうしてそれに気が付かないの？昔を思い出して。自分がされてきた嫌なことを、あなたが誰かにするなんてダメ。どこかで断ち切らなくてはいけないの」

「は？　アンタ、さっきから何わけのわからないこと言ってんの？　あたしのことなんて何も知らない5軍女が、あたしに説教しないで」

チッと舌打ちして瑠璃子を睨みつける。
「人は……こうやって落ちていくのね。権力を持つと、途端に傲慢になって人を見くだすようになる。それが自分の首を絞めていることにも気付かない。私はもうあなたにかける言葉はないわ」
　瑠璃子は諦めたように呟いた。
「どうでもいいけど、あたしを侮辱した罰を受けてもらうから覚悟してよね」
　あたしは瑠璃子に向かってにやりと微笑んだ。

制裁

「ゴミはここに捨てて」

「えっ……ここ?」

「ほら、早く。逆らったらどうなるかわかってるんでしょ? 早くやった方が身のためよ」

　掃除の時間、ホウキで集めたゴミを瑠璃子の机の上にまきちらすように指示を出すと、クラスメイトは渋った。

　けれど、結局はあたしに従った。

　瑠璃子への罰という名のイジメはもう２週間以上も続いている。

　物を隠したり、壊したり、汚したり。

　無視ゲームで１日中、存在を無視したり。

　目の前で悪口を言い、大声で罵り、あざわらったりもした。

　けれど、瑠璃子はまったく動じない。

　もともと、友達がいなかった瑠璃子にすれば誰かとひと言もしゃべらずに１日を終えることも多く、無視してもあまり効果がなかった。

　毎日毎日、精神的にも肉体的にも追いつめたはずだった。

　あたしが中学時代にされた以上の行為を繰り返しても、瑠璃子は素知らぬ顔を決め込む。

　なんとかしてあの余裕そうな顔を泣き顔に変えてやりたい。

その時、ある考えが頭に浮かんだ。
「なんか汚いのが落ちてたんだけどー。これ誰のだろ」
　休み時間、瑠璃子がトイレに立ったタイミングであたしは瑠璃子の机の中を漁り茶色い革のブックカバーを見つけだした。
　そして、瑠璃子が教室に戻ってきたタイミングでブックカバーを高らかに持ち上げた。
「それ……」
　瑠璃子の目が大きく見開かれる。
『その文庫本のカバー、なんか味があっていいね！』
『あぁ、これ？』
　あの時の茶色い革製のブックカバー。
『これ、亡くなったおじいさんが私にくれた最初で最後のプレゼントなの。私にとっては命と同じぐらい大切なもの』
　瑠璃子はたしかにそう話していた。
　命と同じぐらい大切なものを、あたしがこの手でぶっ壊してやる。
　すべては瑠璃子があたしに刃向かった罰だ。
「こんな汚いのもういらないよね？」
「やめて……」
　瑠璃子の顔から血の気が引く。
「あっ、ちょうどハサミがあった」
　ハサミを手に取ると、瑠璃子の顔が歪んだ。
「お願い……、お願いそれだけはやめて――!!」
　瑠璃子の叫び声が先かあとかはわからない。あたしはそ

のまま力任せにブックカバーにハサミを入れた。ザクザクッという音を立ててブックカバーが半分になる。
　これだと補修できてしまうかもしれない。どうせならバラバラにした方がおもしろい。
　できる限り小さく切り刻もうとしていると、駆け寄ってきた瑠璃子があたしの手から強引にブックカバーを引っぱった。
「……あっ……」
　そのせいでハサミの先で手を切ってしまったようだ。
　瑠璃子の手からポタポタと床に血がしたたり落ちる。けれど、瑠璃子は手の傷なんてまるで気にする様子もなくただ放心状態でブックカバーを胸に抱きしめた。
「うっ……おじいさん……ごめんなさい……本当にごめんなさい……」
　瑠璃子はその場にへなへなと座り込み、ボロボロと涙を流した。
　瑠璃子が泣いたのを見たのは初めてだった。
　怒って向かってくるかと思っていたのに、瑠璃子はうわごとのように死んだおじいさんに謝り、ただ涙を流すだけだった。
「ごめんね〜。それっておじいさんがくれた最初で最後のプレゼントだったんだっけ〜？　忘れてたわ」
　瑠璃子を煽るためにそう言っても、瑠璃子は泣いているだけで何の反応も示さない。
「あぁ、つまんない」

教室中に瑠璃子の泣き声が響く。

あたしは大きく背伸びをすると、瑠璃子の横を通りすぎて廊下に出た。

つまらない、と言ったのは本心だった。

本当につまらなかったのだ。

瑠璃子の大切にしていたものを壊せば、心の中がすっきりと晴れわたる気がしていた。

けれど、まったく心は晴れない。

むしろ悶々とした重たい気持ちになるのは、一体なぜだろう。

座り込んで涙を流す瑠璃子が、昔の自分に重なって見えたからだろうか。

その時、前から歩いてくる美琴に気が付いた。
「そうそう！　もう限定メニュー出てるみたいだよ」
「そうなの？　じゃあ、今度一緒に行く？」
「行く〜！」

美琴を見たのは久しぶりな気がする。

最後に見たのは、裏庭でお金をせびられて泥まみれになりながら土下座する情けない姿だった。

でも、美琴は誰かと笑いながら言葉を交わしている。

あれ……？　美琴の隣にいるのって、隣のクラスの子？あの子って確か２軍の子じゃなかった？　違う……？　うん、絶対にそうだ。でも、どうして？

美琴が２軍の子と一緒にいられるわけないし。

たまたま一緒にいるだけ？　でも、あの２軍の子は情報

も豊富そうだし、仲良くなっておいて損はないだろう。
　来年のクラス替えに備える必要もある。
　徐々に美琴との距離が近くなる。
「──みこ」
　美琴と目が合い名前を呼ぼうとした時、美琴があたしから目を逸らした。
　美琴は、あたしの存在を無視するかのように通りすぎていく。
「あぁ、そういうことか」
　美琴なりにあたしに気を遣ったんだろう。
　5軍の美琴なりの1軍のあたしへの気遣いだったに違いない。
　見た目も以前よりマシなレベルになっていた。
「へぇ……意外とうまく立ちまわれるようになったんじゃん」
　美琴とは絶交のようになっていたけれど、そろそろ友達に戻ってもいいかもしれない。
　でも、まだ親友とは呼べない。もう少し容姿を改善し、自分のクラスで2軍以上をキープできたらまた親友と呼ばせてあげる。
　友達に戻ったら、さっきの子を紹介してもらおう。
　あたしは、鼻歌交じりにトイレへ向かった。

汚点

　季節はあっという間に秋になった。
　文化祭を明日に控え、準備の最終段階に入っていた。
「ねぇ、これ早く塗ってよ。あっ、そっちは赤で塗れってさっき言ったでしょ？　バカなの？　ちゃんとやりなさいよ」
　クラスメイトたちが必死に段ボールに色を塗っている横で、あたしは椅子に座り指示を出した。
　こういう雑用はカーストの低い子たちが率先して動かなくてはならない。
　それが暗黙のルールっていうものだ。
　けれど、ひとりだけいまだにあたしに刃向かう奴がいた。
「口ばっかり動かしてないであなたも手伝ったら？　うちのクラスはほかのクラスより人数が少ないんだから」
　瑠璃子が吐き捨てるように言った。
「たしかにうちのクラスは少ないかもね。だけど、だったらその分アンタたちが動けばいいじゃない。あたしがサボッてるみたいな言い方しないでよね。あと、全員終わったらあたしのところまで見せに来て。チェックするから」
　言い返すと、瑠璃子はそれ以上何も言わなかった。
「そこの色は私がやるわ。悪いけど、こっちをお願いできる？」
「でも……塚原さんの色の方が塗る箇所たくさんあって大変だよ？」

「大丈夫よ。ありがとう。一緒に頑張りましょう？」
「うん、そうだね」
　ほかのクラスメイトたちに交ざって必死に手を動かす瑠璃子。
　明日、うちのクラスはメイド喫茶をやることになっていた。
　女子校ということもあり、文化祭には他校の男子が多数訪れる。
　そこで出会い、付き合う子たちも少なくない。
　だからこそ、文化祭という行事がこの学校の生徒にとっては年に１回のビッグイベントだった。
　といっても、メイドになれるのはあたしが選んで厳選した顔の良いメンバーだけ。
　ブサイクな子や太っている子や見た目の悪い子がメイドをやっていれば、客だってガッカリして帰ってしまう。
　その点、顔が良くスタイルの良いメンバーが勧誘や店員をやれば絶対に客は集まる。
　だからこそ、ブサイクたちの分のメイドの衣装はレンタルしなかった。裏方はいつもの制服で十分だ。
　けれど、事前準備だけはしてもらわなくてはならない。
　前もってそれを知らせてしまえば、ブサイク連中の士気が下がる。
　それを避けるために、明日、着替える直前でそれを伝えることにした。
　教室中をぐるりと見わたす。

悔しいけれど、瑠璃子の言うとおりだった。

うちのクラスは、圧倒的に準備をしている人数が少ない。

ののはいまだに保健室登校だし、明日も来ないだろう。

マキは登校拒否。

樹里といずみは文化祭に参加する気はないのか、手伝いもせずさっさと帰ってしまった。

こういう時、人一倍張り切って準備をする山ちゃんは教室の隅でひとりでぼんやりしている。エリカもそうだ。思いつめた表情で窓の外を眺め、時折窓の外に顔を出し上を見上げたりしている。

山ちゃんもエリカももう廃人寸前。準備を手伝える状況ではない。

それに……あかりも教室にはいない。

あの日のケガは予想以上のものだった。

骨盤骨折と大腿骨骨折、全治3か月の大ケガだった。

太ももが青く腫れていたのには気付いていたのものの、まさか本当に骨が折れているとは考えてもいなかった。

もちろん、テニスの試合は棄権になり、今も大きな病院に入院しているらしい。

1度、悠里と一緒に担任に呼び出されて当時の状況を聞かれた。

でも、何も知らないとシラを切った。

あかりは両親に何があったのかを話していないのかもしれない。

悠里に階段から落とされたといえば、理由を聞かれるは

ずだ。
　そうすればいずれ、万引きしていたことがバレてしまう。
　あたしにとっては好都合だった。
　あかりの親が出てこないことにホッと安堵してからは、あかりのことなど頭の中から消え去っていた。
　ほんやりとそんなことを考えていると、教室の隅でエリカと山ちゃんが言葉を交わしているのに気が付いた。
　めずらしいふたりの組み合わせに首をかしげる。
　あのふたり……何しゃべってるんだろう。
「あっ、あの……これ塗り終わりました」
　色を塗るように指示しておいた段ボールを、あたしに見せに来たクラスメイト。
「終わった？　まだ塗り終わってないのがたくさんあるでしょ？　見せに来るヒマがあるならさっさとやんなさいよ」
「え……でも、さっき終わったら見せに来てって……」
「さっきは言ったけど、今考えが変わったの」
　彼女の持っている段ボールを蹴り上げると、色を塗った部分が床に張りついた。
「あっ……どうしよう……」
「口答えしたアンタが悪いの。早く雑巾で床拭いて、その段ボールもキレイに塗り直してきなさいよ。このノロマ！」
　彼女は目を潤ませながら小さくうなずくと、まだらになってしまった段ボールを手にもとの場所へ戻っていった。

その間に、エリカと山ちゃんはまた別々の場所に移動してぼんやりとどこかを見つめていた。

「うわぁ、すごいよくできたね～！」
「頑張ったかいがあったよね」
　文化祭当日、クラスメイトたちが教室内の出来栄えに目を輝かせている。
　あたしはそんな彼女たちを見てふんっと鼻で笑った。
　いくら頑張ったって、アンタたちは今日主役にはなれない。
　メイド服だって限られた分しかないんだから。
　制服姿で裏方仕事をすることになるんだし。
　けれど、予想外の事態が起こった。
「これ、メイド服の衣装。一応確認してみてもらえるかな……？」
　レンタルしてきた衣装の入った段ボールをあたしに差しだす衣装係。
　でも、中を開けたあたしは目を見開いた。
「な、何よこれ。どうしてこんなにたくさんメイド服があるわけ？　あたし、言ったよね？　全員分は頼まなくていいって……!!」
　衣装係を睨みつける。
「えっ……う、うん。聞いてたけど……」
「じゃあ、どうしてこんなにあるわけ？　店が数をまちがったってこと!?」

「そ、それは……えっと……」
「何とか言いなさないよ!!」
　そう叫んだと同時に、瑠璃子がこちらへ歩み寄りこう言った。
「私が彼女の代わりに頼んできたのよ。クラス全員分の衣装を。それが何かおかしいかしら?」
「……は? アンタ、取りに行かなかったの!?」
　衣装係を睨みつけると、彼女は顔を歪めた。
「ご、ごめんね? 塚原さんが……衣装の注文も借りに行くのも全部やってくれるって言ってくれたから」
「……ふーん、そういうこと。自分の仕事に責任持たないなんて最低。アンタには罰が必要ね」
「えっ? お、お願い……。もう絶対こんなことしないから……だから……」
「瑠璃子、アンタもよ。あとで覚えておきなさい?」
　腕を組み瑠璃子を睨みつけると、瑠璃子が口の端を持ち上げて笑った。
「それはこっちのセリフよ」
　瑠璃子はそう言うと、背中を向けて歩きだす。
「何……? さっきの態度……まだ懲りてないわけ?」
　ブックカバーをハサミで切ったあの日、瑠璃子は泣いた。
　けれど、次の日にはケロッとした顔でテープで補修したブックカバーを使って本を読んでいた。
　今度こそ、補修できないぐらいにボロボロにしてやる。
　次は切るだけでは甘い。燃やすのもおもしろいかもしれ

ない。
　跡形もなく消し去ってやる。
　あたしは去っていく瑠璃子の背中を見つめながらにやりと笑った。

　文化祭がスタートすると、男性客がひっきりなしに教室を訪れた。
　大盛況の店内を見てホッと息をつく。
　あたしがクラスのトップに立って指示を出したから成功したのだ。
　それにしても、悠里は一体何をしているんだろう。
　朝から何の音沙汰もない。
　電話もメールも繋がらない。文化祭当日だというのに、どうして？
「いらっしゃいませ。お飲み物はいかがですか？」
　ニコリと笑うと、男性客があたしの胸元のプレートに視線を向ける。
「じゃあ、コーヒーくれる？　……咲良ちゃんっていうんだ？　可愛いね？　ねぇ、彼氏いるの？」
「え～、どうしてですかぁ？」
「やっぱり可愛いからいるよね？」
「ふふっ、ナイショです」
　ニコリと笑って「コーヒー1つお願いします～」と教室の奥にある簡易厨房(ちゅうぼう)に声をかける。
　厨房の中では、ブサイクたちがせっせと飲み物を用意し

ている。
　マジ、ダサい。
　メイド服を着ているものの、見るからに着こなせていない奴が数人いる。
　やっぱりアイツらは制服で十分だった。
　誰もアンタたちのブサイクなメイド服姿なんて期待してないんだから。
「少々お待ちください」
　男性客に声をかけて、厨房に向かう。
「ねぇ、さっきコーヒーって言ったのに、なんで返事しないわけ？」
　あたしは厨房にいるブサイクたちを睨んだ。
「あっ、ごめん。聞こえなかったから……」
「ふーん。あたしの声が小さかったって言いたいわけ？」
「えっ、そういうわけじゃないけど……お客さんも大勢いたから……」
「は？　で、誰が悪いの？」
「ごめんなさい……。聞き取れなかった耳の悪い私が悪いんです……」
「言い訳なんてせずに最初からそう答えればよかったでしょ？」
「はい……」
　彼女がうなずいたことで満足したあたしは出来上がったコーヒーを持ちテーブルに向かった。
　その時だった。

教室の扉から女子ふたりが入ってきた。
ひとりは瑠璃子だ。へぇ……。めずらしい。友達でも連れてきたの……？
瑠璃子の後ろにいる人物に視線を向けた瞬間、手に持っていたコーヒーが床に落ち、あたしの上履きに茶色いシミを作った。
「嘘……でしょ？」
ドクンッと心臓が激しい音を立てて鳴った。
背中がビリビリとしびれて息が苦しくなる。
目の前が歪み、頬が引きつる。
どうして。どうしてあの女がここに……？
ありえない。きっと、見まちがいだ。
あの女がこの学校に来るなんて絶対にありえない。
「あっ!!」
教室のまん中で固まるあたしに気付いた新藤ルカが、にっこりと笑いながら近付いてくる。
夢ならばどうか一刻も早く覚めてください。
どうか、神様………！
「なになに、アンタ超変わったんじゃない!?　相当痩せたよね？　別人だわ！　まさに高校デビュー!!」
ルカの大声が、教室中に響きわたる。
やめて。やめて。やめて。やめて。やめて。やめて。
心の中で叫ぶのに言葉が喉の奥に張りついて出てきてくれない。
ただ薄ら笑いを浮かべることしかできない。

中学時代の弱い葉山咲良が顔を出す。
　ルカが目の前にいるだけで、足ががくがくと震える。
　すると、足元にこぼしたコーヒーを雑巾を持って現れたクラスメイトが拭いてくれた。
　鮫島……？　アンタも意外と気がきくじゃない。
　キレイに拭き終わると、鮫島は立ち上がった。
「ありがとう」と言おうとしたけど言えなかった。
　鮫島の口の端がクイッと意地悪く持ち上がったのに気付いてしまったから。
　マズい。動揺を悟られてはいけない。必死になって平然を装う。
「ホント、久しぶり」
「てかさ、久しぶりの再会だしちょっと話そうよ！　ここ、メイド喫茶でしょ？　何か飲み物出してよ」
　ルカは昔のように我が物顔でそう命じると、空いている席に勝手に座り、「あたしオレンジジュースね！」と大声で言った。
「はい、どうぞ」
　ルカにオレンジジュースを差しだす手が震える。
　1年半ぶりの再会。中学時代は茶色く染めていた髪の毛を今は黒くし、以前よりも落ち着いて見える。以前は濃かったメイクも、ずいぶんナチュラルになっている。
「これ、死神のおごりでいいよね？」
　でも、性格は昔と何ら変わってはいなかった。
　1年半ぶりに聞いた『死神』というあだ名に胸が締めつ

けられる。
　けれど、以前ほどのダメージはなかった。
　ルカがこの教室にいる時間などたかが知れている。
　クラスメイトたちに以前あたしがルカにイジメられていたことを知られなければ、万事解決だ。
　焦る必要はない。もうあたしは昔のあたしじゃない。
　生まれ変わった葉山咲良なんだから。
　そう考えると、気持ちが落ち着いてきた。
「ちょっと、ルカ。あなたそういうのが良くないのよ。自分のお金で買いなさいよ。それから死神なんて言ったらダメ。人が傷つくことは言わないっていう約束でしょ？」
　すると、コーヒーを手に持った瑠璃子がルカの隣に腰掛けた。
「あ～ごめんごめん。つい思ったことを口にしちゃうんだよね～。悪い癖だし、直さなくちゃ。ごめん、死神……じゃなくて……えっと名前忘れちゃった。アンタ、何て名前だっけ？」
　ルカは悪びれる様子もなくそう言うと、オレンジジュース代の100円を差しだした。
「葉山……咲良」
「あぁ、そうだ。葉山だったね！」
　自分の名前をかつてのクラスメイトに教えるなんて、なんていう屈辱だろう。
　この女は一体いつまであたしを苦しめれば気が済むんだ。

同じ空気を吸うのすら嫌だ。
　グッと奥歯を噛みしめて耐える。
　その時、ふとある疑問が頭の中に浮かび上がった。
　ルカと瑠璃子の関係は一体何……？
「あ、あのさ……ふたりはどういう関係なの？」
　うかがうようにたずねると、ルカが答えた。
「うちら、中学から塾が一緒だったの。瑠璃子っていちいちうるさくてさ。最初はウザい奴だと思って大っ嫌いだったけど、本当はすっごい良い奴なんだって気付いて。あたしが悪いことしたら、それはダメだってちゃんと怒ってくれるし。今でもたまにウザい時あるけど……今じゃあたしにとって大切な友達」
　ルカの言葉は衝撃的だった。
　頭の中が混乱する。
　今まで１度だってそんな優しそうな表情を浮かべるルカを見たことがなかったから。
　いつだって目を吊り上げて怒った顔をしていて、威張りちらして傲慢で自己中で、人を傷つけても何とも思っていない最低最悪の女だったはずだ。
「そうなんだ……？」
　そう言えば、ずっと前に瑠璃子が言っていた気がする。
『中学から通ってた塾でしゃべったりする友達はいるの』
　まさか……その友達がルカだっていうこと？
　だとしたら、あたしがルカにイジメられていたのを瑠璃子は知っていた……？

ハッとして瑠璃子に視線を向けると、瑠璃子はまっすぐあたしを見すえたまま小さくうなずいた。
　そうか。そうだったんだ……。まさか瑠璃子に知られていたとは。
　でも、どうして瑠璃子はあたしが中学時代イジメられていたとクラスメイトに言わなかったの……？
　暴露してしまえば、あたしをすぐにでも１軍から引きずりおろせたはずだ。
　それどころか、５軍から１軍へ行けるチャンスでもあったはず。
　それなのに、なぜそうしなかった？
　わからない。瑠璃子の意図がまったくわからない。
　その時、近くにいるクラスメイトたちがあたしとルカの会話に聞き耳を立てているのに気が付いた。
　もしかしたら、さっきの『死神』という言葉も聞こえていたかもしれない。
　あちこちでコソコソとあたしを指さして話しているクラスメイト。
『アンタたち、何コソコソしゃべってんのよ!?』
　そう叫びたいのに、今の状況ではできない。
　汗が噴きだす。このままじゃマズい。
　一刻も早くルカを教室から追いだした方がいい。
「あっ、そうだ。３年生がお化け屋敷やってるよ。ここより絶対におもしろいと思うし！　見てきなよ！　瑠璃子も一緒に。ねっ？」

ルカに微笑む頬が引きつる。早く出て行ってくれ。この教室の中から。

余計な話をする前に……早く。

あたしの前から姿を消して──‼

すると、ルカは1度息を吐くと真剣な表情を浮かべた。

「……あのさ、今までずっと……ごめん。あたし、本当に最低最悪なことをした」

「え……?」

「中学の時、イジメてごめん。今までずっと後悔してた」

「な、何を言ってるの急に……? そんな、べつにイジメだなんて思ってないから！」

クラス中の視線がこちらに向いている。

「なんかイジメとか言ってない……?」

「嘘……誰がイジメられてたの？ 葉山さん？」

クラスメイトたちはあきらかに聞き耳を立てている。

このままでは、あたしが過去にイジメられていたとバレてしまう。

「悪かったのは、当時アンタと仲が良かった子。あの子がアンタの当番の日、餌をあげ終わったあとに金魚を殺したって白状したの」

「ちょっと待って……? もうその話は──」

「だから、アンタはハメられただけだったんだよ。でも、あたしはあの頃金魚をすごく大切に思ってた。もちろん、クラスのみんなも……。アンタのことをイジメて金魚が死んだのをアンタのせいにすることで、みんな心のバランス

を保ってたんだよ。受験も重なってたし、ストレスのはけ口になってた。今思えば最低だよね」

　誰かがあたしをハメたとは思っていた。

　それが、その当時あたしと仲良くしていた子だったなんて。

　あの子は仲の良かったあたしを嬉しそうにイジメた。彼女が……あたしをハメた？

「瑠璃子にもいろいろ話を聞いてもらっててさ。1度ちゃんと謝った方がいいって言われて……。今日、ここに来たんだ。マジごめん。謝って許されるとは思わないけど……本当に心から反省してるから」

　ルカの言葉に呆然とする。

　何なの。急に現れて一体何なのよ。

　急に謝られたって「はい、わかりました」なんて言えるはずがない。

　そもそも、どうして今なの？　今じゃなきゃいけなかった……？

　みんなが聞いている。大きな声で話さないで。

　全部台なしよ。アンタのせいで。アンタは中学時代だけじゃなく、高校でもあたしを苦しめる気？　もう黙って。早く黙れ！！

「もう二度と死神なんて呼ばないから。中学の時のみんなも、アンタに謝りたいって言ってた。だから、来週ここのお店に来てよ。まだ卒業して間もないけどさ、同窓会しようよ」

ルカはそう言うと、あたしに１枚の紙を差しだした。
　中学の近くにあるカラオケボックスの名前と時間と場所が記されていた。
「……バカじゃないの」
「え？」
　あたしはその紙をひったくるとその場でビリビリに破り捨てた。
「今さら何言ってんのよ。みんなが謝りたい？　あたしは許さない。アンタたちがしたこと全部覚えてるんだから!!」
「葉山……」
「アンタたちとなんて和解できるはずないでしょ!?　もう出てって!!　アンタの顔なんて二度と見たくない!!　もうあたしにかまわないで!!」
　あたしはルカの腕をつかむと、強引に立ち上がらせた。
　そして、そのまま教室から廊下に出ると、ルカがあたしをまっすぐ見つめた。
「瑠璃子から全部話は聞いてる。アンタが今、学校で何してるかも。でも、きっといつか後悔する。あたしもアンタに同じことして後悔してるの。アンタをイジメても、すっきりなんてしなかった」
「今さら都合の良いこと言わないで!!　あたしはようやくこの地位を手に入れたの。スクールカーストのトップにいるの。１軍の中の頂点！　もう誰もあたしをイジメられない。あたしはもう、死神って呼ばれてたあの頃の弱い葉山咲良じゃない！」

「スクールカーストなんかにこだわって何になるんだよ!?　せまい教室内の順位にとらわれすぎたら自分を見失うだけだって、どうしてわからないんだよ」
「あたしのことイジメてたくせに……。何を偉そうに!!」
　さんざんあたしをイジメてきたくせに、どうしてあたしに説教するの!?
　イジメっ子のアンタが何を言おうが、あたしの心には何も響かない。
「そんなこと……わかってるよ。でもあたしは瑠璃子に出会ってそれに気付かされた。あたしは何年たってでもアンタに償うよ。許してもらえるまでずっと」
「――だったら、死んでよ。あたしの前から消えて。中学の子にも言っておいて。全員死ねって。申し訳ないと思うなら死んで償えって。あたしはアンタたちを永遠に許さない」
「葉山がそうなったのも……全部、あたしたちのせいだね……」
「そうなったのって、何？　あたしはもう昔のあたしじゃないんだから。さようなら、もう二度と会いに来たりしないで」
　あたしは吐き捨てるようにそう言うと、ルカに背中を向けて教室に入った。
　瑠璃子と目が合う。
　瑠璃子はなぜか決意を固めたように、まっすぐあたしを見つめていた。

終焉

「お疲れ様〜！」
「すっごいお客さんだったね〜！」
　午後３時。文化祭が終わった。
　片付けは明日にすると話して、担任が出て行った。
　その瞬間、教室がザワザワとうるさくなる。
「お客さんも結構来たし、そこそこ成功だったんじゃない？　アンタたち、よくやったわ」
　ねぎらいの言葉をかけたと同時に、クラスメイトがぐるりとあたしを囲んだ。
「ちょっ、何？　何なの、一体」
「さっきの話って本当？　葉山さんって中学時代イジメられてたの？」
「……え？」
　やはり聞かれていた。
「高校デビューって言われてたもんね」
　鮫島は意地悪そうな笑みを浮かべている。
「鮫島、アンタどうなるかわかってるんでしょうね？」
「どうなるの？　ていうか、今は自分の心配したらどう？」
「アンタ……」
　あたしが鮫島に手を振り上げようとした瞬間、その手を瑠璃子が押さえた。
「離して！」

手を振りはらって瑠璃子を睨みつける。

すると、瑠璃子ははっきりした口調でたずねた。

「あなたは中学時代、イジメられていた。そうでしょう……?」

ここで言い訳するのは得策ではない。

さっきのルカとの会話をクラスメイトの大半は聞いていただろう。

「それが何?」

「ルカに話を聞いていた私は、ずっと前からそれを知っていた。だけど、過去にイジメられていたことなんて、私にとってはどうだってよかった。あなたと友達になりたいと思ったのも本心よ。でも、あなたはどんどん醜いモンスターのようになってしまった。自分がスクールカーストの頂点に立ちたいがあまり、人を傷つけることも陥れることも気にならなくなった」

「さっきから偉そうな口たたいてるんじゃないわよ!! 5軍のアンタが1軍のあたしにそんな口きいて、許されると思ってるの!?」

ドクンドクンッと心臓の音が速くなる。

大声で怒鳴りちらさないと、心臓の音が周りに聞こえてしまうかもと心配になる。

大丈夫、大丈夫。そう自分に言い聞かせる。

中学時代イジメられたと暴露されたからといってあたしの地位が揺らぐことはない。

あたしは圧倒的な1軍。悠里さえいれば、ここで瑠璃子

を1発殴りこの場を鎮めてくれたのに。
　チッ。マジで使えない女。こんな時に一体何をしているんだろう。
「哀れな人だわ。あなたの頭の中には、スクールカーストのことしかないのね。でも、あなたがのし上がれたのは人に優しくしたからでも何でもないの。ただ、みんなに平気で嘘をついて侮辱して騙して陥れたから。恐怖で人を支配しようとした。そんな人間を慕う人なんて、いるわけがないのよ」
「は……？　あたしがいつ、どこで、誰に嘘をついたっていうの？　侮辱？　騙して陥れた……？　意味わかんない！」
「そんなの自分が一番よくわかっているんじゃないかしら？」
「……アンタ、調子に乗ってるんじゃないわよ。今度こそ絶対に許さないから！　アンタたちもボケーッと突っ立ってないで、何とか言いなさいよ‼　瑠璃子のこと押さえて全裸にしちゃいなさい！　写真撮った子はあたしたちのグループに入れてあげるから」
　大声で命令しても、誰ひとり反応を示さない。
　それどころか、全員が嫌悪感丸出しの瞳をあたしに向ける。
「ぼーっとしてないで、早くやりなさいよ‼　あたしの命令は絶対よ⁉」
　もう一度叫んであたしを取り囲むクラスメイトに視線を

走らせる。
　でも、誰ひとりあたしの言うことを聞かない。
「ほら、早くして!!　早くやりなさいよ!!」
　やっぱりおかしい。
　睨みつけても、目を逸らすどころか逆に睨み返してくる。
　どうして……?　どうして急に……。
　頭の中がパニックになる。
「これでよくわかったでしょ?　咲良、あなたにはもう何の力もないのよ」
　瑠璃子が冷めた目であたしを見つめる。
「な、何言ってんのよ……?　あたしに何の力もない?　そんなわけないでしょ?　あたしはこのクラスの１軍のリーダーよ?」
「……嘘つき女」
　すると、鮫島があたしにスマホを差しだした。
「な、何なのよ、これ」
　スマホには有名なウェブサイトのまとめ記事が映しだされていた。
「え……?」
　それはあたしが金で買った、元モデルの男だった。
　『おもしろバイト遍歴』と書かれたページに、自分がしたバイトをおもしろおかしくレポートしている特集が組まれている。その中であの男のページにはこう書かれていた。
『彼氏のフリをしてほしいって頼まれたことがあったんです。校門の前に立って手を振り返すだけで5000円の仕事は

本当にラクでしたね』

『彼女ですか？ いますよ。同じ大学の子です。もちろん、その子にも内緒のバイトです。あっ、でもこれを見られたらバレちゃうか(笑)。謝ってなんとか許してもらいます！』

　頭の悪そうな笑顔と共に、写真に収まるあの男。どうして……。どうしてこんなことを……。

　顔出ししてネットに出るということは不特定多数の人間に閲覧されるということ。

　それをわかっていながら、こんな話をするなんて。

　スマホを持つ手が怒りで小刻みに震える。

「この人、咲良の彼氏じゃなかったっけ？」

　鮫島が疑いの目を向ける。

「も、もちろん。彼氏だよ。でも、少し前に別れたから正確には元カレ」

「いつ別れたの？」

「最近だけど、何？ アンタ、何が言いたいわけ？」

　苛立って睨みつけると、鮫島はニタッと笑った。

「こういうのって1か月以上前から記事を作りだすんだよ？ だとしたら、最近別れたっていう話おかしいよね？ あなたの彼氏だって同じ大学に彼女がいるって言ってるじゃない。どうなの？」

　鮫島の追及するようなもの言いに、苛立ちが募る。

　今度はキーホルダーを引きちぎるだけじゃ満足できない。

　二度とあたしにそんな態度を取れないように、痛い目に

あわせてやる。
　絶対に許さない。絶対に、絶対に。
「黙ってないで何とか言いなさいよ!」
「そうだよ!　嘘つき女!」
　周りのクラスメイトたちから怒声が飛ぶ。
　なんとかこの場を鎮める方法を考えなくてはならない。
　何か良い方法がないかと、必死に考えを巡らせる。
　まだ、あたしの心は折れてはいなかった。
　これぐらいで1軍の座を奪われるなんてありえない。
　意地でもこの地位は守ってやる。
　あんなに必死になってようやく手に入れた1軍の頂点。
　みすみすその座を渡せない。
「――咲良!!」
　すると、突然教室の扉が開いた。
「悠里……?」
　悠里は血相を変えて教室の中に転がるように飛び込んでくると、あたしの足元にしがみついた。
「ヤバい、ヤバいよ……。どうしよう!」
「悠里、アンタ1日中どこに行ってたの!?」
　眉間にしわを寄せて、悠里を睨む。
　悠里の顔は滅茶苦茶だった。
　メイクは涙でドロドロになり、額に大粒の汗をかいている。
　悠里の尋常ではない慌てぶりにようやく気が付いた。
「……何?　何かあったの?」

「どうしよう、咲良!! あたし、ずっと校長室にいたの。あかりの両親が来てて……。あかりってば、全部親に話したみたいなの。それで……すっごい怒ってて。慰謝料がどうこう言ってて……。それで……」
「それでどうしたのよ?」
「あかりがね、デタラメなこと言ってんの! あたしたちが、あかりに万引きを強要したって!!」
「何よそれ。でも、心配しなくても大丈夫でしょ。そんなのデタラメなんだから」
 あかりの両親が来たことでこんなに混乱しているのか。
 そもそも、悠里があかりに手をかけなければこんなことにはならなかった。
 万引きのことも、あたしには関係がない。
 洋服をもらっていたのだって、エリカと悠里だけだ。
「しかもね、『どうしてあかりを階段から突き落としたんだ!』ってあかりの両親にしつこく何度も聞かれて……」
「えっ……?」
 嫌な予感がした。背筋がひやっと冷たくなる。
「そ、それで? それで何て言ったのよ!!」
「ムカついて肩を押しちゃったって……」
 唖然とした。どうしてこんなにバカなんだろう。
 いくら両親に責め立てられたからといって、すぐに白状するなんて!
「ア、アンタ!! バカなんじゃないの!?」
 頭に一瞬で血が上る。本当のことを言うなんて、バカに

もほどがある。
「だって……あかりのお父さん……怖かったんだもん……。だから、咲良の言うとおりにしただけだって、答えたの……。でも、あとから考えたら、あたし、親友の咲良のこと売っちゃったみたいになっちゃったなとか……いろいろ考えて。でも、しょうがなかったよね？　ねっ、咲良？」
「アンタ……あたしのことまで言ったわけ？」
「だって、聞かれたからしょうがなかったの。咲良ならわかってくれるでしょ？」
「……しょうがなかった？　そんなわけないでしょ!?　自分がしたことわかってるわけ!?」
　あたしは足元にすがりつく悠里の腕を解いて、悠里を立たせると向かい合った。
　そして、悠里の頬を思いっきりたたいた。
「えっ？　咲良……？」
「バカだと思ってたけど、正真正銘のバカだったわ！」
「咲良……？」
　相当混乱しているようだ。悠里の目は泳ぎ、視点が定まらない。
「どうしてあかりを階段から突き落としたりしたの？　あかりは友達でしょ？　そんなことしたらダメに決まってる！」
　悠里の目が大きく見開かれる。
「ハァ……。それに、嘘つくのもやめてよね。あたしは悠里に何の指示も出してないんだから」

「な、何言ってんの？　咲良があたしに……」

　悠里の顔が強張る。

「そんなこと言うはずないでしょ？　全部悠里がひとりでやったことなんだし、ちゃんと責任取りなさいよ。プロのスカウトだって台無しにしちゃったんだし……慰謝料の額も半端じゃないかもね。大変だけど、頑張って払った方がいいね。ちゃんと相手に誠意を見せないと」

「ひ、ひどいよ!!　あたしだけに全部の責任を押しつけるなんて……!!　あたしたち親友だったよね!?　そうでしょ!?」

　悠里が叫ぶ。

「親友？　何言ってるの？　あたしは悠里のことを１度も親友だって思ったことはないけど」

　あたしはそう言うと、スッと立ち上がった。

「ハ……ハァ〜!?　わかったよ！　アンタがそういう態度に出るなら、あたしだって黙ってないからね!?　全部、あかりの両親の前でぶちまけてやる!!」

「あっそ。お好きにどうぞ」

　悠里は血走った目であたしを睨みつけると、教室から飛びだしていった。

　勝手にすれば？　いくら悠里が騒いだところで、あたしが悠里に命令した証拠なんて何もないんだから。

　と、次の瞬間、左頬に痛みが走った。

「っ……」

　たたかれたのだと瞬時に悟り、たたいた人物に視線を向

ける。
　そこにいたのは、ののとマキだった。
　マキはあたしの頬をもう一度たたいた。
「どうして……どうしてふたりがここにいるの……？」
　驚いて目を見開く。
「咲良……、アンタまだバカなことやってたんだ？」
　呆れたように呟くマキ。
「バカなこと？　そのセリフそっくりそのまま返してやるわ。ののを真っ先に裏切って、切り捨てたくせに」
　吐き捨てるように言うと、ののが首を横に振った。
「あたしとマキ、もう仲直りしたの」
「……え？」
　予想外の展開に頭がついていかない。
「あたし、ののに謝ったの。今まで自分がしてたこと全部。ののもちゃんとそれを受け入れてくれた。それも全部、瑠璃子が仲直りするきっかけを作ってくれたおかげ」
「え……？　瑠璃子？」
　すると、今まであたしを取り囲んでいたクラスメイトたちが瑠璃子の後ろに移動した。
「何……？　何なの……？」
「あたしたちみんな、もう嫌なの。クラスの中で順位付けしたりされたりするのが」
　地味なクラスメイトが声を上げる。
「何言ってんのよ？　スクールカーストがあるからこそ、教室の中の均衡が保たれるんじゃない」

「それは違う!! みんな同じ人間だよ。上も下もない！それを教えてくれたのが瑠璃子だった。瑠璃子は人をイジメることも傷つけることも絶対にしない。困った時は黙って手を差しのべてくれた」
「……っ」
「葉山さんにとって瑠璃子はクラスの中で５軍の最底辺の子かもしれない。でも、あたしたちにとっては瑠璃子が５軍か１軍かなんて関係ない。あたしたちは瑠璃子っていう人間が好きなの。スクールカーストの頂点にいたとしても、あなたを好きな人は誰もいない!!」

その叫びにクラス中が賛同の拍手を送る。

こんなの……ありえない。

瑠璃子は一体いつの間にクラスメイトたちを取り込んだんだろう。

そうだ……。あの時もおかしいと思った。

エリカに無理矢理土下座をさせられた樹里が『瑠璃子』と名前を呼んでいたから。

あの時、樹里と瑠璃子の間にはたしかに、言葉にしなくても通じ合う何かがあった。

以前、悠里も言っていた。

瑠璃子が鮫島と楽しそうに話していたと。

５軍で友達のいない瑠璃子があたしの脅威になるはずがないと過信していた。

それが、あたしの誤算だったっていうこと……？

瑠璃子はあたしのように誰かをおとしめることも、騙す

ことも、嘘をつくこともなく、これだけの仲間を作ったの……？

　瑠璃子の人柄がそうさせた……？

『あなたはもっと自分に自信を持ったほうがいいわ』

　以前、瑠璃子に言われたセリフが、ふと脳裏によみがえる。

「そんなこと言われたって……じゃあ、あたしはどうしたらいいの……？」

　すべて見透かされているような気になり、おもわず漏らした弱音。

　瑠璃子は柔らかい笑みを浮かべて答えた。

「それはあなたが一番よくわかってるはずよ」

　その言葉の意味に気付きかけて、ぐっと奥歯を噛んだ。

　自分が今までしてきたことがまちがいであったと、絶対に認めたくなかった。

「何なのよ……」

　そう呟くと瑠璃子があたしに歩み寄り、手を差しのべた。

「正直、今の咲良は嫌い。でも、ちゃんとみんなに心から謝ってくれるならもう許すわ。だから——」

「ふざけんな!!　誰がアンタたちに謝るか!!」

　あたしは瑠璃子の手をたたいた。

「あたしは何も悪くない!!」

「そう……。残念だけどそれがあなたの結論なのね」

　瑠璃子はそう言うと、「あら。あなたの友達が来ているわ」と、教室の扉に視線を向けた。

そこにいたのは、美琴だった。
「美琴——‼」
　クラスメイトたち全員が瑠璃子に寝返ったことで、あたしの味方は誰もいなくなった。
　けれど、よく考えればあたしには美琴という親友がいた。中学時代のように、ひとりぼっちというわけではない。
　美琴が教室に入ってくる。よかった。美琴が助けに来てくれた。
　あたしは美琴のもとへ駆け寄った。
「美琴、お願い。助けて！　あたしたち親友だよね？」
　そう必死に訴える。優しい美琴はきっとあたしをかばってくれるだろう。
　けれど、美琴は冷めた目であたしを見下ろした。
「イジメられてる奴なんかと友達でいたくない」
　え……？
　その言葉に聞き覚えがあった。
　どこで？　誰が言った……？
「美琴……？」
「自分が言ったんでしょ？　忘れたの？」
　その時、ようやくかつての自分が放った言葉とまったく同じセリフだったことに気が付いた。
　美琴が体育館裏で蹴飛ばされて泥まみれになっている時、助けを求めて叫んでいた。
　でも、あたしは助けなかった。美琴を見捨てた。
　そして、あの言葉を吐いた。

あの言葉……あの時、聞こえていたの……？
「ご、ごめん!!　あれは、つい……」

「つい何？　困った時だけ親友面しないでよ。あたしが苦しかった時、咲良は話すら聞いてくれなかった。咲良にとってあたしはどうでもいい存在だってよくわかったから」
「美琴……お願い、話を聞いて？」
「話？　そんなの聞きたくない。あっ、あたしこれから文化祭の打ち上げにクラスのみんなと行くの。だから、もう行くね」
「美琴!!」
「そうだ。これを届けに来たのを忘れてた」
　美琴は1通の手紙をあたしに手渡す。
「さっき、砂川さんに、咲良に渡すようにって頼まれたの。山田さんも一緒にいたけど」
「え……？」
　あのふたりから手紙……？
　一瞬、希望の光が見えた。
　もしかしたら、エリカと山ちゃんが自分を救ってくれるのかもしれないと。
　そうだ。きっと。そうに決まっている。
「じゃあ、あたし行くね」
　美琴の言葉を無視して、渡された手紙に視線を向ける。
「は……？」
　何……これ。

けれど、渡された手紙につづられていたのはあたしへの恨み節だった。
『アンタはあたしや山ちゃんからすべてのものを奪った。あたしたちは、命を懸けてアンタの悪行を暴露する。そして、アンタだけではなくアンタに関係するすべてのものを奪ってやる。死ぬよりも恐ろしい絶望を思い知らせてやる』
　どういうこと……？　死ぬよりも恐ろしい絶望って一体何……？　それよりも気になるのが、『命を懸けて』という言葉だ。
　呼吸が苦しくなる。
　その時、昨日の準備中エリカが窓の外を覗き込んでいたことを思い出した。
　ふと窓の外に視線を向ける。
　その時、窓の外に人影が見えた。
　手を繋いだふたりが、真っ逆さまに落ちていく。
「ひっ……」
　それは一瞬の出来事だった。
　けれど、ふたりと目が合った気がした。
　エリカと山ちゃんは血走った目であたしを憎々しげに睨みつけていた。
「あ……」
　山ちゃんの体がベランダの手すりに激突した。
　その衝撃で、吹きとんできた何かが窓ガラスにぶつかる。
　ベチャッというトマトを潰したような音と同時に窓ガラスにまっ赤な血が飛びちった。

「いやぁあぁあーーーーー‼」
　教室中にクラスメイトの悲鳴が響きわたる。
　それと同時にドスンッという鈍い音がした。
「嘘でしょ……？　まさかそんな……‼」
　放心状態になりながらも必死の思いでベランダに出る。
「いやっ、いや……どうして……」
　そこには、地獄のような光景が広がっていた。
　山ちゃんの腕がベランダに転がっている。
　手すりにぶつかった衝撃で、腕がちぎれてしまったようだ。
　切断部が目に飛び込んでくる。
　まっ白い骨を囲むように、黄色い脂肪(しぼう)の塊がヌラヌラとしたあやしい光を放っている。
　あたりに漂う濃厚な血の臭いが鼻腔(びこう)に届いた瞬間、あたしはその場で激しくおう吐した。
　クラスメイトたちはあまりの衝撃に固まり、その場から動けずにいる。
「うっ……うぅ……」
　吐き気を抑えてベランダから身を乗りだしておそるおそる下を見る。
　そこには、すでに息絶えたであろうエリカと山ちゃんが倒れていた。
　頭部付近からおびただしい出血が見て取れる。
　ドロドロとしたゼリー状の赤い液体が、みるみるうちに水たまりを作る。

手足はあらぬ方向に折れ曲がり、アスファルトにぶつかった衝撃か制服もところどころが破けている。
　どうしてどうしてどうしてどうしてどうして。
　どうしてこんなことに!?
　どうしてあのふたりは自殺なんてしたの……？
「どうしてよ……どうして自殺なんて……」
　おもわずそう呟いた。
　目をつぶると、高2になった瞬間から今までの出来事が走馬灯のように頭の中を駆け巡っていった。
　違う。こんなはずじゃなかった。こんなことなど望んではいなかった。
　ただ、あたしはスクールカーストの頂点を目指しただけ。
　ふたりを追い込んで自殺させようと考えたことなど一度もない。
「咲良、これがあなたの望み？」
　隣にやってきた瑠璃子が複雑そうな表情で問いかける。
　あたしは首を横に振った。
「違う。こんなはずじゃなかったの。ただ、あたしは……1軍になりたかった。ただそれだけ……」
「どうしてそこまで1軍にこだわる必要があったの？」
「だって、そうすれば、もうイジメられないで済むから」
「……イジメられていたあなたなら、誰かをイジメたり陥れたりすることが悪いことだとわかっていたはずよ。それなのに、どうしてなのよ」
「イジメられるっていうことはそれほど怖いことなの……。

あの恐怖と絶望を知ってしまったら、今度は自分がターゲットにならないように……誰だって必死になるよ」
「そうかもしれないわね……。でも、あなたのしたことはまちがってる。それだけは覚えておいて」

　瑠璃子はそう言うと、あたしに背中を向けて教室を出て行く。それをクラスメイトたちが追いかけていった。

　教室内には誰もいない。ベランダに転がる山ちゃんの腕から目を逸らして教室に戻る。

　——終わった。

　すべて何もかも終わってしまった。

　その場にへなへなと座り込む。

　瑠璃子の言っていたとおりになった。

　あたしにはもう何もない。

　親友も友達も信頼も何ひとつ残されていない。

　残されたものといえば、深い後悔だけ。

　スクールカーストにこだわるあまり、あたしはあたしでなくなった。

　まさにモンスターだった。

　自分のことしか考えず、都合の悪い人間は排除し、スクールカーストの頂点にたどり着くためには、手段を選ばなかった。

　自己保身のために、事実をねじまげて相手に伝えたことだって何度となくある。

　嘘を重ねた結果、さらに嘘をつき続けなくてはいけなくなる。

そのうちに、どれが嘘でどれが事実かその境目さえもあいまいになってしまっていた。
　その結果がこれだ。
　あたしは、自分でも気付かないうちにあのふたりをここまで追い込んでしまっていたんだ。
「こっちです！　ここにいます～!!」
　悠里が教室に飛び込んできた。その背後にはあかりの両親と思われる人が立っていた。
　めらめらとした怒りを含んだ眼を向けられ、おもわず視線を下げる。
「お前か……お前が娘を階段から突き落とすように指示を出していたんだな……？　娘の将来を奪ったお前を絶対に許さない。覚悟しておけ!!」
　あかりのお父さんが、怒りをあたしにぶつける。
　指示を出しただけでも傷害罪に問われるんだろうか。
　エリカと山ちゃんはあたしへの手紙まで書いて用意周到に自殺の準備をしていたに違いない。家にはきっと遺書だってある。
　あたしがエリカや山ちゃんにしてきたことも、その遺書に書いてあるに違いない。
　あたしは一体何てことをしてしまっていたんだろう。
　罪悪感が一気に体中を包み込む。
　瑠璃子は何度もあたしを止めてくれた。
　何度となく更生するチャンスをくれた。
　最後まで、あたしに手を差しのべてくれていた。

それを払いのけたのはあたしだ。

挙げ句の果てには、瑠璃子に牙をむいた。

おじいさんの大切な形見のブックカバーを、ハサミで切り刻んだ

新藤ルカを文化祭に連れてきたのも、瑠璃子の最後の優しさだったのかもしれない。

あたしをハメようとするなら、もっと早くにできたはずだ。

ルカの謝罪の言葉も、きっと嘘ではない。

ルカは瑠璃子のおかげで変われたと言っていた。

もちろん、瑠璃子の手助けもあっただろう。でも、変わろうと努力したのはルカ自身だ。

自分の過ちを認め、謝罪し、許しを乞うた。

けれど、あたしはルカの話など聞こうとしなかった。

ルカとあたしを引き合わせたのは、あたしを止める瑠璃子の最後の賭けだったに違いない。

いつから歯車が狂ってしまったんだろう。

今となってはわからない。ただ、言えることは1つ。

あたしはとんでもないことをしてしまったということだけ。

そして、すべてを……大切なものすべてをなくした。

自業自得。因果応報。まさにその言葉のとおりとなってしまった。

あたしは……自分の欲のために一生かけても償えないほどの罪を犯してしまった。

唇が震える。目をつぶると、エリカと山ちゃんの変わり果てた姿が目に浮かぶ。

今のこの苦しみはまだ序の口だ。

これから先、あたしはきっと死ぬよりも恐ろしい絶望を味わうだろう。

あたしはその場で正座をして両手をつき、あかりの両親に体を向けて頭を下げた。

その時、ようやく涙が溢れた。

ボロボロと流れる涙が教室の床を濡らす。

この教室で起こったすべてが夢であればいいのに。

夢であるなら、もう二度とこんなことはしない。

人を傷つけ、あざむき、さげすんだりしてはいけない。

どうしてそんなに簡単なことに気が付かなかったんだろう。

あたしは……犠牲になった人たちに、何度謝れば許してもらえるだろうか。

いや、きっと永遠に許してなどもらえない。

あたしの罪はあまりにも大きすぎた。

そしてもう、取り返しのつかないところまできてしまった。

喉の奥から必死に声を絞りだす。

胸が痛み、目頭が熱くなる。

遠くの方から救急車とパトカーのサイレンが交じり合った音が徐々に近付いてくる。

「ごめんなさい……」
　あたしのその声はひどく震えていた。

END

あとがき

こんにちは。なぁなです。
数ある本の中から『トモダチ崩壊教室』を手に取って頂きありがとうございます。

今作は2作目の書き下ろし作品です。
どんなお話にしようかな……と色々考えましたが、
今回もお化けの出てこない人間系ホラーに決めました。

今回のテーマはスクールカーストです。
学校の中での身分制度のようなものですね。
学生の方にとっては身近なテーマかなと思います。
皆さんの学校ではどうですか？　スクールカーストってありますか？
ちなみに私が学生の時はありました。
直接的に目で見えるものではないけれど、確実にあったと言えます。
本作の主人公の咲良はスクールカーストにこだわるあまり徐々に自分自身を失っていきます。
学生時代の私も咲良と同じように、スクールカーストをいつもどこか気にかけていたように思います。だけど自分が大人になった今、どうしてそこまでこだわっていたんだ

ろうと当時の自分を懐かしく思ったりもします。
　学生時代……とくに小中学生の時は周りの目ばっかりを気にして、友達と違うことをしないようにしたり、話を合わせたりと友達関係の悩みが多かった気がします。
　このあとがきを読んでくださっている方の中にもスクールカーストや学校での悩みを抱えている人がいるかもしれません。
　でも、「あなただけじゃないよ」と伝えたいです。
　そしてどうか、ありのままの自分を受け入れ、認め、大切にしてあげてください。
　と、偉そうなことを書いてしまいましたが、この本を通じて何かを感じてもらえたら嬉しいです。

　最後になりましたが、『トモダチ崩壊教室』を読んでいただきありがとうございました。
　私がこうやって小説を書き続けていられるのも、いつも温かい励ましをくださる読者のみなさんのお陰です。
　編集の飯野さん、須川さん、イラストレーターの梅ねこさん、デザイナーの金子さん、スターツ出版のみなさん、この本に携わってくださった全ての方にお礼申し上げます。
　本当にありがとうございました。

2017.3.25　なぁな

この物語はフィクションです。
実在の人物、団体等とは一切関係がありません。

なぁな先生への
ファンレターのあて先

〒104-0031
東京都中央区京橋1-3-1
八重洲口大栄ビル7F

スターツ出版(株)書籍編集部 気付
なぁな先生

KEITAI
SHOUSETSU
BUNKO
SINCE 2009

トモダチ崩壊教室

2017年3月25日　初版第1刷発行
2019年6月27日　　　第3刷発行

著　者　なぁな
　　　　©Naana 2017

発行人　松島滋

デザイン　カバー　金子歩未（hive&co.,ltd.）
　　　　　フォーマット　黒門ビリー&フラミンゴスタジオ

ＤＴＰ　朝日メディアインターナショナル株式会社

編　集　飯野理美
　　　　須川奈津江

発行所　スターツ出版株式会社
　　　　〒104-0031 東京都中央区京橋1-3-1　八重洲口大栄ビル7F
　　　　出版マーケティンググループ TEL03-6202-0386
　　　　（ご注文等に関するお問い合わせ）
　　　　https://starts-pub.jp/

印刷所　共同印刷株式会社
Printed in Japan

乱丁・落丁などの不良品はお取替えいたします。上記出版マーケティンググループまでお問い合わせください。
本書を無断で複写することは、著作権法により禁じられています。
定価はカバーに記載されています。

ISBN 978-4-8137-0227-6　C0193

ケータイ小説文庫　2017年3月発売

『俺のこと、好きでしょ？』＊メル＊・著

人に頼まれると嫌と言えない、お人好しの美月。その性格のせいで、女子から反感を買い落ち込んでいた。そんな時、同じクラスのイケメンだけど一匹狼の有馬くんが絵を描いているのを見てしまう。美しい絵に心奪われた美月は、彼に惹かれていくが、彼は幼なじみの先輩に片想いをしていて…。
ISBN978-4-8137-0223-8
定価:本体 580 円＋税

ピンクレーベル

『俺の言うこと聞けよ。』青山そらら・著

亜里沙はパン屋のひとり娘。ある日、人気レストランのベーカリー担当として、住み込み修業してくるよう告げられる。そのお家、なんと学年一モテる琉衣の家だった！　意地悪で俺様な琉衣にお弁当を作らせられたり、朝起こせと命じられたり。でも、一緒に過ごすうちに、意外な一面を知って…？
ISBN978-4-8137-0224-5
定価:本体 590 円＋税

ピンクレーベル

『涙空　上』白いゆき・著

高1の椎香は、半年前に突然別れを告げられた元カレ・勇人を忘れられずにいた。そんな椎香の前に現われたのは、学校一のモテ男・渉。椎香は渉の前では素直に泣くことも笑うこともでき、いつしか渉に惹かれていく。そんな時、勇人が別れを切り出した本当の理由が明らかになって…。
ISBN978-4-8137-0225-2
定価:本体 530 円＋税

ブルーレーベル

『涙空　下』白いゆき・著

自分の気持ちにハッキリ気づいた椎香は、勇人と別れ、渉へ想いを伝えに行く。しかしそこで知ったのは、渉がかかえるツラい過去。支え合い、愛し合って生きていくことを決意したふたり。だけど、さらに悲しい現実が襲いかかり――？　繰り返される悲しみのあとで、ふたりが見たものとは――？
ISBN978-4-8137-0226-9
定価:本体 530 円＋税

ブルーレーベル

ケータイ小説文庫　好評の既刊

『キミを想えば想うほど、優しい嘘に傷ついて。』 なぁな・著

高2の花凛は、親友に裏切られ、病気で亡くなった父のことをひきずっている。花凛は、席が近い洸輝と仲よくなる。明るく優しい洸輝に惹かれていくが、洸輝が父を裏切った親友の息子であることが発覚して…。胸を締めつける切ないふたりの恋に大号泣！　人気作家なぁなによる完全書き下ろし‼

ISBN978-4-8137-0113-2
定価：本体570円＋税

ブルーレーベル

『イジメ返し』 なぁな・著

楓子は女子高に入学するも、些細なことで愛海を中心とする派手なグループの4人から、ひどいイジメを受けるようになる。暴力と精神的な苦しみのため、絶望的な気持ちで毎日を送る楓子。しかし、ある日転校生のカンナが現れ、楓子に「イジメ返し」を提案。一緒に4人への復讐を始めるが…？

ISBN978-4-88381-999-7
定価：本体570円＋税

ブラックレーベル

『甘々いじわる彼氏のヒミツ⁉』 なぁな・著

高2の杏は憧れの及川先輩を盗撮しようとしているところを、ひとつ年下のイケメン転校生・遥斗に見つかってしまい、さらにイチゴ柄のパンツまで見られてしまう。それからというもの、遥斗にいじわるされるようになり、杏は振り回されてばかり。しかし、遥斗には杏の知らない秘密があって…？

ISBN978-4-88381-971-3
定価：本体540円＋税

ピンクレーベル

『純恋―スミレ―』 なぁな・著

高2の純恋は強がりで、弱さを人に見せることができない女の子。5年前、交通事故で自分をかばってくれた男性が亡くなってしまったことから、罪の意識を感じながら生きていた。ある日純恋は、優輝という少年に出会って恋に落ちる。けれど優輝は、亡くなった男性の弟だった……。

ISBN978-4-88381-926-3
定価：本体550円＋税

ブルーレーベル

ケータイ小説文庫　2017年4月発売

『誘惑プリンスの不機嫌に甘いキス(仮)』言ノ葉リン・著

三葉は遠くの高校を受験し、入学と同時にひとり暮らしを始めた。ある日、隣の部屋に引っ越してきたのは、ある出来事をきっかけに距離をおいた、幼なじみの玲央。しかも彼、同じ高校に通っているらしい！　昔抱いていた恋心を封印し、玲央を避けようとするけれど、彼はどんどん近づいてきて…。
ISBN978-4-8137-0239-9
予価：本体500円+税

ピンクレーベル

『秘密のキスから恋がはじまる。(仮)』ゆいっと・著

高2の美優が教室で彼氏の律を待っていると、近寄りがたい雰囲気の黒崎に「あんたの彼氏、浮気してるよ」と言われ、不意打ちでキスされてしまう。事実に驚き、キスした罪悪感に苦しむ美優。が、黒崎も秘密を抱えていて──。三月のパンタシアノベライズコンテスト優秀賞受賞、号泣の切恋!!
ISBN978-4-8137-0240-5
予価：本体500円+税

ピンクレーベル

『涙のむこうで、君と永遠の恋をする。』涙鳴・著

幼い頃に両親が離婚し、一緒に住み始めた母の彼氏から虐待を受けていた高2の穂叶は、それが原因でPTSDに苦しんでいる。自ら築いた心の檻に閉じこもるように生きていたが、心優しい少年・渚に出会い、少しずつ心を開いていく。絶望しか知らなかった少女が見た希望の光とは…？　涙の感動作！
ISBN978-4-8137-0241-2
予価：本体500円+税

ブルーレーベル

『彼に殺されたあたしの体』西羽咲花月・著

あたしは、それなりに楽しい日々を送る一見普通の高校生。ところが、平凡な毎日が一転する。気づけば…あたしを埋める彼を身動きせずにただ見ていたのだった。そして今は、真っ暗な土の中で、誰かがあたしを見つけてくれるのを待っていた。なぜ、こんなことになったの？　恐ろしくて切ない新感覚ホラー作品が登場！
ISBN978-4-8137-0242-9
予価：本体500円+税

ブラックレーベル

書店店頭にご希望の本がない場合は、
書店にてご注文いただけます。

恋するキミのそばに。
野いちご文庫創刊！

大賞受賞作！

「全力片想い」
田崎くるみ・著
本体：560円＋税

好きな人には
好きな人がいた
……切ない気持ちに
共感の声続出！

「三月のパンタシア×
野いちごノベライズコンテスト」
大賞作品！

高校生の萌は片想い中の幸から、親友の光莉が好きだと相談される。幸が落ち込んでいた時、タオルをくれたのがきっかけだったが、実はそれは萌の仕業だった。言い出せないまま幸と光が近付いていくのを見守るだけの日々。そんな様子を光莉の幼なじみの笹沼に見抜かれるが、彼も萌と同じ状況だと知って…。

イラスト：loundraw　ISBN：978-4-8137-0228-3

感動の声が、たくさん届いています！

きゅんきゅんしたり
泣いたり、
すごくよかったです！
／ウヒョンらぶ さん

一途な主人公が
かわいくも切なく、
ぐっと引き込まれました。
／まほ。さん

読み終わったあとの
余韻が心地よかったです。
／みゃの さん

恋するキミのそばに。
♥ 野いちご文庫創刊！♥

可愛いカラーマンガつき！

３６５日、君をずっと想うから。

SELEN・著
本体：590円＋税

彼が未来から来た切ない
理由って…？
蓮の秘密と一途な想いに、
泣きキュンが止まらない！

イラスト：雨宮うり
ISBN: 978-4-8137-0229-0

高２の花は見知らぬチャラいイケメン・蓮に弱みを握られ、言いなりになることを約束されてしまう。さらに、「俺、未来から来たんだよ」と信じられないことを告げられて!?　意地悪だけど優しい蓮に惹かれていく花。しかし、蓮の命令には悲しい秘密があった−。蓮がタイムリープした理由とは？　ラストは号泣のうるきゅんラブ!!

感動の声が、たくさん届いています！

こんなに泣いた小説は
初めてでした…
たくさんの小説を
読んできましたが
１番心から感動しました
／三日月恵さん

こちらの作品一日で
読破してしまいました（笑）
ラストは号泣しながら読んで
ました。°(´つω`｡)°
切ない……
／田山麻雪深さん

１回読んだら
止まらなくなって
こんな時間に!!
もう涙と鼻水が止まらなく
息ができない（涙）
／サーチャンさん